산거일기 山居日記

金達鎭 全集 2

산거일기 山居日記

문학동네

산문 전집을 엮으며

제9회 김달진문학상 수상을 계기로 간행되는 이 책은 1990년 출간된 산문집 『산거일기(山居日記)』(세계사 간)를 저본으로 하였다.

체제와 편집 모두 여기에 따랐으나, 해설로 씌어진 「『붓다차리타』에 대하여」는 다른 전집에 묶일 것으로 판단하여 훗날을 기약하고 제외하였다.

그리고 제1권 『김달진 시 전집』에서 유보해두었던 김달진론들을 추가하여 산문 전집을 보완하였다. 흔쾌하게 수록을 허락해준 필자분들 모두에게 감사드린다.

이 산문 전집을 통해 우리는 김달진 선생의 인생에 대한 깊은 통찰을 산문을 빌려 엿볼 수 있게 되었을 뿐만 아니라 선생의 문학적 저작을 전체적으로 조감할 수 있게 되었다는 점에서 무한한 기쁨을 갖는다.

우리들이 애초에 예견한 바대로 세기말적 해체와 혼돈의 충격이 식민지 시대 이후 최대의 국난으로 거세게 닥친 오늘의 현실에서 김달진 선생의 저작들은 고귀한 인간상을 되짚어보는 뜻깊은 계기가 될 것으로 믿어 의심치 않는다. 참으로 고통스러운 살신의 자기 극복이 요구되는 IMF 상황에서 우리 모두

샘이 깊은 물은 가뭄에 마르지 않고
뿌리 깊은 나무는 바람에 흔들리지 않는다

는 옛 시를 마음에 새기며, 오늘의 난관을 헤쳐나가는 지혜로운 방편을 모색해보기로 하자.

1998년 5월
김달진 전집 편집위원회

편집위원

김용직(문학평론가, 서울대 교수)
김윤식(문학평론가, 서울대 교수)
김장호(시인, 동국대 명예교수)
김종길(시인, 고려대 명예교수)
박경훈(동국대 역경원 역경위원)
신상철(수필가, 경남대 교수)
오세영(시인, 서울대 교수)
유종호(문학평론가, 연세대 석좌교수)
정현종(시인, 연세대 교수)
홍기삼(문학평론가, 동국대 교수)
최동호(시인, 고려대 교수)

자서(自序)

향을 피우고 경상(經床) 앞에 앉아본다.

산도 깊고 밤도 깊었다. 사람도 잠들고 풍경 소리도 그쳤다.

아아 아물아물 모두가 꿈이요 환(幻)이다. 물거품이요 그림자다.

돌아보면 일흔한 해. 그 걸음걸음의 발자취, 고민과 오뇌에 신음하며 몸부림치고 환희와 법열에 날뛰며 잠기기도 했다. 분노의 불길이 타오르고 애욕의 강물이 흐르기도 했다. 이제 그 모두를 한데 모으고 한데 묶어 '여일록(餘日錄)'이라 했다.

그러나 고뇌도 꿈속의 고뇌요 환열(歡悅)도 환(幻) 속의 환열이니, 이 여일록도 또한 꿈속의 잠꼬대요 환 속의 장난이리라.

그렇다면 이것을 보고 듣는 이도 그런 줄 알고, 그렇게 듣고 그렇게 보라.

또 무슨 잔말이 있겠는가. 돌(咄)!

1977년 정사년 익어가는 봄에
월하(月下) 합장

---

* 본 '자서'는 김달진 선생의 고희 기념으로 간행하려던 『여일록(餘日錄)』의 서문으로 씌어진 것임.

차례

산문 전집을 엮으며
자서

제1부
산거일기(山居日記) …… 11

제2부
삶을 위한 명상 …… 111

제3부
'왜 사나……' 망설여지는 대답 …… 217
장자와 무위자연의 사상 …… 222
나의 인생, 나의 불교 …… 232

제4부
장 호 김달진의 불교문학—선운(禪韻)과 우주유비(宇宙類比) …… 247
신상철 김달진의 작품세계 …… 253
김윤식 시와 종교의 길목—월하 김달진의 경우 …… 278
윤재근 현대시와 노장사상—김달진의 시를 중심으로 …… 294
김선학 열치매 나타난 달처럼—김달진의 문학과 삶 …… 309

엮은이의 말 …… 317

제1부

산거일기(山居日記)

세수하고 불 앞에 앉아보니 다섯시 반이었다. 정숙히 마음을 가다듬고 단좌(端坐)해보았으나 생각 생각이 일어나고 사라져 도저히 선(禪 : 정려응려正慮凝慮)이 되지 않았다. 참선으로써 비로소 우리 심리의 그 활동이 얼마나 미세한가를 우리는 경험할 수 있다. 그리고 수많은 선승(禪僧)들이 망상 번뇌와 싸우기에 얼마나 참담하게 고심하는가를 이해하고 동정할 수 있었다. 그들은 결국 자기자신과 싸우는 전사이다. 찰나로 일었다 사라지는 욕념과 망상, 그것을 어찌 빗발치는 탄환에 비겨 수월하다 하겠는가?

인간의 삶이란 의욕과 희망과 재미로써 영위되어가는 것이다. 의욕에서 무심으로 구속에서 해탈로 나아가는 것이 종교생활의 극치요 또 종교의 목적이다.

사람들이 행복과 쾌락과 선과 정의에서 삶을 구하고 삶의 의의와 가치를 느낄 때에 우리는 선악과 행, 불행을 뛰어넘은 절대의 세계, 삶 그 자체에 의의를 느끼려고 하는 것이다. 이 절대의식— 이것이 종교의식이다.

세상에는 국가를 위하여 사회를 위하여 또는 애인을 위하여 일체를 희생하는 생활이 있다. 그러나 절대적 생활, 종교생활은 '무엇' 을 위한다는 대상과 당위가 없는 생활이다.

대상 없는 삶, 그 자체에의 헌신, 무조건적인 절대에의 귀의, 능헌(能獻) 소헌(所獻)이 단적으로 귀일하는 생활이다. 그러므로 그날그날의 그들의 생활을 추진하는 활력의 원천은 선이나 의(義)나 행복에서가 아니라 삶 그것에서 솟아나는 것이다.

나는 산을 좋아한다, 절을 좋아한다는 것이 나의 입산의 동기이다. 좋아한다는 것은 하나의 감정이매, 감정에 무슨 이유나 논리가 있겠는가?

나는 때로 어떤 특별한 사정, 즉 어떤 환경의 구사를 나의 성격 이외의 동기로 생각한다. 그러나 성격을 무시한 환경을 우리는 생각할 수 없는 동시에 환경을 무시한 생활도 또한 생각할 수 없을 것이다. 환경이 생활을 지배한다는 주장이 성립된다면 성격이 환경을 결정짓는다는 주장인들 어찌 성립되지 못하겠는가? 어떠한 환경도 그 성격이 가진 바만을 일으킬 힘밖에 가지지 못했다. 그러므로 환경과 성격은, 성격의 발현인 심경과 밀접한 관계라기보다 분리와 선후를 생각할 수 없는, 동시적으로 일어나 있는 상태일 것이다.

이 산간에 와서, 이 자연의 요람에 와서, 함부로 보채던 내 삶의 갈피갈피 의욕은 다소 가라앉고, 구구함과 혼돈에 시달린 내 혼은 안식을 얻을 것이다. 산은 나의 임이다. 그의 품에 아늑히 안김으로 나는 비로소 나의 생명을 느끼고, 나의 생활을 생활하는 청정하고 순일한 행복을 얻을 수 있을 것이다. 나의 상상은 신과 같이 자유롭고, 고적과 한가는 위대한 천국을 크고 엄숙하게 할 수도 있을 것 같다.

내 생명이 약동할 때 주위가 약동하고, 내 마음이 침잠하고 안온할 때 주위가 안온하며, 내 가슴이 뚜렷이 열릴 때 세계는 무한히 전개되어나갈 것이다.

나는 오늘 그리도 애지중지하던 머리를 깎아버렸다. 구렁이같이 흉스러운 내 자신의 집착성에 대한 증오의 반발이었다. 그리고 장삼을 입고 합장해보았다. 외양의 단정은 내심의 정제에 결코 적지 않은 도움이 되기 때문이다. 겸손과 하심(下心) ―얼마나 평안하고 화평한 심경인가? 높고 아름다운 덕이다.

나의 생활은 어쩌면 이다지도 불철저한가. 이상이 아무리 높고 인식과 판단의 지식이 아무리 명철하다 하더라도 의지의 노력이 없으면 무엇하겠는가? 의지적 노력이 없는 도덕적 의식세계에서 우리는 아무런 가치도 발견할 수 없을 것이 아닌가?

한밤이 지나고 오늘 새벽 세시가 되도록 잠들지 못했다. 무슨 그림자 있어 내 마음이 창문을 엿보고 있었기 때문이다. 그림자가 아니라 빛나는 눈동자, 그 심장의 피를 빨아들이는 듯 빛나는 눈동자, 나는 눈을 감고 머리를 저었다. 유혹의 마(魔)! 그러나 그것은 어디서 온 것도 아니요, 누가 보낸 것도 아니었다. 내 마음이 불러놓은 내 자신이었다. 내가 나를 유혹하고 있었다. 아담과 이브를 유혹한 것은 뱀이 아니요, 아담 이브 자신이었다.

일념의 잘못이 얼마나 무서운 것인가? 아담과 이브가 한 생각 전에는 천국에 살았다. 그러나 선악의 한 생각이 일어났을 때는 천국을 잃었다. 중생과 부처, 극락과 지옥, 오(悟)와 미(迷), 성(聖)과 범(凡)의 경계의 차이가 일념에 있다 생각하면 얼마나 무서운 찰나 찰나인가?

지상은 유혹의 시장이다. 사람은 누구나 어떤 형식으로나 언제든지 무엇에 유혹되고 있다. 어떻게 보면 무엇에 유혹되지 않고는 너무 고독하여 살 수 없는 것이 우리 인간인가. 그러면 지금 내가 유혹받고 있는 것은? 그것은 청춘의 유혹이다. 이 청춘의 유혹이 간 뒤면 무엇이 올는지 나는 모른다. 아무렇건 이 불철저한 구도자—신명을 아끼지 않는 철저가 있는 곳에 무슨 유혹이 있겠는가?

신과 짐승의 합숙소에 '인간'이란 간판이 붙어 있다는 말을 어디서 들었다. 어찌 보면 사람들이 너무 신적이어서 걱정이다. 우리는 한 번 돼지가 되었다가 그 다음에 사람이 될 필요가 있을 것도 같다. 아직 사람도 되기 전에 너무 신적으로 되려 할 때 허위가 있고 가식이 있고 나약이 생긴다. 우선 돼지 되어 정직을 배우고, 그것을 실행할 힘을 기르고, 그 다음으로 그들의 고상화·미화를 위하여 신적인 사랑의 인간이 되어야 할 것 같다.

아무리 생각해보아도 인생의 전체는 너무나 괴로움이요 피로요 불행이다. 우리로 하여금 거기에서 어떤 흥미를 느끼고 생을 지속하여 가게 하는 것은 극히 일시적이요 부분적인 사소한 사탕부스러기뿐이다. 가만히 생각하면 별것도 없는 그것으로 무엇을 대단스리 떠들어댄다는 것이 얼마나 무의미하고 실없는 짓인가? 더구나 거기에 살벌이 있고 질서가 있고 암투가 있다니…….

아, 잡답(雜沓)과 압기와 암운의 세계 — 이 지옥에서 우리를 위안하고 구원의 손으로 이끌 것은 무엇이겠는가? 오직 진이 있고 선이 있고 미가 있을 뿐이다. 그것을 체득하고 구현한 위대한 천재와 고귀한 인격이 있을 뿐이다.

오늘 종무소(宗務所)에서 두 사람의 고조된 감정에서 나온 싸움을 보았다. 나의 예감이 틀림없음을 자랑한다기보다 인간 심리의 너무나 평탄함에 스스로 고소를 금치 못했다. 어쩌면 감정이란 그렇게도 동일성을 가지고 있는 것일까?

그 사람의 사상도 허위이다. 예술도 가식이다. 어떠한 경우에 발작적으로 나오는 편언척행(片言隻行)이 가장 단적으로 그 사람의 본성을 나타내는 것임을 알 수 있다.

오전 열한시 무렵에 이 강원의 개학식이 있어서 참석해보았다. 삼십여 명의 학인에 조실(강사) 한 사람이었다. 무엇이나 학인들에 대한 부탁을 말해달라는 법무 스님의 청이 있었으나 후일로 미루고 사양하고 말았다.

학인은 먼저 기개가 있어야 할 것이다. 명리를 바라고 영달을 꿈꾸는 정신에는 기백을 바랄 수 없다. 청빈을 도리어 영광으로 알아야 하고 곤고(困苦)에 대한 인내가 있어야 하고 지향에 대한 열정이 있어야 할 것이다. 신명을 아끼지 않을 각오가 없는 생활에 무슨 학구의 깊이가 있고 대성이 있겠는가? 학인으로서 가장 경계할 것은 무엇보다 먼저 상인(商人) 근성일 것이다.

오늘의 조선불교계에 명승은 누구누구이며 학자는 어느 분 어느 분이며 사상가는 몇 사람이나 되는지 나는 모른다. 어쨌든 기개가 없고 기백을 잃은 세계에 무슨 신앙을 바랄 수 있겠는가?

흔히들 생활조건과 주위환경의 불리를 말한다. 그러나 이 말은 사람이란 얼마나 자기 책임의 회피, 또는 전가를 꾀하는 근성을 가졌는가라는 것을 말하는 것이 아니면 자기 무력의 폭로에 불과한 것이다. 또한 그것은 자기와 남을 속이는 훌륭한 수단도 되고 타성 은폐의 방패도 되는 것이다.

날씨가 몹시 춥다. 높은 산영상이요 깊은 산골에다 더구나 눈 뒤의 바람이라 정말 살을 에는 것 같다. 몇 도나 되는지 모르나 서울 추위도 이 이상은 될 것 같지 않다. 절간은 방 따뜻한 맛으로 산다는 말과 같이 아닌게 아니라 따끈한 방안에 앉아 고요히 타는 램프를 바라보며 빈 골을 울리는 바람소리를 듣는 것은 여간 아취로운 풍정이 아니다.

야학풍한송자락(夜壑風寒松子落)

이라는 경허(鏡虛) 스님의 선구(禪句)가 생각난다. 그리하여 이런 밤이면 거리의 찬 사람들을 생각하였다는 톨스토이의 모습도 눈앞에 나타난다. 가끔 바람 소리 속으로 건너 '연화사(蓮華寺)'의 염불 소리가 들린다. 나는 염불 소리에 무한한 종교적 매력을 느끼며, 그 심경을 끝없이 부러워한다. 얼마나 고귀하고 평화로운 생활태도인가? 철저한 겸허와 심각한 반성으로 자기의 무력과 영겁의 죄업을 통감할 때 오만한 자신의 힘—일체 계교를 던져버리고 오로지 미타(彌陀)의 본원(本願)에 귀의하는 마음, 얼마나 가득하고 다정하고 또한 숭엄한 것인가? 부처의 무한한 자비에의 귀의, 그 귀의할 힘조차 없는 죄의 아들을, 임이 스스로 나아가 커다란 구제의 손을 펴 안아주신다는 신앙이 절대 타력(他力) 구제의 원리가 아니겠는가? 대자력(大自力)의 자력, 자력의 극치인 선가(禪家)의 안중무인(眼中無人)의 대자신도 태연부동(泰然不動)

의 자아, 신명을 아끼지 않는 의기도 뼈를 깎는 듯한 반성과 겸허의 그 아래에 서야 할 것이다.

그러나 다시 생각하면 이러한 타력에의 신앙도 이미 이러한 경지에 왔을 때는 벌써 하나의 위대한 깨달음이 아닐 수 없으며, 이 점이 선의 확연대오(廓然大悟)와 다를 바 없으며, 동시에 아무런 선의 자력 즉 확연대오한 심신탈락저(心身脫落底)의 경지는 곧 천의수순(天意隨順) 그대로의 타력 그것이 아니겠는가? 대안심 대입명(大安心大立命)의 유희자재삼매(遊戲自在三昧)의 절대세계, 거기에 무슨 자력, 타력의 구별이 있겠는가? '가가문로투장안(家家門路透長安)', 이 한 구절을 불러보아도 좋을 것 같다. 일처통만처(一處通萬處), 천하의 길은 로마로 통한다.

벌써 아홉시가 되었다. 바람은 아직 불고 염불 소리는 그쳤다. 나도 자야겠다. 나는 지금 자리에 들면서 서방 십만억 국토 저쪽의 극락세계를 생각한다.

'나무아미타불 나무아미타불…….'

온종일 끊임없이 빈 골을 울리는 바람이 나의 고독한 창을 두드린다. 가끔 가루눈을 날려 창을 치기도 한다. 미닫이에 스러지는 석양의 여광을 바라보며 끝없는 고독 속에 힘없이 앉는다.

고독을 즐기는 자기 자신, 고독 속에 놓인 자기 자신을 돌아보고 문득 깜짝 놀란다. 고독을 즐기는 마음이란 대개 깨끗한 것, 바른 것이 아니면 더러운 것, 비뚤어진 것이다. 강한 자 아니면 약한 자요, 자기를 우는 자 아니면 남을 미워하는 자다. 염결(廉潔)과 청정을 표방하고 안일과 정태(情怠) 속에 자기의 생활을 마비시키는 나 자신이 아닌가!

세상의 번잡과 어지러움을 싫어하여 고독을 동경하고 추구하던 마음이 지금에 역시 고독을 고독하고 있다니. 고독을 고독한다는 것은 무엇을 구하는 것이요, 무엇을 구한다는 것은 정신이 양식을 상실하였다는 것이다. 그러므로 번잡을 버리고 고독을 구한 것도 고독, 그것을 구한 것이 아니라 정신의 양식을 구한 것이 아니냐? 번잡을 버렸어도 가지 않는 고독, 고독을 찾았어도 오지 않는 만족이매, 결국 혼의 안위와 휴식은 외계에 있지 않았다. '일용사무별, 유오자우해(日用事無別 惟吾自偶偕)'라는 글이 있지 않은가! 자기 침잠, 자기 우해에서만 혼의 자유는 있을 것이다. 혼은 자기 자신의 호흡으로써만, 자기 자신의 피로써만 주림을 채우고 소생하는 것인가 보다.

밤에도 바람은 쉬지 않고, 연화사의 염불 소리는 들려온다. 정토는 어디며 미타는 무엇인고? 모두가 일념. 십만억토도 일념이요 미타도 일념이다. 그것을 공간적으로 해석할 때 극락은 허망하고 미타는 사멸하는 것이다. 이 일념 속에 영원한 시간은 약동하고 무한한 세계는 전개되어가는 것이다. 거기에서 기도는 영원하고 원력도 영원하다. 거기는 고정된 것이 없고 창조가 있을 뿐이다. 이 일념의 세계를 체험 직각(直覺)한 종교가의 경지로 볼 때는 그것은 십만억 국토가 아니라 백만억, 천만억 국토도 좋을 것이요, 서방이 아니라 동방 남방도 좋을 것이다. 영원의 일념, 무한의 일념, 영원한 창조, 무한한 전개—어찌 염불의 휴식이 있겠는가? 종교의 아편성은 여기에 있을 것이다. 그러나 그것은 아편성 그대로의 진리일 것이다.

우연히 조실의 방에 갔다가 하나의 의미 있는 문제를 생각하게 되었다. 마침 한 여승이 「경문(經文)」을 배우고 있었는데 그 장은 비구니가 마땅히 지켜야 한다는 팔경법(八敬法)이라는 것이다. 팔경법이란 실로 남존여비사상 그대로의 발로였다. "이러기에 남자 스님들의 아상(我相)이 탱천하지" 하는 그 여승의 미소 섞인 가벼운 풍자가 결코 무리가 아니었다.

불교는 일반적으로 볼 때 역시 여성경시의 종교다. 경전에도 곳곳에 여인을 욕하는 문자가 여기저기 보인다. '지옥의 사자'라니 '독의 꽃'이라니 '뱀과 같다'라니 하는 문구들…… 더구나 '오장삼종(五障三從)'의 설을 세워 여성 진출의 저지를 꾀하기도 하였고, 석가불께서도 여성의 입단이 인도 불교의 세력 존속 기간을 단축시킬 위험이 있다고 생각하신 것도 그것이다.

그러나 이 여성멸시의 사상은 불교 본래의 것은 아니다. 그것은 주로 그 당시의 특수한 사회조직의 영향으로, 남성중심 사상의 반영에 불과한 것일 것이다. 무릇 들을 수 있는 귀를 가진 일체의 중생에게 부처님은 교화를 베푸셨다. 물론 성의 차별을 보시지 않았다. 자기가 건설하신 교단에 여성의 진출을 허락하셔서 비구, 비구니라 이름하여 여성에게도 남성에 있어서나 같은 수행의 능력이 있다고 생각하셨다. '중생무변서원도(衆生無邊誓願度)'라 하셨으니, 어찌 홀로 여성이라 돌보지 않았을 것인가? 더구나 「중아함경(中阿含經)」에는 교단의 균형을 위하여 사중(비구, 비구니, 우바새, 우바이)을 포함하지 않으면 안 된다고 말하였다. 이 여성

용인의 현명을 입증한 사실은 중국, 조선, 일본에만도 매거할 수 없이 그 수가 많거니와 더구나 그 당시 인도에서 나온 여성의 가집 『이중(尼衆)의 송가』에 나타난 숭엄한 종교심은 남성에 지지 않는 심오한 영적 지해(知解)의 깊이를 보이고 있다.

대개 여성멸시 사상의 출발은 허영의 여성, 질투의 여성, 나약의 여성이라는 데 있었겠고, 여성혐오 사상은 탐음(貪淫)의 대상이 되는 탓이나, 주객을 바꾸어놓고 볼 때 남녀가 다를 바 없겠으며, 여성이라 어찌 하근기(下根機)뿐이겠는가? 남녀의 구별은 이질적인 것으로 우열적인 것으로 가치판단될 것이 아니다. 불교의 여성에 대한 태도는 기독교, 힌두교, 회교의 그것과 같은 제한은 없었다. 지금 세계의 모범적 불교국인 버마, 실론에 있어서의 여성의 지위는 남성과 완전한 동격으로, 다른 나라에서 달하지 못한 지평선까지 진전한 최선의 지위에 있다는 기록을 보았다. 그러나 중국과 일본과 같은 불교가 단순히 다른 종교의 하나로서만 행세하는, 제한받는 국토에서의 여성의 지위는 불교가 무제한의 세력을 갖는 버마나 실론에서보다 뒤진다는 것은 불교와 여성의 문제에 대한 하나의 흥미 있는 사실일 것이다. 그리고 불교의 혼인관은 현금 서양에서 하나의 경향을 이루고 있는 남녀의 자유의지를 기초로 하여 된 결합이다. 신부는 성을 바꿀 필요도 없으며, 자기의 사상, 자기의 습관, 자기의 개성을 그대로 지닐 수 있는 것이다.

불교의 여성관은 다음의 테니슨의 시 한 구를 이해하면 족할 것이다.

여자는 미완성의 남자가 아니다.

그러나 양자는 같지도 않다.
여자를 남자로 만들어버리면
달콤한 사랑은 죽어지나니……
(……)
같음이 있어서 같음이 아니요
다름이 있어서 같은 것이다.

장난이란 이름으로 묻어버리나, 인간의 본성을 나타내는 일이 있다.

아침 여섯시 반. 공양시간은 아직 삼십 분이 남았다. 한밤 동안 내린 보시락눈이 알맞게 쌓여 싸늘하고 유쾌한 새벽. 회색 장삼을 입고 하얀 뜰을 조심조심 밟으며 그저 호젓이 뒷짐진 채 거닐어본다. 한 조각 눈썹 같은 흰 달이 동천 숲 끝에 걸려 쓸쓸한 웃음으로 누구의 혼을 부르는 것 같다. 흰 눈, 검은 숲으로 희끗희끗 둘러놓은 산, 여명은 아직 자연의 요람 속에서 그의 침장(寢帳)을 거두지 않았다. 외로운 마음은 한밤 꿈길을 그대로 걷는 듯 그저 아득히 차갑다.

어디서 푸드덕 소리가 났다. 또 푸드덕 까악, 건너 산 까마귀. 잇달아 두세 번 울더니 또 푸드덕거린다. 짝 잃은 한 마리가 연달아 울며 내 머리 위로 날아갔다. 빈 산을 울리며 사라지는 그 소리는 못내 처량스럽다. 외로운 까마귀 한 마리, 어디서 자고 어디로 날아가는 것인고. 산에서 나고, 산에서 자라고, 산에서 살다가 산에서 죽는 까마귀. 큰 자연에서 볼 때 인간과 까마귀가 무엇이 다를 바 있으랴! 하나의 덧없는 생존자—홀로 감개만 깊어 가만히 눈감고 가슴속을 들여다보다가 다시 황량한 하늘을 우러러 먼 근심에 유혹되다.

일체는 꿈이요 환이요 거품이요 그림자. 시비도 꿈속의 시비요, 애증도 환 속의 애증이라, 우주의 어느 것에 종결이 있고 휴지가 있으랴. 끊임없는 생멸과 쉼 없는 변역(變易)이 있을 뿐, 성주괴공(成住壞空), 생로병사(生老病死) ─일체의 생명 형식은 순차로 이 역로를 통과하지 않느냐? 누가 시간의 손〔客〕을 막을 수 있을 것인가? 눈물도 덧없고 웃음도 실없다. 사랑도 서글프고 원수도 안타깝다.

지금 무한히 엄숙해지는 마음. 침묵으로써 미의 절정에 이르는 사위의 산과 같이 무언 속에 내 마음의 감격과 평화는 순화된다. 그러나 아침에 모든 번뇌를 떠나 스스로 맑은 듯 자처하다가 저녁이면 그 번뇌를 다시 친해 스스로 취하는 이 마음이 아니냐? 유혹→패배→회오→유혹…… 이렇게 되풀이하는 범부의 생활.

귀한 반성, 아름다운 청춘─아, 모든 것 되는 대로 되려무나. 그러나 나는 다만 회오의 습관화를 두려워하며 절망하지 않나니. 절망이란 쓸쓸한 인간의 만년에 오는 현실상이 아니냐? 인생은 싸움, 노력, 때가 아니라면 깨끗이 지는 것도 또한 하나의 승리가 아니냐!

밤에 조실의 방문을 받았다. 그는 나이 삼십에 한둘은 넘었으나 아직 독신으로 지내는 사람이다. 일찍이 선방에 들었다가 다시 교학으로 나와 교(教)는 물론이요 선(禪)에도 다소의 조예가 있다 한다. 친해볼수록 내가 생각한 것보다 또 보기보다 의외로 상냥하고 사근사근하였다. 친절하고도 유화하였다. 어딘가 천진하고 소박한 아동의 세계에 노는 듯한 느낌을 주는 인상이었다. 야심적인 복장이라거나 현대적인 교활은 조금도 발견할 수 없었다. 화제가 성문제에 이르렀을 때에 그는 조그마한 가식도 점잔도 없이 대담하게 그의 충정을 피력하였다. 어디까지나 종교적인 그의 생활태도에 나는 커다란 유쾌를 느꼈다. 표리가 없는 음흉이 없는 솔직한 태도가 얼마나 정답고 믿음직스러우냐?

인간은 결국 인간. 도덕가도 종교가도 다 같은 인간이다. 다만 인간으로서의 한 이채에 불과한 것이다. 그것을 무리로 혹은 무의식적 인습으로 신이나 부처로 만듦으로써 거기에서 적나라한 인간을 발견할 때 우리는 흔히 절망의 탄식을 하는 것이다. 인간은 어디까지나 인간으로서, 또 인간의 동지로서 양해하고 접촉할 때 세계는 얼마나 유쾌하고 평온하게 전개될 것인가?

모든 인간고의 근거는 무어라 하여도 '식(食)'과 '성(性)'이다. 먹을 것이 결핍한 곳에 불안이 있고, 성의 만족을 얻지 못하는 곳에 우울이 있다. 이 불안, 이 우울을 일소하지 못할 때 백의 교화, 천의 전도가 사실 무슨 효과를 가져올 것인가?

지금 사원의 많은 청년들은 다 같이 심각한 고민을 하고 있다. 모든 번민의 하소연을 듣고 그것을 위안해줄 그들이 도리어 많은 번민을 가지고 있다니…… 오는 자도 번민, 가는 자도 번민, 듣는 자도 번민, 말하는 자도 번민…… 이리하여 세계는 번민을 교환하는 시장이 된다.

깊은 밤. 우리는 아무런 문제의 해결도 없이 그대로 헤어졌다. 그러나 지금 내 마음은 근래에 와서 드물게 보는 즐거움에 가득 차 있다. 애교도 수식도 의구도 궁굴(窮屈)도 없이 좋은 동무와 죄 없는 회담으로 한밤이 깊도록 지낸 것은 유쾌한 일이었다.

먼저 위(胃)와 성(性)의 만족을 주라—다만 요하는 것은 바르게, 사념 없이 지족(知足)으로 나아가게…….

잡음과 부조화—.

분위기의 자극으로 한종일 계속되는 우울.

자기를 보호하고 살리기 위하여는 남의 희생을 요하지 않으면 안 되는 인도의 열대지방 같은 세상, 갈수록 통감하는 내 자신의 무능과 기약(氣弱). 결국 운명은 내게 너무 무거운 생을 주면서 너무 약한 능력을 부과하였다. 내 생은 내게 있어서 하나의 무거운 짐이요 위협이다.

앙앙불락(怏怏不樂)은 소인의 심경이다. 차라리 울분과 노호를 가져라.

기분의 전환을 위하여 H암자의 C를 찾았다. 오전에 누워 앓다가 막 일어나서 어제 내가 맡겨둔 외투를 꿰매는 중이라 한다. 언제 보아도 명랑한 얼굴, 우아한 애교, 침착한 열정이다.

삭발 바로 전의 사진을 내게 보여주었다. 비분과 애수에 다문 입술, 어깨를 넘어 앞가슴에 반쯤 흩어진 중단된 머릿다발, 반쯤 쓰러진 자세…… 무엇보다 어지러이 둘러 있는 단풍숲 배경이 그의 심경을 나타내었다. 최후까지 붉으려는 마음, 아름다우려는 마음, 정사(情死)하러 가는 길에 향유를 가진다는 여자의 심정이 수긍되었다.

'나쁜 일을 하지 않는다' 라는 말은 반드시 그 사람의 자랑이 될 수 없는 것이다. 그 말은 '착한 일만 하는 사람' 이란 뜻과 '쓸데없는 사람' 이라는 뜻을 동시에 지닌 것이다. 악을 행하는 힘은 선도 행하는 힘이 될 수 있으나, 선도 악도 행할 힘이 없는 곳에 비로소 '쓸데없는 사람' 이 있는 것이다.

'가슴' 과 '머리' 의 두 개의 모순된 강청(强請), 하나는 의무요 하나는 생명이다. 그러나 결국의 문제는 신앙생활인 것이다. 부와 명예와 지위와 건강이 커다란 행복의 요소가 아닐 수 없으나, 신의 세계를 떠난 그것이라면 차라리 신의 세계에서의 가난과 무명과 비천과 고통이 보다 훌륭한 은총이요 생일 것 같다. 그러나 내게 그것이 가능한가? 몹시 고적하고 불철저한 내 성격적인 운명은, 공중에 떠 있는 줄 없는 기구처럼 못내 위험하다. 수만 길 절벽을 내려다보며 나는 문득 어지러움을 느낀다.

아침 자리에서 채 일어나기도 전에 H군의 방문이 있었다. 딱한 사정이다. 방관자는 청(淸)하고 논리가는 자유롭다. 모든 인생문제에 대하여 사상가와 비평가의 대담과 경솔과 도약이 무리가 아니다. 더구나 자기의 생명에 대한 무책임, 양심에 대한 둔감의 농세자(弄世者)에서이랴! 그들에게 있어서 모든 현실상은 마석(磨石)의 허울과 같은 것이다. 그들은 자유로이 조소 홍소하고, 정의(定義) 단안하고, 비판 제시한다. 그러나 만일 입장을 바꾸라면? 자기 몸소 그것을 받아들여 자기의 피와 살로써 해결해 나가라면?

'하는 대로 된다'는 생활과 '되는 대로밖에 안 된다'는 생활, '합리적 이상주의'의 생활과 '법적 자연주의'의 생활, 도덕의 세계와 종교의 세계—하나에 인생 성장의 광휘와 열이 있고, 하나에 인생 단숙(丹熟)의 향기와 안주가 있고, 하나에 자신에의 초조가 있고, 하나에 타력에의 체념이 있다. 먼저 전자의 구극의 체험, 거기에서 직정(直正)한 후자에의 문이 열리는 것이다.

이성이 얼마나 무능하냐?
양심이 얼마나 미력하냐?

모두가 돈, 돈 하니 그래, 돈을 모아서 무엇하는고? 고루거각을 지어 칠보로 장엄한다. 또 무엇하는고? 비단옷을 입고 좋은 음식을 먹는다. 또 무엇하는고? 수많은 미녀를 골라 처첩으로 거느린다. 또 무엇하는고? 은행 회사의 중역이 된다. 또 무엇하는고? 인삼 녹용을 달이고 호르몬 주사를 맞는다. 또 무엇하는고? 주사바늘을 꽂은 채 숨을 지운다. 또 무엇하는고?…… 적연무언(寂然無言). 밖으로 사회를 무시하고 안으로 자성(自性)을 유린한 사람. 모처럼 타고난 인생의 칠십 년. 저주받아라. 지옥에 들기 화살 같다니…….

돌(咄)!

어딘 듯 이 세계의 어디에, 또다른 어떤 세계가 있는 것 같다. 내가 지금 보고 듣고 느끼는 이 세계 밖에 혹은 안에 이 사바가 아닌 비(非)삼차원의 세계가 있는 것 같다. 그것은 허무 혹은 무극(無極)의 세계이리라. 어둠이 있으매 광명이 있듯, 있음이 있으매 없음이 있듯, 생사의 이 예토(穢土)가 있을 때 생사 없는 정토(淨土)가 없을 이치가 없을 것이다. 진정 그 세계는 사바도 아니요 극락도 아니요 적광토(寂光土)도 아닌, 무어라 이름할 수 없는 세계이리라. 그 세계에 지금 우리가 살고 있지 않은가? 살면서 모르매 없는 것이 아닌가?

그러므로 왕생이란 반드시 사후의 세계가 아니요, 한번 우리의 관점을 고칠 때 곧 나타나는 현상이리라. 몸은 여기에 사바에 살면서 마음은 항상 정토에 논다는 말이 곧 이 뜻이 아닐까?

이 현재의 한 찰나, 생사에 걸림 없는 종교적 무심의 '지금'이 곧 그 경지이리라. 살고 있는 '지금' 속에 확실한 무엇을 파악하지 못하고, 어찌 죽어서 간다는 일에 신념이 생길 것인가? 죽어서 극락에 가도 좋다, 또 못 가도 좋다. 혹은 지옥에라도 가도 좋다는 신념, 결정심(決定心) 거기에 진정한 나무아미타불의 본의가 있으리라. 미타의 원행(願行)과 우리의 원행이 둘이 아닌 즉 기법(機法) 일체의 경지가 염불삼매요, 또 무의(無義)의 의일 것이다. 이미 나무아미타불이매 내가 어디 있는가? 내가 없으매 곧 허무. 허무 속에 소리가 있어 아미타불 부르면 그것은 내가 내가 아니라 아미타불. 이것이 곧 왕생이요 무왕(無往)의 왕일 것이다.

몸도 나무아미타불, 마음도 나무아미타불, 생각 생각 모두 나무아미타불…….

무심이란 무엇인고? 마음이 없는 마음. 마음이 없는 마음이란 어떤 것인고? 일체 정식(情識)을 떠난 마음. 일체 정식을 떠남이란 무슨 뜻인고? 일체의 정식 계교를 살린다는 것.

눈이 있어도 봄이 없고, 귀가 있어도 들음이 없고, 입이 있어도 말함이 없는 것. 그것은 다시 눈을 감아도 보지 않음이 없고, 귀를 막아도 듣지 않음이 없고, 입을 다물어도 말하지 않음이 없는 것.

그러기에 달마대사(達磨大師)는 "지시견문각지, 즉시무심(只是見聞覺知 卽是無心)"이라 하였던가? "천하언 사시행만물육, 아부하언(天何言 四時行萬物育 我復何言)"이란 공자의 말씀이 아니던가? 사십구 년 설법하신 석가가 내 일찍이 한 자도 설하지 않았다 하심이 곧 그것이던가?

"이 생사는 곧 부처의 생명이다. 이것을 싫어 포기함은 곧 불명(佛命)을 상실함이요, 또 여기에 집착함도 불명을 상실함이라. 싫어 버림도 없고 흠모도 없는 이때에 비로소 불명에 드나, 다만 마음으로 계교하지 말라. 말로써 운위하지 말라. 내 몸, 내 마음을 완전히 놓아 부처님 품에 던져 들어 부처님 스스로 행하시고, 나는 다만 거기에 따라가면 내 힘들 것 없고 내 마음 쓸 것 없이 생사를 떠나 부처가 된다……." —도원사(道元師)

얼마나 무심 경지의 수동성의 활동인고! 타력의 삼매인고!

보시(布施)는 보시를 잊어서 무루(無漏)의 보시가 되고, 자비는 자비를 잊어서 큰 자비가 되고, 인(仁)은 인을 잊어서 인에 이르고, 사랑은 사랑을 잊어서 사랑에 살고, 종교는 종교를 잊어서 진정한 종교가 되고, 신앙은 신앙을 잊어서 순수한 신앙이 되고, 시는 시를 잊어서 영감의 시가 되고, 나는 나를 잊어서 비로소 온전한 나가 되나니, 건강체는 자기의 건강을 망각하는 것이라! 하물며 그것을 과시하고 교만하랴! 오직 핵심은 '잊음'이란 '잃음'이 아닌 것이다.

숙취에서 일어난 아침. 헌 누더기 같은 자신의 인격과 생활에 불만과 혐오를 느낀다. 뼈아픈 참회와 실의다.

산문에 들어 번민은 더욱 심각하다. '종교는 차라리 고통을 낳는 것' 이라는 누구의 말이 생각난다.

종교는 둔한 양심의 숫돌, 시든 자성력의 식염주사. 심경이 밝아짐으로 말미암아 순식간에 썩어든 자기의 번민이 발견되고 찰나의 악업이 확대되어 보인 것이다. 가책은 산 표징, 번민은 보다 새로운 정신적 양식 추구의 반향인 것이다. 종교는 확실히 고통이다. 그러나 그것은 큰 신앙 출생의 진통이요, 대위안 대환희의 전주곡이다. 대폭풍 지난 뒤의 청명, 정적, 평화의 미소.

▌나 같은 사람이 이 세상에 살 값이 있느냐? 내가 산다는 삶의 뜻이 어디 있느냐? 현재 아무런 기쁨이 없고 앞길에 아무런 광명이 없고. 내가 지금 없어진다면? 내가 하는 일을 그만둔다면? 아무리 생각하여보아도 이 세계가 입을 영향이란 없을 것 같다. 얼마나 허쁜 일인고! 슬픈 일인고!

그러나 나는 오직 나로서, 나 이외의 아무것도 아닌 것이다. 인간의 인간 되는 까닭, 생의 생 되는 진실한 기위(機威)는 어떠한 조건에 있는 것이 아니다. 생이 허락되어 있는 근본적 근거는 오직 하나 생이라는 근거밖에 또 있을 것이 무엇이냐? 어떠한 천재, 어떠한 위인도 그 근거에 있어서 무능한 나와 같이 미미한 벌레에 다를 것이 무엇이냐?

학의 다리는 긴 그대로 옳고, 게는 무틍이 걸음 그대로 바르게 걷는 것이요, 등나무는 굽은 그대로 바른 것이요, 꽃은 지는 그대로 사는 것이나, 물류(物類)는 불구불비(不具不備) 그대로 천성(天成)이 아니냐? 그러면 나의 무능, 이 또한 하나의 만족일거나.

일면, 인간은 바람에 날리는 하나의 낙엽에 틀림없을 것이다. 그러나 일면, 인간은 하늘에 빛나는 별과 같은 것이리라. 어떠한 바람도 날릴 수 없고 어떠한 구름도 지울 수 없으리라. 신앙이란 곧 별 같은 인간에 대한 확증의 체득이 아니냐?

사찰 정화란 무엇인고? 사원의 존엄을 지키기 위하여 그 통로에 철조망을 베풀 것인가? 보다도 절 안의 봉사의 정화를 먼저 할 것이다. 법당과 마루를 깨끗이 쓸고 닦고, 앞뜰 뒤뜰에 수목을 심어 풍경의 미를 더함에 있다 하느뇨? 보다 먼저 승려의 마음을 청소함을 제일로 할 것이다. 깨끗하지 못한 인격의 입문을 금할 것인가? 보다 먼저 문 안의 부정한 사람을 문 밖으로 쓸어내어야 할 것이다. 이것이 가장 바른 자기 요법이 아닐 것인가?

자기에 맹목하던 사람도 종교의 문을 두드려 비로소 자기의 죄업을 발견하고 참회하고 번민한다거늘, 그들에게는 종교란 양심을 파먹는 벌레이던가? 자비가 불교의 근본 종지라면 그들은 어찌 그것을 모른다 하는고? 공(公)를 위한 성전(聖戰)이라고 그들은 변명할 것인가? 성전 뒤에 얼마나 무서운 뱀의 혀가 독의 불을 토하고 있는고? 무아(無我)와 집착을 떠남이 불교의 주요 안목이라면 그들은 어찌 그처럼 구차와 악착을 일삼는고?

그들의 용기를 칭찬할 것인가? 죄를 범하고 악을 감수하여 부처와 신을 두려워하지 않는 곳에 무슨 참된 용기가 있으랴! 두려움 없는 용기보다 두려워하는 용기를 먼저 가져야 할 것이다. 불타를 부르는 입, 경전을 외우는 혀로, 속리(俗吏)의 무리 앞에 아첨을 드리며, 눈살을 가느러이 애교를 띄우는 비비열열(卑卑劣劣)한 그들에게 무슨 용기를 기대할 것인가? 배후의 손가락을 모르는 듯 삼척동자의 웃음을 못 들은 듯 하나의 이사(理事)를 영예라 하여 동분서주하는 무치(無恥), 과연 일체의 분별망상을 떠난 종교적 천재아로다.

승려의 적은 결국 승려, 때는 오고 기(機)는 절박하지 않았느냐? 개혁의 제일종을 울릴 자 누구뇨!

생각하건대 범성(凡聖)과 선악이 오로지 일념이라거니, 스스로 반성하는 지난 악은 참된 종교의 광명에 녹아드는 도화선이라, 다행히 부처와 신을 마주하여 자문자답이 있어봤으면…….

진정한 종교에는 다만 오늘이 있을 뿐이다. 내일이 없다. '지금'의 생활 사실 순간순간을 바르게 사는 '지금' '지금의 성(誠)'—인생의 참 의의는 실로 이것밖에 없다. 과거는 과거로 장사하라. 내일 일은 내일 일로 미뤄두라. '지금의 성(誠)'—오직 여기에서만 모든 것은 생명을 얻어 빛나는 것이다. 아름다움만이 아니라 못남도, 참만이 아니라 거짓도. 미래의 약속을 말하지 말라. 죽음의 배경을 그리지 말라. 삶의 실현은 오직 '지금의 성(誠)'에 있는 것이다.

자력문(自力門)이나 타력문(他力門)이나 결국 종교는 무심으로 극치를 삼는다. 그 무심이란 종교적 무심을 이름이니, 종교적 무심이란 무엇인고? 사량분별(思量分別)과 계교정해(計較情解)를 떠난 마음이다. 그것은 낙엽을 날리는 바람이다. 섶을 사르는 불과 같은 무심도 아니요, 주린 범이 짐승을 잡아먹고, 벌이나 나비가 꿀을 빠는 무심도 아닌 것이다. 전자는 사량분별이 없기는 하나 단순한 자연계의 물질적 무심인 것이요, 후자 또한 계교정해를 떠났으나 그것은 생물계의 본능적 무심인 것이다. 그러므로 종교적 무심이란 즉 인간적 무심을 이름이니, 물질이 물질적 양식으로서의 무심이 있고, 일반 생물이 일반 생물적 양식으로서의 무심이 있듯, 인간은 어디까지나 인간적 양식으로서의 무심이 있는 것이다. 그것은 기계적 세계를 떠나, 본능적 세계를 지나, 의무적 세계(인간적 유심)로 나와, 다시 그것을 극복 초극한 종교적 세계, 즉 인간적 무심인 것이다. 그것은 유심적인 무심, 본능적인 의식, 신적인 인간적, 비신(非神) 비인적(非人的)인, 역신(亦神) 역인적(亦人的)인 것이다. 무의미의 의미, 무목적의 목적인 곳에 노력과 창조의 무심의 세계가 전개되는 것이다.

응무소주이생기심(應無所住而生其心) —「금강경(金剛經)」
종심소욕불유구(從心所欲不踰矩) —「논어(論語)」

자기에게 맞는 세계만을 추구하고, 또 거기에서만 생활하는 것은 자기를 봉쇄하고, 제한하고, 위축하고, 마지막에는 자살시키는 것이 아닌가?

자기를 세우는 곳에 세계는 지옥화한다.

모두가 아닌 곳에 모두가 될 수 있다. 그러나 모두가 될 수 있는 곳에 하나도 못 되는 내 자신이 아니냐? 결국 하나도 아닌 곳에 나의 번뇌가 있는 것이다. 아무것도 아닌 것은 단(丹)도 아니요 중(中)도 아니다. 평평범범(平平凡凡)의 비애, 진수자(進隨者)의 곤비…….

저녁 자리에 들 때마다 하루 생활의 총결산을 지어본다. 참회도 있고 격려도 있다. 그러나 언제나 참회와 격려의 반복.

생활의 만성화다. 놀람. 전율…….

내

하나의 존재로 여기 누웠나니…….

'나'가 어디 있느냐? 어느 것이 내냐? 이것은 내 팔, 이것은 내 다리, 이것은 내 입, 내 코, 내 눈, 내 배…… 결국 '나'란 어디 있느냐?

나란 하나의 말, 하나의 개념이다. 어떤 현상을 이해시킬 정도의 의미밖에 아무것도 아닌 비(非)실재적인 것이다. 나라는 항상하는 불멸의 실체(본체)가 어디 있느냐? 나란 사대화합(四大和合)의 관계성을 의미하는 거짓 이름에 불과한 것이다. 찰나찰나 생멸 변화의 연적(連續)의 무자성(無自性). 이미 자성이 없거니, 피아(彼我), 생멸(生滅)의 정해진 모습이 어디 있으랴! 이미 결정상이 없거니 희노애락이 어디 있으랴! 모두가 망상, 망상의 그림자!

파우스트는 땅의 신 앞에서 괴로워하였다. 그러나 그 땅신은 자기가 스스로 부른 것이다.

눈으로 보는 견(見), 마음으로 보는 관(觀). 범부는 견의 거짓 모습에 끌려 번뇌하고, 성인은 관의 실상에 태연히 움직이지 않는다. 중생은 거짓 모습의 차별에 애증을 세우고, 부처는 실상의 평등에서 오로지 자비뿐이다. 아미타불의 서원, 관음보살의 자비, 모두 이관(理觀)을 통한 사관(事觀)에서 나온 무아의 역용(力用)인 것이다.

아침의 경책(警策) —.

"너는 먼저 방일하지 말라. 그러기 위하여 먼저 '의(意)'를 깨끗이 가져라. 의는 모든 일에 앞서고, 주가 되고, 모든 일은 의로써 이루나니. 의를 깨끗이 가짐으로 자제와 분발하는 힘을 얻어, 어떠한 폭류에도 표탕(漂蕩)되지 않는 주(洲, 피난처)를 지어라."

I

부모나 형제나 부귀나
그 밖에 남이 내게 어떠한 일을 하더라도
내 스스로 정(正)으로 향하는
내 마음이 지어내는 행복만은 못하나니라.

—「법구경(法句經)」

어젯밤 일을 생각하면 할수록 불쾌가 가슴을 메운다. 오류와 실패와 차질투성이인 생활. 갈수록 세계와 자신에 염오와 절망을 느낀다.

어째서 인간은 진리에 대해서 전력을 다해서 반항하면서 허망에 대한 생래의 기호를 가졌을까? 지(智)와 애(愛)와의 불일치, 이성과 양심에 대한 감정의 우월, 의욕에 대한 사유의 노예화…….

일반적으로 보아 인간성의 실천적 존재면에서 동물성과 그 거리가 얼마나 되는고? 인간의 참된 영예를 가진 자는 결국 소수 몇 사람에 불과하지 않는가? 그러나 희소한 이 몇 사람으로써 인간은 동물에 대한 인간으로서의 체면이 서고 세계는 향상하는 것이다. 이것은 인간 전체의 자랑이다. 그러나 내 개인에 대해선 하나의 치욕이다.

오늘은 내 생일이다. 맑은 하늘, 이상하게 청명한 날씨다.

하나님이 나를 창조하지 않았고, 하늘이 나를 내지 않았으매, 나는 나의 생탄의 의의를 생각하고 싶지 않다. 자기 미망의 업보로 생겨났고, 생겨났어도 우수한 성격과 천분과 재능—모두 복과 혜(慧)를 타고나지 못했으매, 도리어 자기 자신이 밉고 또한 가엾다. 그러나 다시 생각하건대 다행히 육도(六途)에 떨어지지 않고 사람으로 태어난 것, 사람으로서도 남자로 태어난 것, 남자로서도 불구가 아닌 것, 또한 말세이나마 불법(佛法)을 만난 것…… 이런 것으로나 마음을 꾀어 지족(知足)의 덕을 배울까?

힘이 정의로, 다수가 진리로 행세하는 것을 하나의 합법적 원칙으로 강요하고 인정하는 이 세상, 권세를 위해선 성격도 양심도 신앙을 팔고서도 양양자득(揚揚自得)하는 그들은 얄밉고, 숫자의 다수를 진정이라 선언함으로 유력자의 도리와 명식자(明識者)의 도리를 혼동하여 열심과 정직으로 스스로 거기에 현혹하는 민중의 우둔은 동정은 하지만 존경할 수는 없는 것이다. 백 마리의 닭보다 한 마리의 학. 완전한 기왓장보다 부서지는 옥이 귀하다.

저녁 후 K씨가 와서 밤이 깊도록 이야기하다. 그러나 어딘지 마음에 폭 안겨드는 친밀한 기분이 생기지 않는다. 한 방 안의 대좌, 장시간의 회화도 오히려 천리의 거리—혼과 혼의 접촉이 결핍되었기 때문이다.

아침에 법구경 일절을 읽다.

"아무리 좋은 교설이라도 실행하지 않으면 그 과(果)가 허망한 것이다. 마치 아름답고 사랑스러운 꽃이 향기가 없듯."

지식으로 아는 힘이란 실로 미약한 것이다. 그것이 하나의 체험으로서 맛들일 때 비로소 그것은 생명을 얻어 사는 것이다. 가난의 슬픔, 외로운 나그네의 설움, 또한 성자의 환열(歡悅), 모두 그럴 것이다.

삶이란 나날의 향상, 때때의 창조, 찰나찰나의 새로움이어야 할 것이다. 이것은 끊임없는 자기 의식, 자기 회수(回收)에서 오는 아름다운 꽃이리라. 그러나 사람이란 얼마나 자기 생명의 망각과 산일(散逸)과 무의식적 꿈속에서 생의 열과 시간을 허비하며, 또 반복과 답보와 정체에서 저미(低迷)하는가?

우러를수록 더욱 높고, 팔수록 더욱 깊고, 친할수록 더욱 경외로운 곳에 진정 크고 아름다운 인격이 있다.

내게 오는 화심(禍心)을 알면서 전연 모르는 듯 친하게 사귀는 속임수, 모멸하면서 능히 멀리하지 못하는 쓴눈물, 이것이 세속의 평상이라 생각하면 어, 묵, 동, 정(語默動靜) — 실로 예사로운 일이 아닌 것이다.

무엇을 할까? 아니다. 어떻게 할까가 문제다. 사물에 무슨 귀천과 대소가 있으랴! 그것을 대하는 내 마음의 태도에 진위와 염정(染淨)이 있을 뿐이다. 비록 마당의 풀 한 포기를 뽑고, 방 한 번을 닦는 것도 그것을 대하는 태도가 진성(眞誠)일 때는 그 공덕이 시방 중생에 회향되어 위대할 것이요, 국가를 책략하고 천하를 평정한다 하더라도 그 마음에 때가 끼일 때는 하나의 미미하고 사사로운 일에 불과할 것이다.

업(業)이란 몹시 치근치근한 것으로서 재 속에 파묻힌 불과 같이 한번 나타나기 전에는 그 열기, 좀처럼 식지 않는 것이요, 또 새로 짜낸 소젖과 같이 바로 그 자리에서 익을 줄 몰라 쫓아다니면서 사람을 괴롭히는 것이다. 한번 벽을 향해 던져진 고무공은 반드시 돌아오는 것이다. 다소의 지자(智者)는 악을 행하면서 마음을 괴롭히나, 우자(愚者)는 그 보(報)가 나타난 후에야 비로소 죄책을 느끼는 것이다.

어쨌든 수치를 잃은 여성은 탈선한 기차보다 무섭고 난폭한 것이다.

만일 이러한 여성이 둘만 있었다면 이 세상에 도를 이룰 사람이 없었을 것이라고 부처님은 말씀하셨거니와, 아닌게 아니라 이 지상에 여성만 없었다면 성도할 사람이 많았을 것이다.

▌ 여성은 죄업의 과보의 일종이란 말도 있거니와, 사실 여성은 항상 임신이란 무거운 짐을 운명적으로 가지고 있는 것이다. 그러나 그는 항상 은폐된 업무를 다하고, 가정은 암암리에 그의 손에서 처리되어가는 것이다. 남성은 구태여 그들의 찬미자는 될 필요야 없겠으나 그들에 대한 확실한 지식과 깊은 이해는 있어야 할 것이다. 우리의 생식은 항상 본능적 요구로서 보다 새로운 이성(異性)에게로 헐떡이며 달리나, 이것은 부조리의 욕망으로서 어떠한 아름다운 이유나 변명으로서도 그 이기적 부절제는 긍정시킬 수 없을 것이다. 그것은 하나의 사음이기 때문이다. 사음이란 관능적 육욕의 사곡(邪曲)된 행위이기 때문이다.

일기를 적기 시작하고부터 나는 못내 우울해졌다. 일기는 끊임없이 자기 의식, 자기 비판, 자기 성찰, 양심의 소리, 신의 심판이기 때문이다. 일기에 거짓이 없으면 없을수록 더욱 그러하다. 변함 없는 죄과(罪過)의 반복, 자기에 대한 불만에서 오는 우울이다.

일기에서조차 우리는 적나라한 자기 고백을 기피하지 않으면 안 되는 것일까? 지난 일기를 뒤적일 때나 일기를 적어나갈 때에 '거짓말'이란 소리를 등뒤에서 듣는다. 그러므로 고백의 회피는 공연한 수고요 기우다. 사람은 다 같은 사람이매 남이 두려울 것이 없고, 자기가 부끄럽다면 문자의 유무에 무슨 상관이랴? 너는 먼저 자기 폭로의 용기를 배우라. 그것이 위선 습관화의 미연의 방지책이다.

"차라리 남근을 독충의 입 안에 넣을지언정 그것을 가져다 여근의 그 속에 넣지 말라." —「사분율(四分律)」

맑은 이성적 인격을 가진 불타는 일면 강렬한 성욕을 소유한 불타였다. 그것은 엄혹하게 제정되어 있는 율법, 특히 음계(淫戒)를 보면 알 것이다. 그것은 단순한 지적 상상의 소산도 아니요 고의적인 관심도 아닌 것이다. 그것은 그의 성욕의 강렬에 정비례하여 표현된 것이다. 심각한 성의 오뇌와 성의 체험이 없는 곳에 그처럼 박절하고 친절한 음계가 제정될 수 없고, 또 본능적 관심이 아닌 곳에 심각한 오뇌와 철저한 체험이 생길 수 없는 것이다. 그러나 불타의 이 성격은 결코 불교의 결점이 될 것은 없다. 차라리 실로 그것 때문에 불교는 인간의 종교로서 가장 적절한, 강력한 내적 생명의 직감에서 나온 참으로 웅대하고 광휘 있는 종교인 것이다.

세상 사물에는 흔히 그 원인의 반대로서 그 결과가 표현되는 일이 있다. 절실한 자기보존의 욕망에서 자살이 생기고, 철저한 행복의 추구에서 염세가 생기고, 강렬한 사랑의 독점욕에서 질투가 생기는 것이다. 고금의 많은 둔세자(遁世者) 속에서 우리는 얼마나 많은 착세자(着世者)를 발견하는가? 모든 종교의 교조(教祖)처럼 큰 욕심의 소유자는 없다.

인격의 멸시를 받으면서, 일에 대한 약간의 재능으로 항상 승리를 가지는 수가 있다. 더욱이 그 승리를 과시하고 자득한다.

누가 구제하려나?

S의 편지를 받다. 진정 의외다. 세련된 필치와 문학적인 수사에 조그마한 구김살도 없음은. 직접 그를 대면한 듯 반갑고 유쾌하였다.

그러나 몇 번이나 훑어보아도 그의 본의가 나타나지 않는다. 극히 이지적인 그의 성격에서 하나의 경이가 아닐 수 없다. 침착한 정열, 그것은 흔히 사람의 호기심과 신비감의 유발에 보다 우수한 매력을 가지는 것인가 싶다.

그는 연애에 실패당할 위험성은 조금도 없는 재지와 영리를 가졌다. 그러나 그것은 그의 음모나 계교나 고의에서가 아닌 성격적인 점에서 나는 차마 비난할 수가 없다. 음인가 하면 어느새 양, 나타나는가 하면 어느새 숨어버리는 둔갑술은 여성으로서 가지는 최대 최선의 무기요 방위책이라 할까? 그러나 그는 영원히 생의 외연(外緣)과 사랑의 연안에서만 방황하고 배회하는 자! 결코 생의 진미는 맛보지 못할 것이다.

"만일 좋은 곳에 장가들어 아들딸을 많이 낳아 재미있게 지내는 곳에 선생님의 행복이 있다면, 저는 그것을 빌 것이요, 불교에 귀의하여 세우(世憂)를 잊고 거기에서 새로운 즐거움을 느끼는 것이 선생님의 행복이라면 저는 그것을 빌겠습니다…….” 이렇게 그는 나의 행복을 빌고, 이 행복을 비는 것은 과거의 교분에서 오는 인정의 소치라 하여, 인정의 고귀함을 극구 찬양하고, 신이 인간에 부여한 모든 것 중에 가장 귀한 것은 인정이라 하였다. 그러나 인정이란 하나의 종합 개념으로, 그것이 동성 간에 있어서는 우정으로, 이성 간에 있어서는 곧 연정이 아닌가? 마지막에 그는 다시

“제가 지금 부처님 품에 안길 수 있는 몸이 될 수 있다면 얼마나 행복되겠습니까? ……”

나는 가슴의 두근거림을 느끼며 얼굴이 확확 달았다. 그리고 곧 회답을 어떻게 써야 할까를 생각해보았다. 이것이 유혹이 아닌가? 그러나 이 유혹의 허물은 S에게 있는 것이 아니다. 그는 단순한, 그야말로 깨끗한 인정에서인지도 모른다. 유혹받는 것은 내 마음의 부정, 내 자신의 허물이다. 그러나 나는 답을 써야 한다. 답을 쓰는 것은 하나의 의무가 아니냐? 의무? 나는 아무리 의무라 부르짖어보았으나 그것은 유혹받는 내 마음의 구실밖에 아니었다. 이미 사라진 구름, 모래밭에 엎질러진 물이 아니냐? 참자. 그리고 냉혹히 사는 의지를 가지자. 때로는 추상 같은 냉혹이 도리어 춘풍 같은 온정 이상으로 자타를 살리는 수가 있다.

나의 무능은 때때로 훌륭한 덕목의 찬사를 가져온다. 완전히 투지를 상실하였으면서 교묘히 자기를 호도할 때는 '신사적'으로, 상대자의 죄악조차 매질하지 못하면서 스스로 덕화(德化)의 그늘에 숨으려는 때는 '인도적'으로, 함부로 양보함으로 말미암아 자기의 비굴과 타인의 횡포를 조장하면서 겸양의 미덕으로 자처할 때는 '초연(超緣)'으로…….

이리하여 나는 포용의 갓을 쓴 소담자(小膽者), 아량의 신을 신은 비겁자. 너에게 무엇이 있느냐? 어떤 일이 네 앞에서 너의 손을 기다리고 있느냐? 차라리, 차라리 ㅇ으로 돌아가라.

얼음같이 살자. 그렇지 않으면 불같이 살자.

온 세상을 모두 미워할 수 있었으면, 그렇지 않으면 모두 사랑할 수 있었으면…….

이도 저도 아닌 곳에 번뇌의 구더기가 끓는다.

문득 거울 속에 비친 내 얼굴, 한번 자세히 살펴보고 싶었다.

눈, 코, 입, 이마, 턱, 귀…… 내가 요렇게 생겼던가? 새로 발견한 내 얼굴, 못생긴 얼굴이다. 자기와 세계의 틈 사이에서 울고 성내고, '의무'와 '미(美)의 혼'의 투쟁에 시달리고, 역사(업보)와 창조(신)를 함께 원망 탄식하고, 해서 안 될 사랑에 남 몰래 가슴을 짜고, 지난밤도 한밤, 죽음을 생각하던 요것이 나이던가!

인고는 위대한 것이다. 터질 듯한 가슴을 누르고 치밀어오르는 피를 씹으며, 그러나 남에게는 그런 빛 없이 태연히 지내는 자기 자신. 세상에 이 이상 더 어려운 일이 있을까? 인고의 부대는 견디면 견딜수록 그 끈이 질겨지나니, 하고 싶은 말 안 하고, 하고 싶은 일 안 하는 궁굴(窮屈). 그 인고 그 단련 속에서 비로소 미력한 자기가 빛을 내기 시작할 것이다.

C가 와서 책상 위에 놓인 자물통을 열쇠로 못 견디게 잠갔다 열었다 한다.

"그걸 자꾸 왜 그러니?"

"재미있어 그래요."

"그게 뭐 재미있어?"

"재미있지 않아요? 자, 보아요. 요놈이 꼼짝없이 요렇게 꼭 잠기었지요? 그러나 요걸 요렇게 한 번 돌리면 찰깍하고 열리지요? 찰깍하고 열리는 요것이 재미있어요…… 나는 열쇠를 사랑해요. 사람의 마음을 요렇게 열어주는 열쇠는 없나요?"

그렇다. 열쇠는 사랑스럽다. C도 열쇠를 찾는구나. 나도 열쇠를 찾는다. 사람은 누구나 열쇠를 찾는다.

기적이란 무엇인고? 기적이 어디 있는고?

超재성(超在性)의 광신자는 항상 불신(佛神)의 가시적 객관적 간섭만으로 착안하고 추구하여, 그것을 기적이라 하여 만족하고 과시한다. 그것은 결국 하나의 무지요 색맹인 것이다. 그 기적은 언제나 부분적이요 단속적이요 일시적이요, 그에 따라 신앙 또한 변하기 쉬운 위험이 있는 것이다.

진정한 기적은 결코 불신의 객관적 외적 간섭이 아니다. 그것은 차라리 불신의 내면적 심리적 작용인 것이다. 그러므로 한 번 자기 생명의 속 깊은 곳에 침잠함으로, 거기에서 그 내재의 불신의 호흡을 느끼고, 그 힘과 그 뜻을 정신적으로 지각하고 직관할 때, 날마다의 일, 일체의 현상, 그 어느 것이 기적 아님이 없는 것이다. 그 기적은 보편적이요, 상항적(常恒的)이요, 전체적이요, 따라서 그 신앙은 반석처럼 안주하고, 그 안계에는 언제나 경이의 세계가 전개될 것이다.

'신통병묘용 운수급반시(神通幷妙用 運水及搬柴)' 가 곧 그 세계를 이름이 아닐까!

신의 힘, 부처의 뜻을 완전히 이해하고 파악한 곳에 기적이란 아무런 의미도 가질 수 없다. 거기에는 일체가 보통일이요, 아니면 일체가 기적이기 때문이다.

기적이란 언제나 제한된 힘의 범위, 인간의 근시안에서만 성립될 수 있는 것이다.

내게 내가 동경하는 이상적 생활이 있지 않느냐? 그러면서 왜 실행하지 못하는가?

추구하는 노력, 돌진하는 의지가 없는 이상은 결국 몽환이 아니냐? 항상 내일을 기약하나 과학적 계획이 없는 내일은 막연한 꿈이요 허쁜 환영인 것이다. 날은 가고 때는 흐르고, 한 번 간 청춘은 영원히 돌릴 수 없지 않는가?

나의 내기(內氣)와 무력, 우유(優柔)와 고식(姑息), 더구나 내 기약은 하나의 불운으로 많은 행운까지 희생시키고 있다.

"우리는 우리 생활의 가장 아름다운 날을 계획에 허비한다."—볼테르

그러나 나는 나의 그것을 다만 무위의 동경에만 허비하고 있다.

고요한 새벽. 문을 여니 물빛 같은 공기 속으로 함박눈이 폭폭 내린다. 언제부터 내렸는지 뜰에 가득 쌓인 눈이 문턱에 닿을 것 같다.

눈은 너무 하얗다. 너무 깨끗하다. 너무 조용하다. 앉아서 바라보기에는 너무 신비하고, 혼자서 바라보기에는 너무 아깝다.

밤중. 세상의 온 소리가 모두 고요하다.

보던 책 덮고, 혼자 무연히 불 앞에 앉았으니 문득 까마귀들이 요란스레 울부짖는 소리가 들린다. 골을 울리며 내려오는 비바람 소리. 저 바람에 놀라 이는 까마귀들인가보다.

까마귀나 사람이나 생의 고달픔에야 무엇이 다를 바 있으랴?

산당정야좌무언(山堂靜夜坐無言)
적적요요본자연(寂寂寥寥本自然)
하사서풍동림야(何事西風動林野)
일성한안돌장천(一聲寒雁突長天)

—야부(冶父)

S와 K와의 논전이 있었다. 일인즉 K의 주장이 당연하고 또한 참에 가까웠다. 그러나 S는 자기의 지위, 자기의 체면상 굴하는 것을 하나의 치욕인 듯 끝까지 버티어, 궤변과 짧은 지혜, 또 그 위에 조그마한 지위적 권위의 억압으로 승리를 얻었다. 그러나 비록 이론의 패배를 당하기는 하였으나 K의 이론이야 어찌 그것을 승인할 것인가?

S의 승을 위한 승은 결국 하나의 비겁한 지배욕으로, 자부심이 일시 양심을 축출하고 그 자리를 차지한 것뿐이니, 만일 양심이 다시 제자리로 돌아올 때는 그 패배의 비애를 씹지 않으면 안 될 것이다.

실로 인류문화사에서의 사상사 속에는 얼마나 많은 천재가 자기의 기호를 위하여, 지배욕의 충족을 위하여, 성공의 과시와 유혹에 끌려 진리를 왜곡시켰을까? 승리의 패배, 패배의 승리……
승리와 패배는 오직 자기만이 아는 것이다.

봄이다. 확실히 봄이다.

뜰에 가득한 흰 눈 위에, 흘러내리는 황금 햇살, 금빛 은빛의 교향악. 마루 끝에 나가 앉아보면 이마가 못 견디게 재글거리고 눈은 저절로 감긴다. 눈꺼풀 속으로 새어드는 햇볕. 얼굴을 스치는 바람. 가슴은 수정처럼 투명해지고 몸은 한낱 풍선인 듯 바람에 날려 햇볕을 타고 하늘로 오르는 것 같다.

뜰 복판에 홀로 푸른 작은 전나무 한 그루. 어디서 이름 모를 산새 한 마리가 가벼운 몸을 날려 위태로이 앉더니 조그마한 불안도 없이 그저 자꾸 재잘댄다. 저기도 무슨 악보가 있는가? 그저 좋아서 못 견디는 모양이다.

흰 눈, 노란 햇볕, 파란 바람…… 봄이다. 죄 없는 봄이다.

인간과 초인간과의 관계에서 종교가 생겼다면 인간 대 인간과의 관계에서 윤리 도덕이 생긴 것이다. 그러므로 갑을의 상호 제재, 상호 장해가 없다면 거기에는 윤리 도덕의 보존 지속이 있을 수 없다. 만일 전연 남의 보고 들음의 장해가 없는 세계에 갑을의 대립을 생각해보자. 인간적 질서, 과연 몇 시간을 이어갈 것인가?

그러나 인간 상호의 부득이한 외적 장해, 그것은 하나의 발전과정으로, 그것을 통과하여 스스로 나아가는 내적 자유—거기에 진정한 윤리 도덕의 구극의 세계가 있을 것이다.

필경 윤리 도덕은 인간 정신의 발전에 있어서 초극될 하나의 단계에 불과한 것이다.

그 행위로 자기를 보이는 수도 있고, 그 말로 자기를 알리는 수도 있고, 그 눈동자로 자기를 말하는 수도 있다. 만일 이것들이 서로 모순되고 서로 배반될 때, 우리는 그 어느 것을 '참의 그'라 하여 믿어야 할 것인가? 대개는 눈동자만이 진실한 그의 본질의 표현으로서, 그 말이나 그 행은 수식과 작위라 하여 믿지 않는다.

그러나 말이나 행이나 눈동자, 그 어느 것도 그 아님이 될 수는 없는 것이다. 말이나 행의 그는 차라리 눈동자의 그보다 보다 높은 그 자신인 것이다. 눈동자의 그가 현실의 그라면 말의 그, 행의 그는 이상의 그, 동경의 그, 향상의 그이기 때문이다. 그것은 곧 인간 일반의 그인 것이다.

우리는 그 어느 것이라도 믿어야 한다. 그리고 한 사람뿐이 아니라 누구라도 믿어야 한다. 의심은 자기를 더럽힐 뿐이다. 믿어서 속는 것은 의심해서 초조한 것보다 얼마나 유쾌하고 죄 없는 것인가? 그뿐 아니라 우리는 사실 절대로 속는 일이 있을 수 없다. 인간 일반은 결코 우리의 신뢰를 저버리지 않기 때문이다.

인간에의 신뢰, 실로 이것은 우리 혼의 평범한 숙박소·위안처요, 불신(佛神)에의 신앙이 곧 그것인 것이다. 여기에서 생활의 어둡고 거친 풍우의 밤은 평정한 아침으로, 나직이 누르는 음울한 하늘은 청명한 하늘로 전화 전개되어가는 것이다.

깊어가는 인간의 결합, 높아가는 세계의 향상.

모든 인간의 진정한 결합은 각 개인 개인의 진정한 하나의 독립인임을 전제로 하는 것이다. 개인의 독립이란 각인이 각각 하나의 초점에 생명의 불을 붙이는 것이다. 각각 자기 자신으로 돌아가는 실행인 것이다.

인간은 누구나 각각 그 자기가 되기 위해서는 설산의 산정에 혼자 서 있는 돌바위와 같은 고독을 맛보지 않으면 안 되는 것이다. 그러나 그 고독은 은둔의 고독이 아니요, 대중의 한복판, 원수와 적의 속에 들어 투쟁하면서 견디어가는 고독이다. 이 고독은 잔인하나 광영이다. 그것은 최초의 시련자에게 주어진 시련이요, 불신(佛神)의 축복이 그 머리 위에 있기 때문이다.

▌자고 나니 이상하게 기분이 좋고 마음이 기뻐서 무슨 큰 기대가 있을 듯하기도 하고, 또 무슨 반가운 소식이 어디서 올 것도 같다. 꿈은 생각해보아야 깨달아지지 않는다.

유달리 좋은 날씨. 아마 금년 들어서는 처음일 게다. 바람 한 점 없고 맑은 하늘에 퍼지는 아침 햇볕—어쩌면 이리도 따스하고, 달갑고, 포근하고, 다정스러울까? 꼭 껴안고 싶은 아침. 바람과 햇볕과 공기를 다 잡아삼켜도 한이 차지 않을 아침. 아름다운 청춘을 느낀다. 사슴처럼 뛰어다녀도 보고 싶고, 산새처럼 무엇이나 자꾸 재잘거려보고도 싶다. 팔을 들어 내저어도 보고, 어깨를 쳐보기도 하고, 심호흡도 해보고, 하다 못 해 하늘을 우러러 휘파람을 날리며 앞 개울가를 시름없이 거닐었다.

오전에 뒷산에 꽃이 피었다는 소식을 듣고 무슨 큰일이나 생긴 듯 달려가보았다. 과연 눈 녹은 잔디밭에 노란 꽃이 여기저기 흩어져 피어 있다. '눈석이'라는 꽃이다. 오래오래 떠나 있는 사랑하는 사람을 만나본 심정이 이렇다 할까?

나는 가장 아름다운 놈을 골라서 두 송이를 꺾었다. 누구에게 드리기 위하여서인가?

새벽에 눈이 뜨이니, 아직도 술이 다 깨지 않았다. 얼마나 취하였는지 어제 일이 분명치 않다. 오랜만에 좀 과하게 마셨던 까닭이다.

나는 문득 옛날 선친께서 벽에 붙여두셨던 계주명(戒酒銘)이 생각났다.

일왈 손명(一曰 損命)
이왈 희행(二曰 戲行)
삼왈 모재(三曰 耗財)

향락이란 자기 스스로 그물을 뒤집어쓰는 것이다. 미처 깨닫지 못하는 사이에 손발이 자유롭지 못할 때 비로소 사람은 놀라는 것이다.

연애가 무엇이냐? 오늘 뜻밖에 그는 내게 이렇게 질문을 던진다.

연애란? 글자 그대로 '사랑을 그리는 것'. 이성 사이에 있어서 상대자의 신비적인 사랑을 그리는 감정의 꽃. 그러나 그것은 어디까지나 도덕적이 아니어서는 안 되는 것이다. 도덕적이란 도덕에의 희생이 아니라, 성욕 행위 이상을 의미한다는 것이다. 즉 그것은 자기의 인격을 출발점으로 한, 새 인격의 창작적 정신에서 솟아나는 의지적 정열이 아니면 안 된다.

우리는 광인이 아닌 이상, 많은 자기, 여러 개의 인격을 가질 수 없다. 그러므로 여러 개의 애인을 가질 수 없는 것이다. 통일을 상실한 인격에 질서 있는 생활이 있을 수 없듯, 다원적 분열적인 연애에 고요한 행복이 있을 수 없다.

그것은 인생의 꽃, 미(美) 중의 미, 청춘의 초점, 생의 매력…….

오늘의 선함이 내일의 악으로, 어제의 금지가 오늘에는 허락으로, 바름과 삿됨이 그 얼굴을 고치고, 옳고 그름이 그 자리를 바꾸어, 덧없이 변전하는 세태와 인정…….

이렇다 하여 다만 권, 세, 그리고 힘이 인간 도덕의 규범이 되고 기준이 되어, 최후의 결정권을 점령하여 옳을 것인가?

도덕의 변이성은 일상 우리가 목격하는 현실의 사실인 것이다. 그것은 마치 우리의 생명에 변화와 성장과 도태가 있음과 같은 것이다. 그러나 진정한 도덕은 결코 그러한 맹목적인 것이 아니요, 하나의 절대가 아니면 안 될 것이다. 또한 그것은 마치 변화와 성장과 도태를 행하는 우리의 생명이, 그 자신 하나의 절대적 목적을 가진 움직임 그 자체와 같기 때문이다.

생명의 이러한 내부적 절대성이 다른 모든 표면적이요 기계적이요 우연적인 경박성을 배척할 때, 여기에 도덕의 변이성이 있는 것이다. 그러므로 도덕의 변이성이란 결국 상대적 세계에 있어서의 분열적 자아의 발전과정에 불과한 것이다. 생명의 그 가변 속에 불변성의 본질을 가지듯, 도덕도 그 변화 속에 불변성의 본질을 가진다.

생명 그 자체의 절대적 목적이란 절대적 자유인 불성(佛性)의 성취인 것이다.

만일 '자유'가 없었다면 우리에게는 자유의 요망이 없었을 것이다. '영원'이 없었다면 또한 영원에의 기쁜 구함이 우리에게 생길 수 없을 것이다. 어머니의 젖이 있었기에 갓난아기의 젖의 요구가 있고, 처녀가 이성에 눈이 뜨였을 때 벌써 그 주위에는 총각들이 둘러싸고 있는 것이다.

'나를 버리고 오직 부처의 뜻을 따르라'는 부처의 말씀이나 '구하라, 줄 것이다'는 예수의 말씀이 어찌 우리에게 속임이 있으랴! 나를 버려라, 이웃을 사랑하라 하실 때 우리는 그 결과를 생각하거나, 더구나 그 결과의 허실을 의심할 것이 아닌 것이다. 요구의 출발의 근원이 인위적 무리가 아니요, 우리에게 이미 비치되어 있는 불가사의한 생래적 충동이매 어찌 그 감응의 실재에만 생명의 신비가 결여되었을 것인가?

사실 우리는 얻지 못하였기에 믿지 않는 것이 아니라, 믿지 않았기에 구하지 않은 것이요, 구하지 않았기에 얻지 못한 것이다.

우리의 생명은 자유를 요구하는 것이다. 그러므로 그 생명의 요구에 부합하고, 그 목적의 성취에 도움이 되는 생활이 가치 있는 생활이다.

가치 있는 생활이란 결국 유쾌하고 쾌적하고 재미있는 생활일 것이니, 이 모든 요소는 자유를 같이하거나 적어도 자유에의 지향에 계합할 때에만 일어나는 기분인 것이다.

자유란 생명과 그 주위의 조화에 있어서만 가능한 것이다. 그러나 그 조화를 위하여 물(物)로 하여금 내게 따르게 할 것인가? 내 스스로 물에 따를 것인가?

모름지기 먼저 자타의 대립을 공화(空化)시켜라. 그것은 보다 먼저 자아의 공화에 있는 것이다.

오전에 일찍 C가 다녀간 뒤, 잠깐 자리에 누워 있으니 처마에 눈 녹는 낙숫물 소리가 갑자기 큰비가 오는 듯하다. 날씨가 따슨 것을 가히 알 수 있겠다. 가끔 어디서 오는 벌 소리가 창밖을 지나간다. 네 척 남짓이나 쌓였던 눈도 오늘 지나면 거의 다 녹을 것이다.

몸보다 마음이 너무 걸늙는 것도 걱정이지마는 몸보다 마음이 너무 젊은 것도 커다란 오뇌가 아닐 수 없다. 봄이 오면 왔지 내게 무슨 상관이랴마는 공연히 마음이 뒤설레어 청춘이 아까워지기도 하고, 안타까운 감상이 가슴을 치밀어오르기도 하여, 가벼운 행장으로 천만 리 여행을 떠나고 싶기도 하다.

내 온 길이 이미 삼십에도 네 고개. 내 한 일이 무엇인고? 남에게 이것이라 내놓을 만한 것이 무엇인고? 나 자신을 향하여 스스로 얻었다 할 것이 무엇인고? 얼마 안 있어 사십, 또 오십, 육십, 칠십…… 내 무엇으로 고인의 뒤를 이었다 하며, 후인에게 물려줄 것이 무엇인고? 고인과 후인의 교량의 역을 무엇으로 할 것인고?

앞 개울의 물소리가 하도 소란하기에 이상하여 나가보았더니, 큰비 온 뒤의 개울과 같이 약간 누르스름한 물이 세차게 흘러내린다. 먼 산골, 이 골, 저 골에서 흘러나오는 눈 녹은 물이다.

눈과 얼음으로 잠가두었던 연못도 어느새 풀려 맑은 물이 가득히 넘쳐흐른다. 서너 사람의 나들이 다녀오는 학인들도 있다.

생명의 영광(靈光)에 한 번 쪼이면
모든 실재는 절대화한다.
생명은 생명 그 자신, 유일의 목적이매.

보다 호젓하고 아늑한 곳을 거닐어보고 싶어 오랜만에 숲속으로 들어왔다. 개울에는 아직 녹다 남은 얼음과 눈이 기슭에 얼어붙었다. 이 골 저 골에서 흘러나오는 눈 녹은 물이라 흐리기도 하련만, 한밤 동안에 바람에 씻기우고 별빛에 닦이어 아까울 만큼 깨끗하고 맑고 푸르다. 손을 담그어도 보고 얼굴을 씻어도 보고 한 움큼 떠서 마셔도 보았다.

해가 오른다. 숲속에 황금의 부챗살을 편다. 나는 늙은 느티나무에 기대어 서서 따스한 햇볕을 이마 가득히 받아본다. 머리 위에 새소리가 금조각을 뿌린다. 물오른 나무 가지가지마다에 새움이 톡톡 터지는 소리가 나는 듯하고, 마른 풀 잎새마다에 숨소리가 들리는 듯하다. 바위마다가 무엇을 속삭이는 것 같고, 아련히 감은 눈 속에서는 한 송이 장미가 피어나와, 자꾸 피어나 나의 온몸을 싸주는 듯하다. 나는 한 마리 나비도 되어보고, 나무도 되어보고, 마지막에는 하늘빛 같은 바람이 되어 만상을 안아도 보고, 만상과 숨길을 사귀어도 보았다.

나는 이상하게도 법장비구(法藏比丘, 아미타불의 전신前身)의 사십팔원의 대원력을 생각해보고 여래의 대자비를 생각해보았다. 생각한 것이 아니라 생각하여진 것이다. 그 대원력, 대자비가 그분들의 무리나 싱거운 짓이 아니요, 그것이 하나의 심리적 충동, 의식적 필요이었을 것이라고 느껴졌다. 가장 당연하고 합리적이요, 마땅히 하여야 할, 그럴 듯한 짓이라고 생각하였다. 그리고 또 누구에게나 그렇게 할 수 있는 성능과 힘이 갖추어져 있는 듯이 느껴졌다. 모든 인간의 내포된 목적은 다 부처로 나아가는 최종 목적의 각 중간 계단의 활동과정이라 느껴졌다.

자비는 그 자신, 하나의 목적이라는 의미가 알아지는 듯도 하였다. 그것은 의식이 명료하지 못한 상호부조도 아니요, 의식적 자각적이나 항상 조건과 제한을 가지는 사회적 공의(公義)도 아닌 것이다. 그것은 하나의 신생명의 창조요 힘인 것이다. 그러므로 그 원력의 자비를 모르는 자, 결코 부처를 알 수 없을 것이요, 그 자비의 원력을 가진 자, 비로소 부처를 알 수 있을 것 같았다. 그리고 그 자비와 원력을 아는 것도 행하는 것도 실은 인간 자기의 힘만이 아니요, 항상 자기의 생명과 함께 계시는 미타 본원(本願)의 활동이요 노력이라 생각하였다. 그리고 햇빛, 바람, 새소리, 물소리, 모두 미타 자비의 이룸이요, 원력의 구현인 것처럼 느껴졌다.

내 가슴속에는 어떤 알 수 없는 하나의 힘이 움직이고 있음을 나는 느끼었다. 비록 세상이 괴롭고 어둡고 귀찮고 생존경쟁이 심하다 하더라도, 내게 생명이 있는 한 그 힘은 내 속에서 움직이고 있을 것 같았다. 그것은 선함으로 향하려는 내 양심—숙명과 인과를 박차고 오직 우주의 선도, 중생의 제도를 위하여 전진하려는 용기 있는 자비인 것 같았다. 오직 하나 자비로써 일체를 수정하고 정화하려는 노력일 것이다. 그러나 그 자비는 결국 미타 본원의 원천에서 솟아나는 것 같았다.

악(惡)됨을 모름이 아니다. 알면서 행하는 것이요, 선(善)됨을 모름이 아니라 알면서 행하지 않는 것이다.

마음의 때는 더해간다.

나를 세우는 곳에는 우주도 굴 속처럼 좁고 괴롭고, 나를 비우는 곳에 한 칸 비좁은 방도 하늘처럼 넓고 시원해지는 것이다.

나를 비움이란 나를 죽임이 아니다. 나에의 집착을 여의는 것이다. 나에의 집착을 여의는 곳에서 그 말은 바르고 그 행은 자유롭고 그 마음은 고요한 행복, 무위의 쾌락에 잠기는 것이다.

그것은 모든 것을 정화하는 것이다—진만이 아니라 위도, 선만이 아니라 악도, 미만이 아니라 추도. 거기에서는 모든 사상(事象)과 행위가 정상(定相)을 여의기 때문이다. 모든 가치비판의 영역을 초월하기 때문이다. 수처작주(隨處作主)의 세계가 전개되기 때문이다.

거기에 무슨 싸움이 있으랴. 오직 평화가 있을 뿐이다. 무슨 원수가 있으랴, 오직 자비가 있을 뿐이다.

그 평화란 누구인고? 싸움이 없는 평화만이 아니다. 싸움 속의 평화를 이름이다. 싸움이 나쁜 것이 아니라 사기(邪氣)의 싸움이 나쁘기 때문이다.

그 노(怒)란 무엇인고? 책(責) 없는 노(怒)만이 아닌 것이다. 책(責) 속의 노(怒)를 이름이다. 책(責)이 나쁜 것이 아니라 원수를 삼는 책(責)이 나쁘기 때문이다.

비록 밖으로 책(責)과 싸움이 없으나 마음에 증오 있으면 복수하는 싸움이 되는 것이요, 비록 겉으로 매질이 있으나 마음에 자비 있으면 그것은 아름다운 노(怒)요 평화인 것이다.

모든 것이 거기에서 미화되고 정화되고 성화(聖化)되는 무아의 경지.

모든 것을 바라다 잃고, 모든 것을 믿다가 저버림을 받을 때, 최후로 갈 곳은 내 자신이었다. 그러나 자기 자신에조차 저버림을 받을 때, 내 갈 곳은 어디여야 할 것인가?

그러나 나는 어디까지나 나 자신만은 믿어야 한다. 나 자신이 비록 추하고 악하고 더럽고 못났다 하더라도 나는 그래도 그런 그대로 믿어야 한다. 항상 나는 나 자신의 무능을 발견하고 슬퍼한다. 그러나 슬퍼하는 그것이 하나의 유능이요 바람이 아니면 안 될 것이다.

모든 빛이 내게서 떠나갈 때—
태양이 잠기고
달이 떨어지고
별이 숨고
불이 꺼지고
모든 빛이 내게서 떠나갈 때—

오직 나만이 하나의 등불이다.

아침부터 내리는 보슬비를 맞으면서 반야암 근처를 혼자 거닐다가, 아직도 찬 기운이 몸을 엄습하는 소나무 밑에서 약간 이슬에 젖어 혼자 피어 있는 이름 모를 꽃 한 송이를 보았다. 깊은 산 궁벽한 골에 남 몰래 피어 있는 꽃 한 송이. 누구의 눈에도 뜨이지 않고 혼자 피었다 혼자 지는 일생을 스스로 쓸쓸해하는가? 차라리 무지하고 잔학한 손길에 꺾이지 않는 행복을 기뻐하는가?

그의 행복은 결코 사람의 손길에 꺾이고 짐승의 발길에 밟히지 않는 그곳에 있지는 않을 것이다. 만일 그것이라면 싸늘하고 단단한 콘크리트로 싼 높은 담 안 유리창 안에 활짝 피어 있는 빨강, 노랑, 하양의 가지가지의 꽃과 무엇이 다를 것인가?

대지에 마음껏 뿌리를 박은 이 꽃 한 떨기. 기름진 봄하늘에서 흘러내리는 햇볕을 마음껏 받는 이 꽃 한 떨기. 파름한 산들바람을 마음껏 마시는 이 꽃 한 떨기. 밤이면 작은 별 큰 별을 마음껏 따먹고, 소나무 숲을 스치는 바람, 나뭇가지에 걸린 달을 마음껏 즐기고, 맑은 이슬에 마음껏 젖는 이 꽃 한 떨기. 그리고 혼자 고독 속에 고독의 영광과 힘과 아름다움을 배우는 이 꽃 한 떨기.

나는 이 꽃이 부끄럽다. 이 꽃을 배우자.

붉은 꽃 한 송이를 본다. 이 꽃이 붉다는 그것은 그것을 붉다고 보는 안근(眼根), 안식(眼識), 의식 이외에 따로 붉은 꽃은 없을 것이다. 그리고 그 붉은 빛도 눈에서 자꾸자꾸 그 거리를 멀리할 때는 보이지 않을 것이다.

종소리를 듣는다. 그 종소리도 공기의 진동을 따라 이근(耳根), 이식(耳識), 의식에 울려오는 것이다. 그러나 비록 종소리 있더라도 그 거리 먼 곳이면 그 소리는 들리지 않을 것이다.

내 눈이 미치지 못하는 곳, 내 귀가 미치지 못하는 곳…… 못 보고 못 듣는다 하여 어찌 거기에 빛과 소리가 없으랴!

이렇게 생각하매 시방 세계에 부처님의 바른 깨달음의 소리 가득 찬 것도 같다.

부모의 애정에 양육되면서 어린애는 그것을 모른다.

부처님의 자비의 본원에 구원을 받으면서 중생은 그것을 모른다.

엄마가 그리울 때, 엄마가 보고 싶을 때, 길을 가다가 돌에 채어 갑자기 넘어질 때, 또 어떤 급한 경우를 당했을 때, 어린애는 저도 모르게 '엄마'를 부르게 된다. 그러나 그 '엄마' 소리는 어린애의 소리가 아니라, 기실은 엄마의 소리인 것이다. 엄마로서의 본원, 엄마로서의 불가사의의 염력이 어린애의 속에 들어가 그를 움직이어 소리가 되어 나타나는 것이다. 그것은 하나의 소리임에는 틀림없으나 그 소리는 그의 내적 요구의 전적 표현인 것이다.

그러므로 어린애는 자기의 소리 속에 엄마를 듣는 것이다. 그 소리에서 소리를 초월한, 소리 없는 소리를 듣는 것이다. 그것을 들음으로 해서 엄마와 일체되고 엄마 속의 자기, 자기 속의 엄마를 발견하는 것이다.

목숨을 아끼는 곳에 위(偉)가 있을 수 없고, 부귀와 공명을 탐하는 곳에 영(英)과 호(豪)가 있을 수 없다.
사사로움과 내가 있는 어느 곳에 강(剛)과 용(勇)이 있을 수 있으랴!

"본무(本無)의 곳에서 쑥 뽑아, 미타의 칼을 휘둘러보라."—문각(文覺)

진리의 파지자(把持者), 즉 생명의 완성자에게는 삶이나 죽음이 다 같은 삶의 현실인 것이다.
그 죽음이 보다 아름답고 빛나는 시간일 것이다.
그러나 우리는 그때가 언제임을 모르매 항상 불신(佛神)을 함께 하여야 한다. 불신(佛神)을 떠나 따로 진리가 없기 때문이다.

종교가에게 있어서 가장 피해야 될 것은 현세적·감성적인 것에 대한 강렬한 집착일 것이다.

그러나 그러한 소질을 가지지 못한 자, 결코 훌륭한 종교가가 될 수 없는 것이다. 그러한 자기에 대한 예리한 반성의 칼날을 보낼 때 심각한 자기 부정이 생기고, 그 심각한 체험의 고통을 통해서만 비로소 진정한 종교가 탄생되기 때문이다.

부귀와 명리에 욕심이 없어 아집이 결핍한 스피노자나 칸트는 결국 하나의 위대한 철학자밖에 되지 못한 것이다.

오전에 날이 조금 풀리었다. 바람이 자고 볕살이 따스하였다. 호박빛으로 공기는 한껏 투명하였다.

마루 끝에 나와 앉아보았다. 참새들이 지저귀는 서쪽 정원, 숲을 이룬, 대나무 잎사귀. 잎사귀가 눈이 부시도록 빛난다. 뜰 앞 홰나무에는 까치 한 마리가 경쾌로이 우짖는다. 그의 가슴에는 가늘한 기쁨이 가만히 피어올랐다.

조그마한 기쁨! 참으로 순수하고 깨끗하고 알뜰한 행복이란 커다란 영화보다 이런 조그마한 기쁨에 있다 하였다. 시샘도 없고 겁도 없는 조그마한 기쁨에.

자아를 버리지 못하는 곳에 인생은 영원히 외로운 것이다. 사람은 각각 제 것을 저 혼자만 가지고 있어서, 그것을 남과 공유하지 못하기 때문이다.

사람과 사람 사이에 언제나 입을 벌리고 있는 도랑은 얼마나 슬프고 두려운 것인고? 그러나 그 위에 놓을 수 있는 다리는 '사랑' 뿐이다.

어디서나 무슨 소식이 있을 듯하여 종일 기다렸으나 편지 한 장도 오지 않았다.

저녁 후에 과연 한 줄기 소나기가 왔다.

낡으면 낡을수록 살고, 새로우면 새로울수록 죽는 수 있다.

폐허에, 더구나 가을 황혼의 폐허에 서보다.

쓰러져가는 초당, 이끼 낀 초석이 굳세고 빛나는 붉은 벽돌 건물보다 보다 생생한 생명에 빛나지 않은가?

우리는 흔히 예전의 전장에 나아가 한바탕 꿈속에 불과한 여러 민족의 흥망을 보고, 그 민족의 덧없는 꿈의 여향을 맡으며, 인생의 무상을 영탄하고 감개한다.

그러나 그것은 고투와 악전에 쌓인 인생의 현실을 거부하는 의미가 되어서는 안 된다.

보다, 그 가열 속에 있으면서 끊임없이 계속된 인간의 꿈이 참담한 황폐에 놓이어 오히려 빛나는 강렬한 생명을 사랑할 수 있다 할 것이다.

각각 자기의 하나의 입장을 잃고, 무수한 다른 입장에 현혹될 때 비로소 혼란의 상태가 시작되는 것이다.

자율적인 삶과 삶의 사이에는 어떠한 투쟁이 있더라도 거기에는 순화된 정신, 정화된 생명이 있을 뿐이다.

위대한 전사(戰死)와 개선(凱旋), 깨끗한 승리와 패배!

자연의 아이가 된다는 것은 종교의 출발이자 동시에 전 인생의 삶의 목적이 아니면 안 될 것이다.

자연의 아이란 자기 생명의 원시상태에의 복귀, 일체 협잡물을 배제하고 일체를 놓아버린 무구한 삶에의 환원, 즉 순수한 삶의 파악자를 이름이다.

이 의미에서 석가의 해탈이란 전 인류의 생명 계통에의 반항·파괴·혁명에 의한 인간의 자연생명을 체득한 천재적 전형적 표현인 것이다.

신앙도 계율도 종교의 구극은 아니다. 무엇을 믿지 않고는 못 살고, 어떠한 계율을 필요로 하는 동안에는 진정한 안심입명(安心立命)이 있을 수 없는 것이다.

먼저 일체를 놓아버려라. 그 뒤에 오는 자율적 삶의 획득—거기에는 종교, 그것도 없는 것이다.

사랑은 애착이 아니다.

그것은 모든 사물을 파괴한 뒤에 오는 실상의 긍정이요, 그 사물의 생명과 동화된 자태이다.

사랑은 끊임없는 창조생활이요, 애착은 모든 사물의 생명을 정체시키는 것이다.

'원수를 사랑하라'는 예수의 말씀은 평화주의자의 동정심도 아니요 패배자의 낭만벽도 아니다.

그것은 자기에의 확신, 어렵게 견딘 시련에의 감사, 생명력에의 신념이요, 그리고 '적은 강할수록 좋다' 라는 정복자의 오만스런 개가인 것이다.

옥중에서보다 전장에서보다 평온무사한 일상생활에서 우리는 보다 두려운 적을 발견한다.

그 적은 눈으로도 볼 수 없는, 의식할 수도 없는 적이기 때문에 다만 생명의 완만한 멸망이 있을 뿐이기 때문이다.

여기에서 어떻게 하여서나 자기 생명의 증명의 확보를 꾀하지 않고는 배길 수 없는 인간은 가지각색의 일을 지어낸다—인공적 고난, 공상적인 표박(漂泊), 모험, 연애, 색정 등등…….

삶의 강렬만을 배워 자기를 절대화하려고 자신을 버리는 격정은 아름답기는 하나 맹목적 광신에 흐르기 쉽고, 삶의 무상만을 깨달아 자기를 전(全) 생명의 일인(一因)으로 달관하여 일체를 객관시하려는, 냉혹히 세련된 감정은 자재로운 통찰력은 있으나 행위의 타태에 떨어지기 쉬운 것이다.

강렬하나 덧없는 인간의 생명, 덧없으나 강렬한 인간의 생명이다.

우리는 왜 종교를 필요로 하고 불선(佛禪)을 믿어야 하는가?

아무것도 가진 것이 없기 때문에—그러나 그보다 너무 많이 가졌기 때문이다.

"너의 물(物)로부터 너 자신으로 돌아가라."—소크라테스

'당신이야말로 불타 곧 당신'이라는 불타의 말씀은 얼마나 사랑과 자비에 넘치는 말씀인가?

그러나 이 말씀처럼 냉혹하고 감내하기 어려운 말씀은 없다.

그 말씀은 얼마나 많은 범부 중생을 무한의 표박으로 추방시킴을 의미함인가?

불타의 사랑은 어렵게 견뎌내는 것을 동반하는 것이다.

못 견딜 참인(慘忍)으로 시련을 주어 거기서 인간의 아름다운 생명의 증명을 획득시켜 비로소 포옹하려는 것이다.

필사의 기도만이 축복받는 생명을 완성하기 때문이다.

한 민족 대 한 민족의 싸움, 한 국가 대 한 국가의 싸움…… 이리하여 세계의 도처에서 인류의 살벌과 죄악은 계속되고 있다. 그러나 민족과 국가를 초월하여 세계의 도처에는 만인이 그 앞에서 무릎을 꿇어야 할 아름다운 행동이 계속되고 있을 것이다.

—깊은 산 숲속에 남 몰래 향기 피우는 이름 없는 꽃처럼.

선인의 속에서 위선자를 적발하고, 성자의 배후에서 악마를 발견하는 날카로운 예지는 얻기 어렵다.

그러나 악인과 속인의 속에서까지 오히려 순수한 생명을 발견하고, 그 소리를 들을 수 있는 무한한 인내와 사랑은 더욱 어려운 것이다.

차별을 아는 불선(佛禪)의 지혜보다 차별을 알고도 베풀지 않는 불선의 자비가 더욱 위대한 소이가 여기에 있다.

따스한 햇볕과 고운 바람 앞에 꽃다운 향기와 아름다운 맵시로 우리의 마음을 빛나게 하는 가지각색의 꽃에는 자랑스러운 영예가 있다.

무겁고 어두운 검은 흙 속에서 남 모르는 인종과 침묵의 성업(聖業)을 쌓아가는 그 뿌리에는 쓸쓸한 고련(苦鍊)이 있다.

그러나 자랑스러운 영예는 쓸쓸한 고련에서 피어난 꽃이어니, 법의 열(悅)과 도의 낙(樂) 속에서 혼자 가만히 사라지는 고련의 생명은 축복되어라.

우상이란 목석이나 금석만이 우상이 아니다.

섬기지 않을 것을 섬기는 것, 내가 마땅히 시키고 부려야 할 것을 도리어 거기에 붙이어 섬기고 복종하는 것은 모두 우상숭배인 것이다.

부, 명예, 지식, 색정 등…….

“아란아, 내 목은 너무 말랐다. 얼른 물을 가져다다오.”—「열반경」

멸함이 없는 무위의 법락을 맛보시는 불타보다, 우리는 차라리 그의 인간적 고뇌에 지극한 마음으로 공경을 드리고 싶은 것이다.

그것은 번뇌에의 항복, 미망생활의 찬미가 아니라 거기에서 우리는 다 같은 인간적 운명의 정답고 친근한 맛을 느끼고, 혼의 고양의 어려움과, 그러므로 그것은 눈물과 고뇌로써만 성취할 수 있다는 것을 알 수 있기 때문이다.

항상 본능의 폭류, 충동의 고뇌에 밀리고 시달리면서 그래도 높고 귀한 영성(靈性)의 자기에 귀를 기울이려는 이 희원은 어디서 오는 것일까?

어둠에서 어둠으로, 고독에서 적막으로 헤매며 허덕이는 나그네의 인생에 어디엔가 광명과 위안이 있을 듯 느끼는 이 요구는 어디서 오는 것일까?

아침에 친한 동무가 저녁에 떠나고, 밤에 사랑하던 애인이 아침에 돌아서고, 어제 부모를 잃은 슬픈 눈물이 채 마르기도 전에 내일 형제를 잃는 덧없고 거짓된 이 인생에 진실을 찾고 항구(恒久)를 바라는 이 마음은 어디서 오는 것일까?

업(業)이란 영원한 과거로부터 피에서 피로 전해 내려온, 길들여진 동물적 성향이요 운명이다.

그러므로 종교란 이 긴 역사를 가진 폭군에의 반역의 봉화요 항전이다.

여기에 어찌 비통한 한숨, 피에 젖은 패배, 인고의 십자가가 없을 수 있으랴!

유혹의 효용—.

선을 악에 대해서 힘을 얻게 하고, 진을 결정하여서 이것을 선과 화합하게 하고, 악과 악의 거짓을 멸하여 다하게 하고, 내적 영혼을 개발하여 자연인으로 하여금 그 절도에 따르게 하고, 동시에 자애(自愛)와 세간애(世間愛)를 파괴하여 이로부터 나오는 모든 욕심을 제약하고…… 불신(佛神)이 나를 위하여 싸우시고 또 나를 이기게 하심을 믿게 하는 데 있는 것이다.

"신은 죽은 자(영적 의의에 있어서)의 신이 아니라, 산 자(영적 의의에 있어서)의 신이다."—「마태복음」 20장 31절

그러나 나는 말하고 싶다.

신은 산 자(영적 의의에 있어서)의 신이 아니라, 죽은 자(영적

의의에 있어서)의 신이다.

전자의 말이 그 결과에 있어서의 뜻이라면, 후자의 말은 그 동기에 있어서의 뜻이라 할까? 그리고 전자는 사람의 입장에서라면, 후자는 신의 입장에서라 할까?

그 사람의 인격을 숭앙하고 흠모하는 곳에 신앙이 생긴다. 신앙이 있는 곳에 미처 깨닫지 못하는 가운데 모방이 생긴다.

미타의 칭념(稱念)·감사에서 미타의 인격적 위대성의 훈도(薰陶)를 입고, 나아가 정토 모방의 세계 달성이 생기는 것이다.

우리는 무엇 때문에 윤회전생(輪廻轉生)의 사상에 공포를 느끼고, 그곳에 떨어지지 않기 위하여 일체의 업을 짓는 일을 삼가야 하는 것일까?

과거의 내가 무엇이었던 것을 지금의 내가 모르고, 과거의 나의 고락과 지금의 나의 고락과의 관계를 모르매, 지금의 내가 미래의 나에게 무슨 관계가 있을 것인가?

결국 전생(轉生)을 위한 수행은 나를 위함이 아니요, 알 수 없는 '어떤 다른 한 생명'을 위한 보살행인 것이다.

불성은 시간과 공간을 초월한 그대로의 자성(自性)을 지키는 진제(眞際)의 실재요, 자아 전일(全日)이다.

공간을 떠났으매 편재(遍在)요, 시간을 떠났으매 영원이라.

편재이매 대소에 동일하고, 영원이매 느리고 빠르매 자유이다. 그러매 시공을 초월한 거기에는 시공의 진행이 서로 융합하는 것이다.

진공에는 시간과 공간이 없다.

그러나 그것은 허무가 아니다.

진공은 끊임없는 창조에 호흡한다. 그러나 허무는 죽음이요 파멸이다.

우주에 절대적 단일인 실체는 존재할 수 없다.

그것은 지극히 작은 실체의 다른 이름이요, 그 단일 속에는 무수한 사물이 존재하는 것이다.

—절대적 단일에는 존재의 형식이 있을 수 없고, 형식 없는 실체는 있을 수 없기 때문이다.

일견 그 외면이 극히 단순하고 한 모양인 행동이라도 그 속에는 그것으로 말미암아 나오는 바의 일체의 무수한 사실이 포함되어 있는 것이다.

그 종자의 무수한 사물을 내포하고 있는 과실(果實)의 단순한 외각처럼, 혹은 난자처럼—.

"사람은 그 소행을 따라 심판을 받고 그 심판에 따라 책임을 져야 하느니라." —예수

우리가 이 세상을 살아갈 때, 또는 어떤 사업에 실패할 때, 흔히 실없는 고통과 번민을 일삼는다.

그러나 이것은 이 세상의 사물에는 자기의 힘으로 좌우할 수 없는 것이 있음을 충분히 인식하고 분명히 구별하지 못함으로써, 나아가 그것을 전도시킴으로 말미암아 생기는 것이다.

하늘을 원망하기 전, 사람을 허물하기 전, 먼저 자기의 진정한 재산을 알라.

아욕(我慾)과 명예욕에 맹렬히 나아가는 용자(勇者)보다도 절개를 지키고 분수를 지키는 의인(義人)이 좋지 않은가?

위인이란 반드시 세상의 눈과 귀를 불러일으키는 외화(外華)에만 있는 것이 아니다. 자기를 알고 사물의 참된 바탕을 깨달아 안 내실(內實)에 보다 있는 것이다.

그러므로 산간 벽지에 가만히 엎드려 이마에 땀을 흘리며 밭가는 농부 속에, 천하를 손에 넣은 나옹(奈翁)보다 시황(始皇)보다, 보다 위대한 위인이 있을 수 있는 것이다.

모든 인간성을 무시하는 곳에 참된 인간성이 발휘되는 수도 있다. 전장(戰場)에서의 인정…….

생사사대(生死事大)! 천지를 주어도 바꿀 수 없는 생명은 중한 것이다. 죽음은 중한 것이다.

그러나 벌레 같은 이 목숨, 어디가 중하다 하는고? 조그마한 친절을 위해서도 즐거이 죽어가는 이 생명들이 아닌가?

보다, 차라리 생명을 완전히 생각지 않는 그 경지에 생명의 지고가 있는 것이다. 언제나 맥맥이 살아 있는 우리의 일체 본능을 초극하는 생명ㅡ.

흔히들 생각하기를 엄격한 규율과 계통적인 명령에는 인간적인 온정이 제거되어야 한다고 한다.

그러나 사실은 그와 반대로, 거기일수록 그것이 깊어야 하고, 근본이 되어야 하는 것이다.

그것(규율과 명령)에 대한 무지와 오해처럼 질서를 파괴하는 것은 없고, 또 그것은 결코 수학의 공식처럼 그 자체만으로 인간으로부터 떨어져 존재할 수 없는 것이기 때문이다.

천하에 '달진(達鎭)'이 이상의 죄인은 없을 것이다.

약간의 윤리적인 일부의 호의로 말미암아 자타를 함께 죽이는 해가 있을 수도 있다. 그러나 그 이익과 손해를 돌보지 않고, 남에게 주려는 곳에 깊이깊이 감추어 있는 아름다운 인간성의 본면목이 있는 것이다.

인간이 이 세상에 수생(受生)한다는 것은 곧 수난(受難)한다는 것이 아닐까? 그러나 인간이 살기 위하여는 먼저 그 전제를 크게 긍정하지 않을 수 없는 것이다. 그러므로 인간의 가치는 그 난(難, 즉 생)을 대하는 태도 여하에 따라 결정되는 것이요, 또 그 난의 수수께끼는 일생을 걸어 몸소 해결하는 이외에 아무런 의미도 내용도 가지지 못하는 것이다.

생의 수난—생의 광영.

나이 들어갈수록 인생의 추함을 보다 많이 보고 듣고 안다는 것은 얼마나 슬픈 일인고?

깨끗하고 아름답고 경이로운 느낌은 젊은 시절의 전유물인가?

생(生)→유(幼)→소(少)→청(靑)→장(壯)→노(老)→사(死)를 생→노→장→청→소→유→사로, 인간 일생의 변화 순서와 형태를 고쳐달라고 신음한 아나톨 프랑스의 심경이 이것이던가?

자기가 보는 일체의 것은 결국 자기의 투영에 불과한 것이다. 얼마나 많은 사람이 자기의 투영에 놀라 당황하고 집착하여 신음 고뇌하는고?

그러나 그림자란 반드시 빛을 전제하고 빛을 등진 데서 생기는 것이다.

먼저 돌아서서 보라. 거기는 오직 광명이 있을 뿐이리.

내 몸이 완전히 기댈 만한 탄탄한 벽을 가지고 싶다.

참마음이 나를 안아주는 크고 안전한 가슴을 가지고 싶다.

나를 속이는 내 마음의 괴로움을 숨김 없이 말할 수 있는 사랑을 가지고 싶다.

사람이 생활에 있어서 어쩔 수 없는 운명에 부닥칠 때, 처음에는 그것을 돌파하여 새로운 생활을 타개하려는 반역적 기분을 가진다.

그러나 돌파하고 타개할 만한 능력을 가지지 못한 때는 차라리 현 상태에 안주하기 위한 단념을 생각하고, 또 단념하기 위해서는 도리어 그 이유를 여러 가지로 생각한다.

여기에 인간의 자기를 속이는 비겁이 있고 교활이 있는 것이다.

목숨이 없다는 차디찬 돌 속에 강렬한, 그리고 영원한 생명이 느껴지는 때, 살았다는 내 목숨이 몹시도 미약하고 덧없고 가엾이 느껴지는 때.

—초생달이 기울려는 깊은 여름밤, 운명을 슬퍼하는 뜰 앞.

십자가 위의 예수의 사형!

이때처럼 인간의 잔학성을 보인 일은 아직 인류의 역사에 없었으리라.

그러나 이때처럼 인간의 깊은 사랑과 신뢰를 세상에 보인 일은 역사의 어느 곳에도 보이지 않으리라.

견성(見性)이란 낡은 진리를 독창적으로 깨달아 얻음을 이름이 아닐까?

"언제나 한 번은 미워하지 않으면 안 될 것으로 이것을 사랑하라. 또 언제나 한 번은 사랑하지 않으면 안 될 것으로 이것을 미워하라."—키론

사람은 이처럼까지 신중하고 과민하지 않으면 안 될 것인가?

삶의 무거운 짐이다.

남을 구원하고 세상을 제도하려는 자, 먼저 자기 자신을 무일물

(無一物)의 경계에 안주하기를 배워야 할 것이다.

많이 가진 자, 많이 가지기를 바라는 자보다 버리기를 구하고, 버리기를 원하는 자에게 진정한 부와 강렬한 힘이 생기기 때문이다.

기실 인류 사회는 그러한 깨끗하고 고요하고 높은 혼의 파지자의 숨은 공덕에 의해서야말로 끊임없는 어지러움에도 그 밑바닥의 안정을 지키는 것이다.

진정한 생명 그 자체에는 엄정한 의미로 보아 '잃음'이란 있을 수 없는 것이다. 그러므로 실패가 도리어 성공이 될 수 있고, 성공이 도리어 실패가 될 수 있는 것이다.

이손(利損)과 성패를 초월한 곳에 생활 그 자체가 하나의 의미요 가치요 또 무애(無碍)가 될 수 있는 것이다.

하고 싶은 것을 하지 못하는 괴로움, 하기 싫은 것을 해야 하는 괴로움! 그러나 '하고 싶다'는 것과 '하기 싫다'는 것은 모두 '나'를 버리지 못한 고뇌인 것이다.

스스로 나아가는 자비에 모든 괴로움은 즐거움이요, 영광인 것이다.

인생이란 큰비가 쏟아지는 광야를 걸어가는 나그네와 같은 것이다. 달려보아도 헐떡거려보아도 비에 젖지 않을 수는 없는 것이다.

먼저 젖기를 각오하시오. 그리하여 비를 맞으며 유유히 걸어가시오. 젖기는 일반이나 고뇌는 적을 것이다.

인간의 수행이란 처음은 있으나 끝이 없는 것이다. 그것은 지고의 도란 무한이기 때문이다.

그러므로 지고의 도, 무한의 도를 체득한 사람은 자유인 것이다.

거기에는 법칙에의 수순이 아니요 창조적 진화가 있을 뿐이다.

성괴(成壞)는 천운(天運)이요 선악은 인도(人道)라 하여, 천운과 인도를 무관계한 별물로 구별하여 버리는 인생관이 있다.

그러나 인도를 떠난 천운이 따로 있을 수 있을까? 천운이란 결국 인간의 소작(所作) 활동의 여력의 발현이 아닐까?

천운을 기다리기 전에 먼저 인도를 다할 것이다.

자네는 슬퍼해도 나는 슬퍼하지 않으련다.

자네는 죽더라도 나는 죽지 않으련다. — 일면불 월면불(日面佛月面佛).

괴로움과 분잡의 대개는 목적과 수단을 혼동하고 주와 객을 전도하는 관념의 소산인 것이다.

그러나 목적과 수단이 구별되는 세계는 아직도 완전한 자유와 자율적인 활동이 있을 수 없는 것이다.

지극정성의 마음, 순일한 태도에는 권실(權實)이 병행하는 것이다.

죽음의 현실의 확실에 비하여 삶의 관념이란 얼마나 애매하고 박약하고 꿈같은 것인가?

여기에서 인간의 과다한 상상력과 강렬한 행위가 생기는 동시에 삶의 혼란과 미망이 생기는 것이 아닐까?

애매한 삶의 관념의 현실화, 삶의 적확한 응시로 인한 생명의 절대력의 영원한 수용 — 여기에 종교의 사명이 있는 것이다.

괴로움의 숲 아래서 명성(明星)을 보고, 광야에서 하늘의 계시를 받음에 석가, 예수의 종교적 천재아의 위대성이 있는 것이다.

그러나 오도(悟道)도 석가의 오도요, 수계(受啓)도 예수의 수계인 것이니, 그 위대가 우리에게 무슨 교섭이 있으랴!

그보다 '나도 너, 너도 나, 나를 이용하라. 그리하여 너는 너 자신이 되라'는 간곡한 자비에 석가, 예수의 진정한 종교적 위대성이 있는 것이다.

하나를 얻기 위해선 모든 것을 버리지 않으면 안 되는 것이다.

출가(出家)란 몸의 출가에서보다 마음의 출가에 그 본의가 있다. 부모, 형제, 자매와 주택, 전답, 집기를 버리는 동시에 자식에 대한 사랑과, 전통과, 사상을 버리는 것이다.

그러므로 그것은 일체를 버리는 시련인 동시에 그 일체 방기(放棄)의 완성이요, 해탈의 출발인 동시에 해탈의 종국인 것이다.

남을 속이려는 비밀한 계획을 얼른 알아차리어 속지 않는 것은 총명이다. 그러나 이 총명이 때로는 악착이 된다. 알고도 모르는 듯 속아주는 것은 아량이다. 그러나 이 아량이 때로는 무력(無力)이 되는 것이다.

악착 아닌 총명은 경책(警策)이요, 무력 아닌 아량은 자비인 것이다.

오후에 어제 하다 둔 도벽(塗壁)을 마치다.
세상일이란 더러워진 벽인가?
닦을 줄 모르고 덮기만 한다.

제2부

삶을 위한 명상

*

만일 누구나 다 정직할 수 있다면, 다 정직하기 전에 이 사회는 일시에 수라장으로 변할 것이다.

*

그것이 아니면 우리의 진실을 말할 수 없을 때 우리는 비로소 희언의 편의를 감탄하게 된다. 연애의 과정에 있는 청춘남녀에 있어서 더욱 그러할 것이다. 그러나 그들의 대개는 그것을 의식하지 못하는 것 같다.

*

청빈을 자랑하는 많은 사람 중에, 우리는 많은 적빈(赤貧) 생활을 발견한다. 그러므로 염세와 우울에 싸인 나약한 그의 생활이 하루아침에 부의 드문 기회를 만날 때는, 어쩔 수 없는 그의 혼탁한 혼을 발견할 수 있다.

*

나의 성격으로 말미암아 오는 불행 중에 가장 비극적인 불행은 무의식적인 것으로 말미암는다는 데 있다.

*

까닭 모를 증오감처럼 마음 괴로울 일은 없다. 오늘 차 중에서 본 그 여자의 얼굴!

나는 몇 번이나 내 마음을 저주하면서, 이해를 떠난 호오(好惡)의 존재를 경탄하였다.

*

감정보다 이성의 명령에 복종하라고 한다. 그러나, 그것은 이성을 인간의 본질이라고 말하는 것이 아니라 본질이라고 결정하는 그것까지도 안전하게 지키려는 기도에서 우러나온 것이 아닐까.

*

신(神)에게 있어 최초의, 최후의, 그리고 최대의 영원한 비극이 있다면, 그것은 자살하지 못한다는 것이 아닐까?

인생의 악취에 질식하면서 자살할 수 없는 운명적인 우울의…….

*

학문을 한다는 것, 그 일면에는 확실히 일종의 오락적 요소가 있는 것이다. 그것의 7할은 취미라고 보아도 무방할 터이니까.

*

미래를 안다고 해서 무슨 이익이 될 것은 없다.

슬픔은 물론이고, 기쁨이래 봐야 그 또한 사라지는 지평선쯤에서는 우리의 눈을 한없이 슬프게 할 것이다.

"운명의 여신을 아예 버리기가 싫거든 그것을 다만 등뒤에 붙여두라…… 어진 신(神)은 미래를 깊은 밤으로 숨겨두었다." — 호라티우스

*

세계는 선(善)을 행하기에 적당하게 되어 있다. 감인세계(堪忍世界).

*

어떠한 빈곤도 그 빈곤을 지닌 자에게 주는 빈곤밖에 그 힘을 갖지 못한다. 어떠한 부유함도 그것을 지닌 자에게 주는 부유밖에는 위력을 갖지 못한다.

그러므로 운명은 우리가 그것에 허여(許與)하는 만큼밖에는 그것의 힘을 발휘하지 못한다.

*

감각작용은 기계적 법칙이다. 이 영역의 한도 내에서는 모든 동물은 동물로서 동일한 것이다.

사람을 다른 동물과 구별되게 하는 것은 오직 이성(理性)이다. 왜냐하면 이성은 어디까지나 자유롭기 때문이다.

그러므로 이성은 그 전능(全能)한 활동을 행사함에 있어 다시 범속(凡俗)과 현명(賢明)으로 구분되는 것이다.

*

선(善)을 선(善)이게 하는 까닭은 승리의 결과로 알 수 있는 것이 아니다. 패배 속에서도 선은 얼마든지 있을 수 있다.

악(惡)을 악이게 하는 까닭은 패배라는 결과가 아니다. 승리 속에서도 악은 있는 것이다.

운명의 총애와 증오가 우리의 행복을 결정하는 데 무슨 힘을 발휘할 수 있단 말인가.

*

한 가지 일에 대한 정진이란 다른 모든 것에의 체념을 의미한다. 그러므로 중요한 것은 '무엇'에보다는 '어떻게'에 달려 있다.

'할 일'과 '하여야 할 일'이란 결국 '할 수 있는 일'인 것이다.

*

대개의 젊은 죽음은 먼 바람의 애석한 중절(中絶)이요, 큰 봉우리의 애처로운 상엽(霜葉)이다.

그러나 그것은 미래의 힘을 넘어, 이상과 동경을 넘어, 그 이상의 빛나는 성과를 쫓아내는 웃지 못할 희극적인 죽음도 되는 것이다.

*

현명한 사람은 남을 믿지 않는다.

더구나 여성을 믿지 않는다.

자기 자신도 믿지 못할 것인 줄을 알 뿐만 아니라, 반면에 믿을 것이 있다면 오직 자기 자신뿐인 줄을 알고 있기 때문이다.

*

오직 하나의 견고한 우정은 다른 여러 우정의 책무(責務)를 풀어준다.

오직 하나의 견고한 사랑은 다른 여러 사랑의 유혹을 끊어준다.

오직 하나의 견고한 길은 다른 여러 갈래 길의 미혹(迷惑)으로부터 우리를 구해준다.

*

선(善)에는 그것의 성패 이외에 보다 직접적인 별다른 기쁨이 있다. 악(惡)에는 그것의 성패 이외에 보다 직접적인 공포가 있다.

당신 혼자 하는 소리를 주의해 들으십시오.

*

성패(成敗)의 기회와 인연은 어느 때, 어느 곳에서나 있는 것이다.

완전한 고독(孤獨) 속에도 선악의 기회와 인연은 있는 것이다.

신에게 바치는 비밀스런 기도를 공공연히 대중들 앞에서 행할 사람이 몇이나 될까?

*

우리가 우리의 깨끗한 마음을 가지고 그에 따라 행할 때, 신의 명령처럼 부드럽고, 이롭고, 자비로운 것이 달리 또 있겠는가.

*

우연적인 운명이 때로는 능히 덕행(德行)을 위조(僞造)하는 수가 있다.

많은 천부(天賦)의 성상(性狀)이 능히 허물 없는 선량(善良)을 가지는 수가 있다.

*

인간은 본래 신의 지혜를 가졌다. 그러나 이것은 인간의 자랑이 아니다.

인간은 신의 지혜를 가지는 동시에 인간의 고뇌를 지녔다. 이것이 인간의 위대함의 원천이다.

이 사상은 인간의 비참과 빈약과 미력(微力)을 위로하기 위해서 만들어진 자화자찬은 아니다.

*

인간 누구나가 가장 크게 미워하는 것은 죽음일 것이다. 그러나 그 죽음조차 사양치 않고 바칠 만한 더욱 큰 악(惡)이라는 존재가 있다.

죽음은 우리를 생(生)의 굴종(屈從)에서 구하기 위하여 언제나 준비되어 있는 자연의 선물이다.

우리가 현인(賢人)이라, 철인(哲人)이라 부르는 역사상의 인물들은 살지 않으면 안 될 때까지만 살았다. 결코 살 수 있는 때까지 살지는 않았다.

*

운명의 힘도 살 줄 아는 사람에게는 어떠한 영향력도 미칠 수 없는 것이다. 또한 죽을 줄 아는 사람에게도 마찬가지이다.

죽음이란 것도 그 사람의 삶과 틀린 것은 아니기 때문이다.

*

어떤 경우, 어떤 정도의 형편에서도 우리는 절망(絶望)이란 것의 적정성(適正性)을 승인할 수는 없다.

이것은 인생에 있어서 이성(理性)의 확실한 법칙을 무시할 수 있는 어떤 운명의 권력에 의탁해서 심정적으로 말하는 것은 아니다.

절망의 적정성, 그 한계 표준을 모르기 때문에…… 더욱이 정신력의 무한의지의 자유를 믿는 인간의 정당한 요구가 있기에 더욱 그러하다.

*

가장 친절한 선생도 자기 자신뿐이다.

가장 진실한 교재(敎材)도 자기 자신뿐이다.

가장 정밀한 교안(敎案)도 자기 자신뿐이다.

*

남을 속일 줄 모르며, 속이지도 않는 정직한 사람이 의외로 자기 자신을 잘 속이는 부정직을 범하는 수가 있다.

그러므로 남을 두고 하는 비난이 오히려 자기에게 오는 수가 보다 많음을 우리는 흔히 접하는 것이다.

정직한 이, 어쩌면 한 사람도 없을지 모른다.

*

안 보이는 것은 없다. 우리가 못 보는 것일 뿐이다.

안 들리는 것은 없다. 우리가 못 듣는 것이다.

모든 불가능이란 우리의 무력함이다.

*

자연은 우리에게 극히 소량으로써 만족할 수밖에 없는 욕망만을 부여하고 있다. 우리는 부질없이 인위적으로 그것을 증대시킴으로써 오히려 만족의 대상을 감소시키고 만다.

그것은 행복에 대한 무지와 인식 착오로 범할 수 있는 오류 중 하나이다.

*

1, 2, 3……의 숫자가 미분, 적분되어지고, 천(天), 지(地)가 주역(周易), 춘추(春秋) 등으로 통독된다는 것은 얼마나 놀라운 일인가?

그러나 이것은 우리의 아는 부분이 모르는 부분에 비해 극히 소량임을 반증해줄 수는 있을망정 인간을 오만하게 하는 이유는 되지 못한다.

얼마나 많은 천부의 성능(性能)이 무위(無爲)에 맡겨지고, 얼마나 많은 폭약이 터지지 못한 채 영원히 지하에 매장되고 마는가?

*

과거의 현인, 사상가, 과학자가 반드시 자신들의 시대와 미래의 후세들의 문화를 위해서만 그 위대한 창의와 업적을 공헌하였다고 믿을 수는 없다.

그것은 우리가 늘상 못 견디게 섭취하기를 욕구하는 음식물이 반드시 자양분만은 아닌 것과 같다.

더구나 우리가 가장 열의를 가지고 휘두르는 붓끝을 따라갈 때조차 우리의 귓가에서는 거짓을 꾸짖는 엄숙한 소리가 부단히 들림에랴.

*

그에게 이(利)를 주기 위해서 그를 속여도 좋은가?

해(害)를 주더라도 그에게 진실해야 하는가?

*

갖가지 형태와 본질을 지니고 역사에 나타난 모든 신은 결국 인간의 신이었다. 신의 신은 아니었다.

그것은 최고(最高), 최강(最强)의 인격, 혹은 최악(最惡), 최약(最弱)의 인간의 전형이었다. 그러므로 우리는 신에게서 인간밖에는 본 것이 없다.

"신이 우리에게 약속한 복(福)은 눈으로 볼 수도 없고, 마음으로 생각할 수도 없다."—바울

*

"나는 현자의 현(賢)을 멸(滅)하고, 지자의 지(智)를 상(傷)하련다."—「고린도」

이 세상에 현자의 너무도 많음을 슬퍼하면서 혼자 돌아오는 어두운 밤의 구두 소리가 외롭습니다.

*

운명이란 것이 우리의 이성에 비할 때 그다지 무상하고 부실하고 경솔한 것만은 아니다.

다 같은 안내자에게 우리는 얼마나 여러 가지로 속아왔는가?

부단히 요동하는 역사는 수많은 이성의 저울대가 아니었던가?

*

형벌은 형벌 그 자체가 목적이 되어선 안 된다. 더구나 분노의 분출에 그 본의가 있다면 더욱 안 될 소리다.

어머니의 매질 끝에는 뼈아픈 눈물이 서려 있다. 환자에 대한

의사의 태도에 증오가 있을 순 없다.

*

우리에게는 오직 절실한 현재만이 존재하는 것일지도 모른다.

가장 현재적인 생활…… 그 순간순간의 생활이 그때그때 완성되는 모습이 귀엽다. 그럴 때만 과거에의 집착이나 회한, 미래에의 노예적 환상 따위로부터 자유로울 수 있다.

서둘러 보수를 바라지 않는 마음, 거리낌 없는 행동, 강인하고 자유로운, 있는 그대로의 유유한 태도.

*

높다랗고 커다란 무대 위의 휘황찬란한 업적. 그리고 비좁고 어두운 토옥(土屋) 속의 가장 은밀한 선행(善行).

위대함은 반드시 위대함 속에 있는 것만은 아니다. 그것은 보다 범용함 속에 능히 존재한다.

오히려 진정한 위대함이란 흔히 우연 아래서 만들어지는 수가 있기 때문이다.

*

우연한 행복이야 감사할 것이 뭐 있겠는가. 거기엔 자유의지의 노력이 찾아지질 않기 때문이다.

생래적(生來的)인 선량함 또한 무슨 값이 있으랴. 양심적인 절제나 순결이 아니기 때문이다.

그러므로 행복보다는 불행 속에, 성공보다는 실패 속에 영예와 광명이 있을 수 있다.

*

우리의 힘에 상응하는 우리의 욕망을 가질 때에만 행복이라는 처녀는 기꺼이 우리에게 몸을 바치려 할 것이다. 지식 또한 그런 상황하에서만 우리에게 최대의 봉사를 아끼지 않을 것이다.

그러나 이것은 욕망의 양을 말함이 아니요, 지극히 당연하게도 욕망의 질을 뜻함이다.

*

고독의 혓바닥에 뼛속까지 녹이면서 일생을 혼자 남 몰래 지내는 것은 참으로 못 견딜 노릇이리라.

그러나 일생을 항상 남의 앞에 서서 대중의 감시를 받으며 지낸다 치면 그것은 더욱 못 견딜 고독일 터이다.

인생의 어디에 순수한 행복이 있는가?

*

회색(灰色)은 중정(中正)이 아니다.

그것은 어느 길로도 나아가지 않으면서, 여러 갈래의 길을 담보해주는 성질을 지녔다.

그것은 으레 유용성과 진리의 괴리 지점에서 그의 진면목을 나타낸다.

미망저회(迷妄低徊)의 회색, 오도초월(悟道超越)의 중정(中正).

합법적인 부덕(不德), 합덕적(合德的)인 불법이라고나 할까?

*

우리 행위의 건축을 타인이라는 초석 위에 쌓는다는 것은 참으로 어리석은 일이다.

타인의 의견이란 변화무쌍한 것이요, 떠다니는 구름, 혹은 흐르는 물과 같기 때문이다.

모름지기 그대 자신 속에 그대 자신의 법률과, 그대 자신의 법정과, 그대 자신의 재판관을 두고서 그것을 따르시오.

*

깊은 밤이나, 혹은 새벽 이불 속에서, 두 손을 가슴에 얹고, 두 눈을 지그시 감은 채, 죽음을 생각해보십시오…… '이제 죽는다'고 생각해보십시오.

당신의 생각, 당신의 머리에 떠오르는 것…… 즉 세상에 대한 당신의 미련과 그 대상들은 얼마나 미미하고 사소하며 보잘것없는 것입니까?

우리는 생에 대한 애착을 느낄수록, 죽음의 비애와 공포의 불가사의한 신비를 절감할수록, 동시에 얼마나 엄청난 인생의 허망함을 느끼는 것입니까?

*

역사에 나타나는 많은 영웅호걸의 위대한 공명도 미모와 재덕(才德)과 부를 소유한 채 젊은 미망인으로 수절하는 여자의 일생에 비하면 그 의지의 견고한 위력에 있어서 그리 장하다 할 만한 것이 못 된다.

왜냐하면 소극적이며 수동적인 무위(無爲)는 차라리 적극적이며 능동적인 유위(有爲)보다 더욱 힘겹기 때문이다.

역사는 항상 인생의 껍질만 훑어가는지 모르겠다. 얼마나 많은 보물들이 그 속에 매장되어 있는가?

*

보이기 위하여 숨기는 경우가 있다.

숨기기 위하여 보이는 경우가 있다.

우리에게서 도망하면서 우리를 정복하고, 우리를 피하면서 우리를 포로로 만드는 여성이 있는 것처럼…….

*

어떤 종류의 욕망(가령 남녀 간의 교제라 해도 좋다)은 거기에 다소간의 자유를 허용할 때 좋은 결과를 가져올 수 있다.

극히 드문 기회는 반드시 그 시간을 실질적으로 해결하려 드는 것이다.

어떠한 엄격함과 간섭과 규율도 완전한 지배와 구속을 가질 수는 없는 까닭이다.

*

선천적인 맹인은 자신에게 어떠한 시각이 결여되어 있는가를 이해하지 못한다.

그러므로 세계에 대하여 아무리 훌륭하게 상상하고, 묘사하고, 생각해보아도 그것은 결국 자신만의 빛이요, 색이요, 형상일 뿐이지 정상인의 그것이 될 수는 없다.

모든 기적을 의심함이 이상할 것이 무엇이겠는가. 사람은 결국 자기의 힘에 상응한 자기의 세계밖에 갖지 못한다.

*

이름은 사람의 행위를 따라다니는 그림자라 한다. 그러나 오히려 사람의 행위가 이름을 따라다니는 그림자가 아닐까?

식(食), 색(色), 그리고 이름에 악착같이 집착하는 행위를 공제한다면 사람에게 적절한 가치와 영예에 값할 만한 행위는 과연 얼마나 남을 것인가?

인지장사(人之將死)에 기언야선(其言也善)이라는 문구 안의 선(善) 속에서조차 사후의 이름을 위한 위선이 있을 수 있다.

*

우리들은 이미 망망대해에 나선 수부(水夫).

순풍이나 역풍은 오로지 운명만이 알 일.

우리는 오직 '키'를 바로잡고 있을 뿐이다.

*

진실도, 선함도, 아름다움도, 모두 자기에게 있어서 진, 선, 미가 되는 것이다.

자기를 속이는 것은 신을 속이는 것이다.

평판과 칭찬만을 제일의 행복으로 생각하는 사람…… 그 이상의 저주받을 생활이 어디 있겠는가.

*

만일 그 원인을 알 수 없다고 해서 기이한 것, 이상한 일이라 한다면, 구태여 그런 이변들을 찾을 것 없이 우리의 일상생활의 세계를 들여다보라.

내 자신보다 더 큰 이적(異蹟)이 어디 있으랴.

세상에는 반자연(反自然) 아닌 것은 하나도 없다. 반(反)자연적인 것 또한 하나도 없다.

*

자기의 죄악을 숨기기 위하여 거짓을 만들고, 자기의 주장을 세우기 위하여 본의 아닌 이론을 내세운다.

하나의 죄 위에 다른 하나의 죄를 더하는 것이다. 자기는 벌써 질식해버렸다.

*

진정한 최선의 법칙은 결코 굴종을 강요하지 않는다. 다만 희열에 찬 복종, 혹은 순종만을 요구할 뿐이다.

더구나 구속하기를 원치 않는다. 도리어 스스로 파괴되기를 욕망하고 있다.

많은 위대한 창조들을 보라.

*

우리 인간의 행동은 얼마나 잡다하고 변화무쌍한가.

동시에 얼마나 단순하고 일반적인가.

제정된 법률이 그것을 보이고 있다.

*

많은 사람들은 미래와 과거로 달린다. 그러나 오히려 그 때문에 현재에는 도달하지 못하고 있다.

많은 사람은 위로, 혹은 아래로 달리고 있다. 그러나 오히려 그렇기 때문에 자기에게 돌아오지 못한다.

"구인불여자구기(求人不如自求己)" — 야부(冶父)

*

빛나는 두각을 나타내려 하다가 도리어 아둔한 궁둥이를 보이는 수가 있다. 이것은 대개 명성에 대한 욕구에 급급할 때 생기는 것이다.

고요히 좋은 씨를 뿌려놓으십시오. 후일, 반드시 어진 일이 있을 겁니다.

길은 그늘에서 그의 높은 향기를 맡아 알 것입니다.

*

항상 자기의 것을 남의 것보다 크게, 아름답게, 좋게 보고는 희열과 오만에 어쩔 줄 모르는 사람. 그리고 남의 것을 항상 자기의 것보다 크게, 좋게, 아름답게 보는 허기진 사람.

전자는 후자보다 행복함엔 틀림없다. 그러나 눈이 어둡다.

*

여성은 가장 고통스런 의무를 가졌다. 그러므로 그는 최대의 영광을 갖는다.

여성은 못 견딜 수동적 특성을 지녔다. 그러므로 그는 비상한 인력(引力)을 지니지 않으면 안 되었다.

여기서 우리는 여성에게서 단순한 순수함을 바랄 수 없는 동시에, 그 복잡성으로 인해 여성은 영원의 비극에서 스스로를 구출하였다.

*

남이 자기에게 질책을 해올 때 '너에게도 그런 허물이 있지 않느냐' 하며 반항하고 비웃는다.

그러나 개 앞에서도 고요히 머리를 숙여라.

네 허물은 언제까지나 네 허물 아니겠는가?

*

학문과 지식은 사나운 망아지와도 같다. 또 그것은 무거운 짐과도 같다.

힘이 센 근력이 아니고는 도리어 짓밟히고, 강한 척추가 아니고는 오히려 짓눌리고 만다.

우매한 자와 현인(賢人)을 한 곳에 두어보라. 우매한 자가 현인에게서보다는 현인이 우매한 자에게서 더욱 많은 것을 배울 것이다.

*

하나의 결과가 반드시 그 동기와 의도를 말하고 있지는 않다.

하나의 동기나 의도가 반드시 거기에 해당되는 결과를 부르는 것 또한 아니다.

인생은 무력하다. 그러므로 선(善)이라 말하는 것은 사실 선의지(善意志)뿐인 것이다.

*

상상이란 우리 삶의 시야를 확장시키는 귀한 활동이다. 그러므로 그것은 끊임없이 현실의 고민을 배가하는 존재도 되는 것이다.

그러나 우리가 우리의 손에 부딪치고, 눈앞에 보이며, 귓가에 들리는 세계만을 파악하고 보유한다면 그 세계의 협착에 우리는 곧 질식하고 말 것이다.

*

우리는 환(幻)의 세계에 산다.

그 세계 안에 살면서 그 환의 세계를 뛰어넘을 수 있다.

환의 세계를 뛰어넘는다는 것은 그 세계 그대로를 실상으로 파악하고 생활하는 것이다.

*

전언(顚言)이나 도어(倒語)도 하나의 의미를 지닌 철학이다.

그것은 인생의 이면을 엿보는 비밀의 문이요, 인간의 심장을 지나가는 화살이다.

그러므로 사람들은 그것에 가까이 가보기를 두려워한다.

*

겸손은 일종의 진공상태이다.

진실하고 비어 있기 때문에 위대한 힘을 낳고, 성실하고 솔직하기 때문에 예의와 형식을 뛰어넘어 혼과 혼을 마찰시켜준다.

*

우주에 산재해 있는 진리, 그 자체는 완전한 '공(空)'이다.
그러나 그것은 모든 사물의 관계, 인연에서 현시되고 있다.

*

너무나 적나라한 공중변소의 낙서나 그림에서 우리는 가장 단적으로 인간의 동물성을 엿보게 된다.
그것을 본 후에 노상으로 나가 사람들의 얼굴을 바라보며 혼자 슬며시 띄워보는 미소는 나의 무력한 이성의 표현이다.

*

누군가 '당신은 지금 무슨 생각을 하는가?' 라고 묻는다면 당신은 주저없이 즉답할 수 있는 무슨 생각을 제시할 수 있습니까?

*

죽음은 인생의 영원한 풍자다.
동시에 영원한 생의 찬미자이다.

*

사람의 가슴속이라는 것이 거울의 표면처럼 속이 들여다보이지 않는다는 것은 얼마나 행복한 일인가?
거리에서 사람들의 위풍당당한 활보는 눈물겨운 희극이다.

*

거리의 군상들을 바라볼 때, 더구나 밤거리의 사람들을 바라볼 때, 나는 언제나 무거운 짐을 지고 끝없는 사막을 허덕이는 낙타를 생각하고는 불행한 기분에 빠져든다. 그리고 하늘 한 끝에서 노려보고 있는 조각달의 조소(嘲笑)에 전율하면서…….

*

삶이 계속되는 한 일정한 부자유는 사라지지 않는다.

그러나 어떤 종류의 부자유 속에서도 자유롭게 자기를 표현하고 완성하는 것이 인생의 정당한 사실이다.

동시에 어떠한 부자유가 없이도 존재할 수 있는 자유가 있다면 우리는 거기서 부자유 이상의 고통을 맛보지 않으면 안 될 것이다.

*

당신은 먼저 고독과 친하십시오. 고독은 당신의 마음을 보여줄 것입니다.

그 다음으로 당신은 그 마음을 사랑하십시오. 당신의 그 마음은 모든 비밀을 숨김 없이 보여줄 것입니다.

참으로 사랑하는 자에게만 모든 것은 그 진실을 알려줄 것입니다.

*

항구에 대어 있는 배는 언제 보아도 편안하다.

그러나 배는 언제까지나 항구에 대어 있기 위해 만들어진 것은 아니다.

*

개성의 힘과 운명!

풍우가 너무 세면 나무는 좌절하게 되고, 너무 약하면 못 견디게 적막할 것이다.

*

신은 아름다운 연애를 이 지상에 만들어놓고, 그것을 바라보는 향락을 위해 남녀를 지었다는 것이지요. 그리하여 지금은 인간이 될 수 없는 자신의 불행한 운명을 슬퍼한다는 것입니다.

*

자기를 수호하고 구원할 자는 신(神)도 부처도 아니다.

그것은 자기 마음이 순수하여졌을 때, 단순하고 충만하여졌을 때, 거기서 솟아나는 생명이며 힘일 것이다.

그러므로 진정한 종교란 선적(禪的) 감정이요, 진정한 신앙이란 자기 생명 본래의 절대자유에 대한 믿음일 것이다.

*

안심입명(安心立命)은 종교의 구극적인 목표일지도 모른다.

그러나 바르지 못한 생활의 개조에 의한 안심과 바르지 못한 생활 그대로에 머무는 안심과는 다른 것이다. 후자의 경우 그런 식의 종교란 확실히 사이비신앙인 것이다.

*

한 문예작품 속에서 우리는 수천의 인간, 수천의 인생, 수천의 자연, 수천의 사회를 발견할 수 있다. 그러나 결국 우리가 보게 되는 것은 한 작가의 개성이다.

*

어린아이에게는 이 세계를 능금알처럼 통째로라도 따주고 싶은 마음이 생기곤 하는 것이다.

이것은 기쁨을 남에게 줌으로써 생겨나는 유쾌함처럼 거룩하고 고귀하고 건강한 유쾌함은 없다는 가장 아름다운 본능의 징후이다.

받는 자의 기쁨은 깨끗하고, 주는 자의 마음은 순수한 사랑으로 채워져 있기 때문이다.

*

새까만 망각의 바다에 영원히 잠기고 만 우리의 많은 꿈들…….

그 영원한 이별을 생각할 때 당신은 눈물 없이 바라볼 수 있겠습니까?

*

꽃피우십시오. 마음껏 한껏 활짝 피우십시오.

지금은 개화의 시절, 결실을 생각하는 공리성을 버리십시오.

결실의 시절은 바빠하지 않아도, 기다리지 않아도, 너무나 빨리 옵니다. 그리고 충실한 결실은 오직 충실한 개화로만 이루어지는 것입니다.

*

밖에서 창 안을 들여다보는 마음.

안에 앉아 창 밖을 내다보는 마음.

*

우리가 어떤 말 못할 엄청난 역경의 고통에 처하게 될 때는 곧바로 일종의 비장감에 빠져들게 된다.

(아아, 인간은 얼마나 타협적인 동물인가!)

그것은 결국 사회를 부정하고서 자위하는 심약함의 산물이다.

*

위대한 체험적 인격자가 연상되지 않는 진리, 그것은 어딘가 쓸쓸하다…… 마치 꽃 없는 봄처럼.

*

오늘 거리에서 얻은 두 가지 슬픈 일…….

일찍부터, 또한 지금까지도 내게 열렬한 애정과 호의를 보여온 한 여성의 시원치 못한 얼굴. 그는 그 시원치 못한 얼굴로 말미암아 누구의 눈에도 들 수 없었다는 것. 또, 그로써 내게 주는 가장 선택된 호의의 방식이 나의 가장 혐오하는 바였다는 것.

진정 슬픈 일이 아닙니까?

*

어떤 '사랑', 어떤 '아름다움'이 반드시 어딘가 있을 것이다. 그리고 나의 이 믿음은 확실할 것이다.

그러나 내게는 그것을 찾을 힘도, 향유하려는 용기도 없다.

나는 궐련 동강에다 불을 붙여 물고 정원을 거닐다가, 하늘가에 떠 있는 구름 조각을 멍하니 바라보는 것이다.

*

인생에 있어서 지극한 선, 지극한 아름다움이어야 할 것이 못 견딜 비참으로 보이는 때가 있다.

조소에 가까운 적막…… 정열이 다 식었기 때문인가?

오늘 초겨울 안개밭 속에 애인을 기다리는 소녀를 보았다.

*

"물(物)이 이미 이루어졌을 때까지, 그것이 이루어지지 못하리라고 생각된 것이 얼마나 많은가?"—푸리니오

그러나 일이 이미 틀렸을 때까지 그것이 이루어지리라고 생각되었던 것은 얼마나 많을까?

다 같이 인생은 기만이다. 과거에 있어서.

다 같이 인생은 의지다. 미래에 있어서.

*

함부로 남의 성격, 의견에 반발하고 거스르는 자세를 가지고 아첨 안 한다고 자고(自高)하는 사람.

동화, 맹종, 피동의 태도를 가지고 포용, 자비라고 자위하는 사람.

*

우리가 가만히 눈을 감고, 생각을 지구상 제일 높다는 히말라야 산정까지 달리게 할 때, 고금의 천재나 거인의 심경을 바라볼 수 있게 된다.

평원에서 오르는 안개에 묻어나는 우울과 비수(悲愁).

자색(紫色) 광채를 남들보다 먼저 바라보는 속진(俗塵)을 떠난 웅대한 기상.

*

"공포에 의거하는 편이 신뢰에 의존하는 것보다 안전하다."— 쇼펜하우어

그러나 보다 안전한 것은 남의 사랑을 받는 것이다.

그러나 그보다도 더, 가장 안전한 것은 '무아애(無我愛)'로서 남을 사랑하는 것이다.

*

'나를 알자'…… 그러나 이것은 타아(他我) 구별의 상대세계에 있어서는 불가능한 일이다. 타(他)의 세계를 모르는 까닭이다.

'타(他)를 알자'…… 이 또한 상대세계에서는 불가능한 것이다. 아(我)의 세계를 모르기 때문이다.

타아일여(他我一如)의 절대세계…… 오직 여기서만 우리는 하나로써 여럿을 알 수 있을 것인데.

*

인간은 어떠한 때, 어떠한 곳에서나 각기 그때, 그곳의 신(神)

을 보며 생활하는 것이다.

그러나 그 모든 신은 언제나 하나의 신…… '자기 자신'이라는 일신의 환상에서 일어날 수 있는 어떤 것이다.

*

모든 종교적 안심(安心)은 체념과 달관이다.

이는 단순한 소극적 단념이 아니다.

그것은 자연적인 추이를 향하는 노력이며, 사물의 영원한 상(相)에 대한 파악으로의 전진이다.

*

"너 자신을 알라"—소크라테스

여기서 모든 철학과 종교의 기원이 출발된다.

우주와 자기 자신과의 관계, 거기서 비롯되는 자기 자신의 위치에 대한 확인. 여기서 지식과 논리의 합리적 철학이 그 자신의 한계를 감지하는 총명을 발휘할 때, 비로소 가능성의 무한함과 앎과 믿음의 종교세계가 눈앞에 전개될 수 있는 것이다.

*

착한 사람의 고난…… 이것은 일견 모순의 극치를 이룬다.

그러나 착한 사람이기 때문에, 또 그 고난에 순수하게 응함으로 인해 착한 사람은 착한 사람으로 되는 것이 아닌가?

*

마침내, 이윽고 당신의 큐피드의 면사포를 벗겨놓았을 때, 당신은 거기서 무엇을 보십니까?

가을바람에 딸각거리는 해골의 조각 파편…….

그리고 그것은 당신 자신의 무거운 그림자입니다.

*

위인(偉人)은 일종의 마술사이다.

*

엄정한 비판이 없는 곳에 미신과 폭력이 날뛴다.

그러나 서로 믿고 사랑함의 전제가 없는 곳에서 행해지는 단순한 비판이 그야말로 너무도 비판적일 때는 인생은 스스로 추상(抽象)의 마굴로 떨어질 것이다.

*

아직 모르기 때문에 행하지 못하는 우매함은 없다.

알면서 못하고, 알면서 끌려가는 우매함이 있을 뿐이다.

지(知)의 앎과 행(行)의 앎…… 여기서 현명과 우매, 범인(凡人)과 성인(聖人)이 갈리는 것이다.

*

우리는 흔히 스스로 원하지도 않고, 바라지도 않는 많은 사건들에 봉착하곤 한다. 이것을 우연이라 하기도 하고, 의외라 하기도 한다.

그러나 우연이 어디 있는가? 대부분의 경우, 다만 그것에 대해 몰랐다는 것뿐이지 실은 그것을 기다리고 있는 셈이 된다.

*

구태여 많은 경험을 요할 필요는 없는 것 같다.

사고(四苦), 팔고(八苦) 따위의 고통은 인생에 있어서 영원한 문제요, 또 보편적인 것이다.

석가는 참으로 잘 보았다.

*

우주를 나의 의지할 곳으로 할 때, 나의 의지할 장소는 오직 하나뿐이다.

나의 의소(依所)를 오직 '나'로 할 때, 나는 의지할 곳 없이도 존재할 수 있는 튼튼한 독립인이 될 것이다.

*

기쁠 때는 기뻐하기만 하라. 기쁜 일 이외에는 아무것도 생각지 말라. 슬플 때는 슬퍼할 뿐이요, 슬픔 이외에는 아무것도 생각지 말라.

*

사람들은 자기 자신과 무슨 원수를 맺었단 말인가?

*

우리 이제 악에 대한 자책에서 선에 대한 자책으로 돌아가보지 않으렵니까?

*

구슬은 어느 모로 보나 빛나는 것이고, 부수어진대도 빛난다.

*

신은 어떠한 불행, 어떠한 불합리로도 인간과 인간 사이에서 이루어지는 사랑과 위안과 행복을 제지할 권력은 없다.

우리 생활로 하여금, 거기에는 행복이라든지 불행이라든지 하는 신의 간섭을 없게 하라.

*

'예컨대 밤벚꽃이 한창인 창경원 같은 곳'

당신들은 한 자리를 잡고 앉아 파도처럼 밀려오고 밀려가는 군중을 바라보다가, 꽃 밑에, 불빛 아래 입맞춤처럼 반짝이는 많은 여성들의 웃음을 바라보다가, 문득 며칠 전 다방에서 마주 앉아 못내 사랑스럽다는 생각을 떨칠 수 없던 애인의 눈동자를 슬퍼하여본 적은 없습니까?

*

물망초…….

잊지 말라고, 잊지 말라고, 연자색 어여삐 피어난 꽃이 피었다지는군요.

지나가면 잊는 것을…….

*

위선을 꺼린다 하여 함부로 독설을 토해 세인들의 혐오 위로 타고 오르려는 자.

능변을 자랑하며 함부로 조잡한 말을 날려 보내 속인들의 갈채를 기꺼이 유쾌해하는 자.

*

야유회…… 대중의 적막(寂寞).

*

자신감은 시기나 원한을 품지 않는다.

역으로, 항상 모자람에서 생기는 동기 없는 싸움이나 공연한 적개심을 우리는 흔히 본다.

*

만일 내게 시간을 거꾸로 항행할 수 있어서 한 번만, 단 한 번만이라도 인류 역사상의 인물을 만날 수 있는 신통한 기회가 허락된다면…… 그는 누구일까 손꼽아보니

아 아, 그리운 사람이 너무 많아. 너무나 많아…….

*

악의 없는 말이나 행동이 흔히 남의 웃음을 자아내는 해학성을 띠게 된다. 이는 우리 인간에게 얼마나 진실성이 결여된 허위가 상식화되어 있는가를 생각하게 한다.

*

성애(性愛)와 환경과 조건을 공제한 나머지의 부부애란 얼마나

될까?

*

자연처럼 자기의 신비에 대해 삼갈 수가 있을까?

*

사람이 너무 되어버린 사람,
어딘가 가까워지지 않는 구석이 있다.

*

우리는 얼마나 자주, 우리가 스스로를 인정하듯 남도 자기를 인정하리라 생각하고 있었던가.

*

되도록이면 오래 살아서 생의 경험을 풍부히 하려는 사람…….
그의 눈으로 본다면 천하에는 '새 것은 하나도 없을 것이다.'

*

명민성(明敏性)이라는 좋은 이름 밑에 우리는 얼마나 많은 정열을 죽인 생명력의 경화나 이성의 칼날에 찢겨 해부된 냉골(冷骨)만을 발견하는가.

*

가장 함축성 높은 것이 흔히 멀리 돌아오는 것으로 보이듯이, 가장 숙련된 기술이 아니라면 서투른 흉내조차도 어려운 법이다.

*

어떤 연애의 경우라도 연인은 자기 연인을 그 이상으로 보거나, 혹은 연인 자체를 보지 않거나 한다.

그러므로 연인에게서 발견되는 아름다움이나 행복감은 연인이 실제로 주는 미와 행복보다 항상 그 이상이거나, 혹은 모르는 척 자기가 지어낸 연인에 대한 영상만을 즐기려는 욕망의 집합체이기도 한 것이다.

*

사랑은 결점을 묻어준다.

그러나 그 결점에 관심을 둠으로써 생겨나는 고통을 두려워하여 일부러 못 본 척하기도 하는 것이다.

*

어떤 열정적인 연애라 할지라도 연인에 대한 자기의 생각보다는 제삼자가 보고 생각한 바를 염두에 두게 된다.

*

애정에 사는 여성을 찬미하라.

연애가 아니라도 풍부한 공상과 부단한 감동을 즐길 줄 아는 여성…… 이성이 차라리 해가 되는 여성을 찬미하라.

*

결국 너는 네게로 돌아가는구나…….

나는 내게로 돌아오고…….

*

평범함의 비극…….

소녀의 사랑도 오래 가지 못하는구나.

*

우리의 귀는 기실 못 듣는 소리를 가짐이 없고, 우리의 눈은 기실 못 보는 색(色)을 가짐이 없다.

그러나 우리 귀는 아무것도 듣지 못하고, 우리 눈은 아무것도 보지 못한다.

책상 위의 능금이 별보다 큼을 보지 않는가? 벽 위의 시계 소리가 대양의 파도 소리보다 큼을 듣지 않는가?

*

천만 리를 떨어져 있어도 따스한 정과 통하는 숨결이 느껴지는 사람이 있다. 한 자리에 마주 앉아 말을 주고받고 사귐을 나누어도 이방인처럼 느껴지는 사람이 있다.

*

신 앞에서 죄가 논해지는 영혼은 사람 앞에서도 죄가 논해진다.

그러나 사람 앞에서 죄가 논해지는 영혼이라 하여 반드시 신 앞에서도 논죄(論罪)받는 것은 아니다.

*

"원수를 사랑하라." —예수

여기에 무슨 이유가 있으랴.

있다면 그것은 사랑이 아니요, 사랑으로 탈바꿈한 미움이니라.

*

이름과 소리가 높아가면 반드시 그 뜻과 절개는 낮아져야 하는가? 몸이 문득 부(富)에 처하면 그 덕과 정조는 어지러워져야 하는가?

그보다는 뜻과 절개를 높임에 따라 이름이 높아가는 것인가? 덕과 정조를 돌아보지 않음에 부가 스스로 좇아오는 것인가?

어떻든간에 참사람은 차라리 이름도 소리도 없는 그곳에서 피어나는 꽃이 되고, 결백은 차라리 가난하고 약한 그 속에서 비로소 빛나는 한 줄기 광명이 되는 것이다.

*

신(神)과 불(佛)에는 '나'가 없다. 차라리 '나'가 없기 때문에 신이요 불이다.

*

선(善)은 초조하지 않다. 구김살이 없다. 기척이 없다.

선은 유유하다. 명랑하다. 자유롭다.

*

구함이 없는 사람.

세계는 그 발 앞에 와서 엎드린다.

*

외부로부터 오는 해악에 대해서는 아무리 무력하다 해도 그것은 부끄러움이 되지 않는다.

무력함 중에 가장 나쁜 것은 자기 내부의 감정에 대한 무기력이다.

*

고통은 범우(凡愚)와 현성(賢聖)을 연결하는 혈관이다.

그 혈관을 통하여 범우는 현성의 피를 느끼고 호흡을 나누며 또 그를 친밀하게 알게 된다.

*

자기는 의식하지 못했는데 남의 주시가 있었다는 사실을 알았을 때 새삼스레 자신을 반성하게 된다.

신의 끊임없는 감시를 느끼며 살아간다는 것은 얼마나 무서운 사상인가?

*

여자는 아무리 가까이 가서 살펴보아도 멀리서 바라볼 때와 마찬가지로 생각한 바를 알려주지 않는다.

*

고독은 언제나 반성에보다는 상상에 그 왕좌를 베풀어놓기를 좋아한다. 그리하여 그 상상이 감정을 이끌어갈 때 이성은 줄곧 스러져간다.

*

욕망은 무한하다.

그러므로 욕망의 불꽃을 냉각시키려면 유한한 물질적 대상으로는 어림도 없다. 오직 그것의 정복에 의한 만족이 있을 뿐이다.

*

자연은 언제나 자기의 권리를 주장하고 자기의 염원과 욕구의 만족을 강요한다.

그것은 언제나 개성의 개성화를 저지하고, 생명의 특수화를 방해하는 나쁜 요소를 가진 것이다.

그러나 누가 그 본성을 벌할 수 있는가?

*

생활이란 외계와의 교섭이다.

외계의 영향에 민첩하게 반응하고, 그 물음에 답함으로써 모든 사물에 자기의 개성적인 실감을 부여하여 자기를 표현하는 곳에 우리의 독창적인 생활이 시작되고 또 발전하게 된다.

그러므로 단순한 순종이나 순수한 수동은 사실상 죽음인 것이다.

*

씨를 뿌리고 김을 매며 거름을 주고 곡식을 거두어들이는 것은 단순히 밭을 간 노동과 보수의 문제가 아니다.

그것은 훌륭한 명예도 된다.

*

여자의 신비를 좇아다닌다는 것은 결국 하나의 냄새 나는 육괴(肉塊)를 발견한다는 것이다. 그러므로 여자를 이해하려 하면 할수록 그 정신의 아름다움을 알 것이다.

*

우리는 모든 것을 가져버리려는 욕구를 지녔다.

그러나 그와 동시에 행복까지도 남과 나누어 가지려는 욕구 또한 갖고 있는 것이다.

*

여자는 언제나 부자유하다. 그것은 여자의 운명이다.

왜 그런가?

여자는 자신의 신비를 잘 유지하기 위해서 언제나 자신을 어느 정도 숨기고, 얼굴을 가리우는 등, 여자 = 신비라는 공식을 지켜가는 데 여념이 없기 때문이다.

*

사람이 어떠한 학문적 재능을 갖추었다 할지라도 자기 자신의 반성에 등한하게 되면 무지를 면할 수 없다.

그러나 반성이 지나칠 때는, 즉 지속되는 내면화는 도리어 허무와 나태에 빠지게 한다.

*

예민한 머리보다는 아름다운 마음을 갖고 싶다.

심오한 사색보다는 순수한 감정을 지니고 싶다.

*

이 사바세계는 6바라밀을 수행하기에 가장 알맞은 곳이다.

*

가장 무관심한 듯한 미소, 무비판적인 미소.

세상만사를 다 경험한 듯한 초연한 미소, 거의 조소에 가까운 미소…….

그것은 기실 하나의 의혹에 불과하면서 달관으로 가장한 부도덕한 미소다.

*

우리는 우리의 지위와 명예 없음을 부끄러워할 필요가 없다. 더구나 그러한 자신을 경멸하지 말자. 인생의 어느 부분에 있어서도 진리와 광명은 모두 다 가까이 있다.

*

행동의 완전한 충실이 없는 곳에 말의 과잉 필요가 요구되며, 내적 품위의 충실이 없는 곳에 훌륭한 외관이 필요하게 된다.

*

대개의 경우 애정이 생기는 곳에 존경이 희미해진다.

존경이 흐려지면 그곳에 간섭이 생기고, 간섭이 있는 곳에 자유가 한숨짓는다.

충고 속에 얼마나 많은 지배욕이 도사리고 있는가.

*

'심심하다' 라는 말은 언제나 인생에 대한 내 사상을 슬프게 한다.

*

시물(施物)을 삼가자.

대개는 물(物)을 받는 사람이 그 은혜에 구속되지만, 어떤 때에는 물을 주는 사람이 오히려 더 많은 것에 구속된다.

*

자기의 한 생애란 기실 일생을 두고 내내 자기가 걸어간 길을 의미한다.

그러나 그 길을 자기 스스로가 스스로의 발걸음만으로 걸어간 사람은 과연 몇이나 될까?

*

비록 그것이 도깨비불처럼, 유성(流星)처럼, 음향처럼 일어났다가 꺼지고, 나타났다가 사라진다 해도 우리는 우리의 생을 서러워할 것은 없다.

모든 것은 다만 보이지 않게 될 뿐이지 사라져 없어져버린다는 뜻은 아닐 터이기 때문이다.

우리의 생활이 서 있는 그 발밑을 보라. 얼마나 거대한 역사의 피라미드가 버티고 있는가.

*

하나하나의 사물이 참된 제 얼굴 그대로 마음에 비칠 때, 비로소 그 각각의 사물은 우리 마음속에서 각기 '자신의 장소'를 얻을 수 있는 것이다.

외계의 사물 각각이 우리 마음속에서 '각자의 장소를 갖는다'는 것은 우리가 진실함과 아름다움과 영원을 파악한다는 것이다.

*

악령에게 사(邪)가 있는 것은 아니다.

사람의 마음에 사가 있는 것이다.

*

하나의 온전한 전체를 위하여 여러 가지의 여분을 버려라.

잘 버릴 줄 아는 자만이 잘 얻을 수 있는 것이니.

하나의 일은 언제나 만 가지 일의 희생을 엄격히 요구하는 것이다.

*

고뇌에 시달리면 시달릴수록 의연하게 그 순수하고 곧은 마음을 잃지 않는다는 것은 얼마나 아름다운 일인가.

훌륭한 결과가 그리 쉽사리 나타나지 않는다는 것은 차라리 귀중한 사실이다.

*

결국 인간은 혼자 나고, 혼자 살고, 혼자 죽는 영원한 고아!

그러매 따스한 정을 찾고 밝은 광명을 찾는 것이다.

*

검은 구름 사이로 한순간, 밝은 달빛이 새어나올 때 우리는 일종의 예감을 갖게 된다.

그것은 달에서 오는 광명처럼 우리의 무한 정신에서 오는 섬광이요, 정신의 속보(速報)요, 마음의 귀로 들려오는 하늘의 소리이다.

*

얼마나 많은 사람들이 선행을 베풀기 위해서 선인(善人)이 되는 것을 망각하는가. 세상 악취 중에서 부패된 선행이 발산하는 냄새처럼 가증스러운 것은 없을 것이다.

*

'나'는 우주공간의 가장 중앙 되는 위치에 산다.

'나'는 역사의 가장 가치 있는 시기에 산다.

*

실없이 길가에 서서 빈자(貧者)의 감시자가 되려 하기보다는 먼저 자기 자신을 돌아보라—아직도 푸른 능금이 아닌가? 하고.

동정이나 박애란 잎도, 가지도, 혹은 덜 익은 떫은 맛도 아니다. 그것은 꽃다운 향기, 풍요한 풍미.

피어 있는 꽃에는 향기가 스스로 나고 숙성한 열매에는 풍미가 스스로 배어 있는 것이다.

"네 왼손으로 하여금 오른손이 한 일을 모르게 하라." — 예수

*

우리의 생활에서 참생활이 아닌 생활을, 참으로 필요하지 않은 생활을, 일체의 생활 아닌 생활을 — 잎을, 가지를, 껍질을, 기름을, 배설물을, 장식품들을, 옷을, 그림자를 — 모조리 벗기고 깎고 추려보라.

최후로 환원될 수 있는 곳, 알맹이로서의 생활은 무엇인가?

모름지기 열 손가락을 써서 정리해볼 필요가 있다.

*

인생은 영원히 평등하고 진리는 영원히 새로운 것이다.

태초에 진리가 열려 나타난 이래로 아직도 거기에는 단 한 톨의 먼지도 떨어진 적이 없다.

……우주와 역사를 베개 하고 길게 누워 있는 것이 진리의 참된 광영인가?

*

권태란, 정관(靜觀)의 행복이 없는 곳에서 생겨나는 것이다.

정관의 태도는 우리 생활의 광활한 여백에서 우러나는 행복에 대한 사랑이다.

우리가 자유로이, 또한 자신과 밀접하게 우리들 최선의 취미를 따를 수 있을 때, 그 여백은 순간순간 청신한 전망을 우리에게 공급한다.

— 자유로이 활달한 시계(視界)를 즐길 수 있는 자처럼 행복한

이가 이 세상에 있을까?

*

어떠한 경우에도 자기를 배반하지 않도록, 자기가 소유한 어떤 힘의 존재에 무한한 신뢰와 기대를 갖자.

그 힘의 은총은, 언제나 우리가 그 힘을 자각할 수 있다는 믿음에서 오는 상대가치에 있는 것이다.

*

우리가 고독을 느끼는 것은 사람과 사람 사이를 분리시키는 공간이 있어서가 아니다.

자기와 자기 생명이 발생하는 곳과의 간극—즉, 우리 자신이 형성되는 힘과의 분리에 있는 것이다.

우리의 행동좌표나 언어와 침묵, 혹은 동작과 정지상태—그 어느 곳에나 고독을 만드는 힘은 미만(彌滿)해 있는 것이다.

*

나는 왜 항상 지배하여야 할, 혹은 지배할 수 있는 환상이나 습관, 규율들에 내 생활을 유배시키고 있는 것일까?

이것은 항상 자아의식의 한계를 파열하지 못하는 무능에서 오는 것이다.

세계는 기실 우리가 아직 놀아보지 못한, 혹은 상상도 하지 못한 자유로운 공간으로서 우리의 생을 즐기게 할 수 있는 곳일 텐데. 그리고 우리가 보는 것보다 훨씬 넓은 곳일 텐데.

그러므로 지인(至人)의 눈에 비친 영상 속의 모든 사물은 선

(善)도, 불선(不善)도 아닌 천진난만한 그런 것이리라.

*

생의 심오한 깊이를 파고들어 그 진상을 이해하고 파악한다는 것은 결국 '비극을 사랑한다'는 것이 아닐까?

*

연애에도 천재(天才)가 필요한가?

연애를 양심적으로 할 수 있는 사람, 혹은 양심을 가지고 연애를 할 수 있는 사람은 최대의 행복을 누릴 수 있을 것이다.

*

사람은 누구나 오직 자기 내부의 악보에 맞추어 생활을 행진할 뿐이다. 각자의 개성에 적응하는 사물의 양상 외에 또 어떤 사물의 상태가 있어서 그토록 자유로운 희열을 주랴!

*

무한한 지혜의 세계를 망각한 우리는 실없이 아둔한 우리의 인식 한계에 울타리를 둘러놓고는 그것을 상식이라 하여 칭송하고 있다.

우리의 눈빛이 바로 우리의 마음속을 응시할 때, 거기에는 무한한 여백의 영역이 처녀지 그대로 남아 있지 않은가.

그곳을 여행하자. 탐험하자.

무량(無量)의 국토. 무량의 불(佛).

*

우리 생활이 아무리 평범하고 미천하다 할지라도 그것을 스스로 경멸하거나 회피할 것이 아니다.

진심으로 자기 생활을 사랑하는 것, 영광이 가득한 시간은 우리를 저버리지 않을 것이다.

세상 사물에 무슨 대소가 있을 것인가. 우리의 태도에 달려 있을 뿐이다.

*

얼마나 많은 무목적의 달리기가 진보로, 칠면조의 볏 같은 변화가 개선으로, 잡무와 외적 의견의 여파 속의 생활이 활동으로, 복종적이고 충실한 환경의 노예가 적응으로, 무례한 산만함이 쾌활로…….

가장되고, 오해되고…….

모름지기 좀더 후퇴, 후퇴하라.

좀더 물러나서 바라보라.

*

"종교는 생활의 부패를 방지하는 향료다."—베이컨

종교는 차라리 머리로써 채우지 못한 생활의 공허를 가슴으로 채울 수 있는 샘물이다.

*

아 아, 나는 나의 고유한 태도를 지키고 싶다. 그 지킴을 즐기고 싶다. 그것은 무슨 태도인가?

나는 나의 가고 싶은 곳, 단 한 곳을 가고 싶다. 그곳에로의 탐험을 즐기고 싶다. 그곳은 어딘가?

나는 나의 하고 싶은 일, 단 한 가지 일을 하고 싶다. 그 일을 위해 신불(神佛)에의 기도를 즐기고 싶다. 그 일은 어디 있는가?

*

시간이란 결국 우리의 불안전한 의식의 흐름 중에 생기는 한 공간에 불과하다.

그 공간을 의식하지 못할 때, 우리는 시간의 제약을 유유히 초탈한다. 시간의 초월! 그것은 오직 완전한 일의 한 경지에 있을 수 있는 것이다.

*

아무리 훌륭한 옷을 입어보아도, 원숭이는 끝내 원숭이에 지나지 않는다. 현란한 외장을 차리고서 군중의 눈길을 끌어대며 시장으로 나가 행진해볼까?

돌아가 적나라한 알몸으로 여명의 숲속을 거닐며 혼자 별이 떨어져 있는 샘물을 마시고 싶다.

*

사람이 만일 우주의 삼라만상 속에서 그것과의 혈연적인 통일과 조화의 관계를 발견한다면, 혹은 그것을 의식한다면, 그것이 곧 해탈일 것이다.

해탈이란 하나의 갇혀진 결박으로부터 벗어나 완전한 자유의 자비를 깨닫는 것이다. 개인적 탐욕으로부터, 수리적 공식으로부터 완전한 자유로.

*

진리란 신비스런 통일성이다.

그것은 사물 상호간의 관계에서만 현시될 수 있다.

그러므로 각 부분의 집결은 살아 있는 전체가 되지는 못하는 것이다.

*

우리의 모든 사고작용 중에 상상력처럼 귀한 것은 없다.

그것은 우리들의 사랑의 원천이요, 또한 그것으로 말미암아 우리는 우리 자신의 세계를 풍부하고도 윤택하게 하는 것이다.

우리의 상상력이 영원한 경지와 만나게 될 때, 거기에 훌륭한 예술이 탄생하게 되는 것이다.

*

시인은 무엇 때문에 자기가 끊임없이 창작에 시달리고 있는지, 고통받고 있는지를 모르는 것이다. 다만 노래할 뿐이다.

거기에서 어떤 힘의 존재를 느끼지만 그 힘이 무엇인지를 또한 모르는 것이다. 그 힘이란 무엇인가?

결국 자기표백(自己表白)이다.

*

타락의 원인은 자포자기에 있다. 그러므로 그것은 타산적인 사람, 공리적 목적으로 살아가는 사람에게서 주로 찾아볼 수 있다.

그러나 위대한 믿음을 가진, 일생을 구도적 자세로 탐구하는 사람에게는 절망이란 있을 수 없는 것이다. 그의 길에는 마지막이란 것이 다 없기 때문이다.

"인간이란 끝내 초극(超克)될 무엇이다." - 니체

*

인간의 침묵하는 실체, 그것은 인간에 있어서 유일한 자본이다.

우리의 초월사상을 위한, 또 그 이상의 실현을 위한…….

그리하여 그것은 우리의 부단한 정진을 위한 갖가지 고통을 수반한다.

*

모든 위대한 사상은 인간의 가슴에서 나온다고 한다. 그것은 삶의 모든 고달픔이 가슴에서 나오기 때문이다. 최후까지, 최저까지, 최악에까지 매 맞고 시달리는 인내만이 사람이 지닌 능력의 시금석이 될 것이기 때문이다.

*

사람의 이해란 자기의 척도를 벗어날 수 없다. 사람은 언제나 자기 내부에 있는 것밖에 이해하지 못하기 때문에!

그러므로 자신의 맹목적 격정에서 해방되었을 때에 비로소 우리는 투명하고, 진실하고, 사랑하는 완전한 이성에 접근하게 된다.

비로소 우리 가슴이 정적(靜寂)에 도달할 수 있는 것이다.

*

어떤 명령의 지배적인 지시는 혼미한 방황 중에 있는 자에겐 하나의 중압감을 벗겨주는 고마운 사실이 되기도 한다.

마치 어린애에게 백지를 주고 '무엇이든 한 자 써보라'는 자유가 부여되었을 때 도리어 커다란 부자유를 느끼게 되는 것처럼…….

길이 넓디넓어 광야가 펼쳐질 때 행인은 오히려 그만큼의 비애를 맛보게 되는 것이다.

*

세계에 대해 인간은 하나의 포말 같은 존재라 하더라도 세계는 우리의 권위를 모욕하지 못한다. 우리에겐 정신적 힘으로 무장된 의지의 자유가 있기 때문이다.

그에 대해 너무나 남루한 우리의 생활이라 하더라도 생활은 우리의 품위를 실추시키지 못한다. 우리에겐 종교적 복종이라는 고귀한 징표도 있으니까.

*

사실(事實)은 단순한 사실에 지나지 않고, 기술은 하나의 단순한 기술에 지나지 못한다.

그러나 진리는 끝도 없이 무한한 지평선을 전개하여 우리를 저 너머의 피안으로 인도할 수 있다. 그러므로 진리의 인도를 받는 인격은 전체적이요 절대적인 가치, 그것이다.

"최상의 행복은 인격(人格) 안에 있다."—괴테

*

인간이 행하는 일체의 활동은 자기를 전적으로 표현하고자 하는 다급한 요구로 귀결된다.

부와 지위와 권력에의 질주도 그 요구의 일단(一端)임이 분명하다. 그러나 그들의 배후에는 항상 불만과 실패의 탄식만이 남는 것은 무슨 까닭인가?

—전일(全一)의 실현은 부분의 집성으로 축적되는 것이 아니라는 것을 자꾸만 망각하기 때문이다.

*

단 한 조각의 자유를 지니고 우리는 이 세계를 살아간다.

단 한 줄기의 신비를 가지고 우리는 범용, 통속으로 일관된 일상을 견디어간다.

자유와 신비여, 오직 그대 하나만을 몸에 지닌 채 인간의 부스러기에 지나지 않는 나는, 인생의 평안과 조화, 덕과 사랑의 광명을 볼 수가 있다.

*

한 인간이 다수의 인간 속에서 단 한 사람이 될 수 있는 것은 그의 개성 때문에 그러하다.

성격이란 의지의 응집력, 아니 차라리 무의지의 의지가 계속적으로 연결되어지는 것으로, 그것이 독자적일 때 곧 개성이 되는 것이다.

그러나 개성이란 자신의 격리나 정적인 고정이 아니다.

*

정(靜)이란 동(動)의 중지나 죽어버린 침전이 아니다.

그것은 외적 변화에 대한 내적 집중이요, 확대요, 내밀한 풍요인 것이다.

깊은 집중은 큰 지혜를 낳고, 커다란 고요함은 위대한 활동의 전제가 되는 것이다.

*

어제의 날은 오늘의 날이 아니다. 전념(前念)이 곧 후념(後念)은 아니다. 지자견지위지지 인자견지위지인(智者見之謂之智 仁者見之謂之仁)

무상(無常)은 모두 '처음'이요 다양한 변화의 흐름은 그 각각의 탄생인 것이다.

무한한 경이와 불굴의 창조를 평범화하는 인습적인 생명은 차라리 저주받아라.

*

여자의 미가 어디 있느냐? 제왕의 영예가 어디 있느냐?

그것은 우리 탐욕의 과장, 우리 미망의 요구가 부여한 허상에 불과한 것이다.

*

내게 세계를 지배할 수 있는 권리가 부여되지 않았다는 것은 하나의 큰 다행이다.

*

'걱정하는 것'이 자식에 대한 어머니 사랑의 거룩한 권리인 것처럼, '고뇌하는 것'으로 하여금 한 인간의 창조를 위한 우리의 자랑스러운 권리가 되게 하지 않으면 안 된다.

이런 의미의 고뇌를 스스로 더 나아가 진실하게 고뇌하지 못할 때 우리는 순간순간 외적인 억압으로부터 끊임없이 어두운 모욕에 시달리게 될 것이다.

—고뇌는 우리의 지능(智能)의 무제한한 표상이다.

*

에덴동산에서 아담이 빨간 선악의 과실을 바라보며 무한한 식욕을 느꼈을 때, 인간에게는 영광과 희망과 재생의 동이 텄다.

그리하여 맛나는 과즙이 아담의 목구멍을 흘러들었을 때, 인간은 영원한 구원을 받았다.

신의 인간에서 인간의 인간으로…… 죄(罪)에서의 자유는 곧 선(善)에의 자유였던 것이다.

*

사람들은 어쩌면 이리도 자기를 광고하기에 급급한가?

자기 존재의 무한한 광명을 조금도 유화시킬 줄 모르고서 한없이 외부로, 외부로 방사시키곤 하는 것은 일방적 지배욕의 근성이 발작한 것이라고 볼 수 있겠지만, 그 근저에 고착되어 있는 노예의 근성 또한 간과할 수 없다.

사람은 마땅히 숨겨두어야 할 위대함을 간직하는 데 너무도 소홀하여서, 모래알 같은 일에 모래알 같은 자기를 모래알같이 흩

뿌려대는 게 아닌가?

*

타인의 의견과 주장을 전혀 이해하지 않은 채, 또 이해할 능력도 없이 우물 안의 자기 소견을 가장 위대한 사상인 양 소리 높이 떠드는 자가 있는가 하면, 한편 남의 사상과 정신을 전혀 무시하고 매도하면서 자기 주장만을 무리하게 통과시키려는 사람이 있기도 하고, 그런가 하면 말과 사슴을 분별하지 않고 그저 그러려니 하며 일방적인 찬탄과 추종을 일삼는 자도 있다.

하나는 무지요, 또 하나는 오만, 나머지는 아첨—무지한 자는 동정할 수 있으나 택할 바가 없고, 오만은 택할 바는 있으나 동정할 구석이 없으며, 아첨은 동정과 취할 바가 모두 없으니 일종의 허무한 슬픔만을 가져올 뿐이다.

허심탄회한 자세로 남의 삶을 배우고 남의 사상을 경청함이 하나의 미덕일진대, 무지와 오만과 아첨 중에도 아첨이 지위를 가져오고, 명예를 부르며, 부를 낳으니, 이게 무슨 까닭인가? '저를 칭찬해 싫다는 사람 없다'는 격언은 영원히 인생을 비웃을 것인가?

*

"명사(名士)여, 사생활을 보이지 말라."

"선지자(先知者)는 제 고을에서 대접을 받지 못한다."

이 말들은 모두 위인(偉人)과 범인(凡人)과의 개인차가 극소함을 말함이며, 그 우열의 드러남을 두려워하여 그것을 은폐하기 위한 소리가 아닌지.

명사를 친히 만나본 사람은 대개는 그 명사의 실질적인 면이 이름에 비하여 부실한 것에 실망하곤 한다.

이 모든 이야기는 평범 속에 비범을 발견하고 또 이해할 줄 모르는 사람들이 얼마나 많은가 하는 사실을 알려주고 있다.

그러나 한 인간의 비범함과 위대함은 과연 어디에 있는가?

씨앗 하나하나가 천 개 만 개의 열매를 만들어낸다는 것을 모르는 듯이, 인간의 그 우열의 차 하나가 각자 생활 활동의 영역과 범위에 따라 그 결과에 있어 백도 되고 천도 되며, 만도 된다는 그 엄청난 차이가 새삼스레 당혹스럽지 않은가.

*

믿는 생활, 믿음의 생활—얼마나 힘있고 아름다운 생활인가.

거기서 비로소 앎은 약동하는 지혜가 되고, 선(善)은 모순을 극복하는 힘을 발휘하고, 정(情)은 순정(殉情)이 되는 것이다.

생사를 초월하는 대불안(大不安), 대입명(大立命)—힘과 사랑이 함께 꽃피고, 신비와 상식이 조화되는 곳, 불가사의한 행복, 위대한 아름다움, 신과 같은 영원한 자태, 중생과 불(佛), 신과 인간을 하나의 경지로 연결하는 영적 능력의 신비력이 거기 있는 것이다.

*

인생은 항상 향수에 젖어 있다. 인간은 나그네이기 때문이다.

어찌하여 나그네가 되었던가?

고향이 불만이었던 까닭이다.

그러면 불만이었던 고향을 왜 또다시 그리워하는가? 나그네의 신세가 너무도 고달프기 때문이다. 고향에서 유랑으로, 유랑에서 고향으로…….

인생이란 영원한 구속과 곤궁과 동경과 사모와…….

인간은 그들로 인해 허덕이는 유랑군(流浪群) 인가?

*

현실이 이 모양이라느니, 현실이 어렵다느니, 사람의 감정이란 그처럼 단순한 것이 아니라느니 — 그러한 구실로, 진정 하나의 구실로 모순과 왜곡을 긍정하고 참아냄으로써 현명을 자랑하는 사람이 얼마나 많은가? 또, 이것은 얼마나 많은 기만의 요소를 품고 있는가?

진정, 우리는 서로서로 행복되게 할 수 없다는 것으로 만족해버릴 수 있단 말인가?

*

행복한 경지에 있는 사람은 인간 이상의 어떤 존재와 기적적 위력을 믿으려 하지 않는다. 그러나 불행의 늪에 빠진 사람이 인간 이외의 존재와 기적적 위력의 신앙에 매달린다 해도 그것 또한 신뢰할 것은 못 된다.

전자는 아무런 부족이 없는 상태의 오만과 나태에 어떤 종류의 신앙을 인식할 눈이 어두워졌고, 또한 그것이 들어갈 마음의 빈자리가 없기 때문이요, 후자는 혼란과 곤궁의 소용돌이 속에서 정신이 정상상태에 있지 못하기 때문이다.

오직 집착이 없고, 닫혀진 상태가 아닌 가난한 마음에만 불신(佛神)은 불신 그대로의 자태로 나타나는 것이다.

*

인간은 꿈을 먹고 사는 동물이라 한다. 꿈이란 우리 삶의 세계를 확장하는 귀한 정신활동이다. 그러므로 그것은 끊임없이 현실에서 비극을 보고, 그리하여 삶의 고민을 배가하는 존재도 되는 것이다. 그러나 인간이 그의 손에 부딪치고, 눈에 보이고, 귀에 들리는 세계만을 유지하게 된다면, 그 세계의 협착에 곧 질식하고 말 것이다.

새로운 꿈이 끊임없이 솟으리니.

나그네 길은 언제 끝나려나.

*

나는 진정 무용(無用)의 인간, 무위(無爲)의 인간이 되고 싶다.

그리하여 나 혼자의 생활을 지키고, 다듬고, 향유하는 평화와 자연을 갖고 싶다.

*

돌아보매 사람과 사람은 싸우고 미워하며 헐뜯고 해치며 물고 찢더라. 달리고 헐떡이며 엎치고 뒤치며 시기하고 아첨하더라. 사랑하는가 하면 미워하고 따르는가 하면 배반하고 기쁜가 하면 슬퍼하더라.

물(物)과 물(物)은 서로 빗대고 어긋나더라.

여인의 보얀 손길과 암코양이의 하얀 발길이 황혼의 뜰 위에서 즐거이 노니는가 하면, 가벼운 웃음소리 넘쳐흐르는 규방 속에는 어느새 네 개의 눈동자가 섬광처럼 빛나도다. 그리하여 장자(莊子)는 지상의 야마(野馬)와 진애(塵埃)는 모든 생물이 서로 토해

놓은 기식(氣息)이라 하였던가?

그는 진애(塵埃)와 모순에 충만한 지상세계는 허망하여 참되지 못한 환(幻)의 세계임을 보이었고, 그곳을 떠나기 위해 날개 밑에 바람을 어루만지며 청천(靑天)을 등에 업고 걸림 없는 구만 리 천상에 오름이 옳다 하였으니 이것은 심기(心機)의 일대 전환과 자기 초탈의 철저를 뜻한 것이라 할 수 있다.

그러나 남명(南冥)을 멀다 말라. 북명(北冥)이 곧 그곳이요, 극락정토를 희구하여 십만국토(十萬國土)의 서방(西方)을 향해 발돋움하지 말라. 발 딛고 있는 곳이 곧 그 땅이 아니던가?

한 발 돌이키면 그곳이 곧 그곳이련만. 바라보매 아득하기 또한 십만팔천 리(十萬八千里)이니. 이것이 나의 미(迷)함이요, 모든 중생들의 모습이 아니던가.

*

연정(戀情)이란 대개 어떤 시간의 한계를 가진 것으로서, 바로 그런 이유로 정열 또한 어떤 고도(高度)의 정점(頂點)을 지닌다.

그리하여 그 한계, 그 절정에서 대개는 변질되거나 하강하는 것이다.

*

세정(世情)이 바뀌고 인심이 변해가는 것은 이 세대의 허물만은 아니겠거늘, 사람들은 흔히 재지(才智)에서 오는 기민함만은 환영할 줄 알면서 그에 따르는 교묘한 허위와 광기적인 황홀함과 희희낙락하는 경박에는 장님인 양 못 본 체한다. 그러면서 무지(無知)에서 오는 허물에만은 어쩌면 그리도 빡빡하고 급촉(急促)

한 것인가?

*

평화와 안정의 생활에 있어서만 내 존재는 바로 서고, 그 속에 있어서만 내 생명은 본래적인 성능(性能)을 발휘하는 것이다.

적어도 나는 이 사실을 잘 알고 있으니, 모든 의욕의 다툼과 권세의 싸움은 그들에게 맡겨두련다.

*

내 계급을 위하여 몸을 부수고, 내 사회를 위하여 피를 흘리는 일—나는 그 사람과 그 생활을 존경하고 흠모한다. 그러나 그것은 또한 내게는 너무나 인연이 엷고 거리가 먼 것이어서 나는 선불리 그 길에 참여하지는 않으련다.

남의 행복에 손댈 의욕 없이, 내 생애에 남의 간섭을 피하려는 이곳에 내 에고이즘의 만족이 있나니. 여기에 또한 작위와 과장, 아첨의 사슬을 벗어날 수 있는 진실한 개성 생활의 행복도 있는 것이다.

*

"하늘 빛의 심방(尋訪)이 있는 곳은 현자(賢者)에 있어서는 어디고 다 같은 행복된 항구(港口)이니라."—누구의 말이던가.

시골이나 도시거나, 평정하든 소란하든, 모든 정착점을 떠나지 못한 사람에게 있어서만 구별될 수 있는 것이니, 그것을 외적으로 추구할 때는 다 같은 사바세계인 지상에 불과한 것이 아니겠는가?

구릉이나 도시나 대은(大隱)의 도상에 있어서 무슨 한계가 있으랴.

*

순결이란 도피가 아니요, 은둔이나 고고(孤高)도 아니다.

그 진실은 도리어 어떤 한계가 없는 신축성 있는 자유자재에 있을 것이다.

물러나면 물러날수록, 움츠러들면 움츠러들수록, 압력과 추세(推勢)는 배가할 것이니, 사위를 둘러보아도 어디가 나의 안식처인가?

푸른 별 속은 너무 차리라. 바다 밑에는 얼크러진 해초의 결박이 있으리라.

*

이 지상의 살벌함과 소란함은 대개 자기의 집착에서 생기며, 자기의 집착이란 결국 자기 정신의 평온상태가 착란함을 이름이니, 혼의 혼탁과 광란은 인간세상 모든 사악함의 근본이다.

*

날이 갈수록 때를 좇아 인심은 어지러우니 나는 내 영혼의 평화를 지키자. 날이 갈수록 때를 좇아 세상은 복잡하기만 하니 나는 되도록 내 활력의 순수를 굳게 보호하자.

계(戒)를 수행함이 방정(方正)한 곳에 정수(定水)의 청정함이 있고, 정수의 청정이 있는 곳에 달빛의 현현함이 있는 것이니—이것은 부처님의 가르침이다. 나는 우선 무지한 무리들의 소승

(小乘)이라는 나무람을 달게 받으며 부처님의 본뜻을 몰래 지니리라.

*

청정하고 겸손한 복종이 있는 곳에 모든 명령은 신의 예지에서 오는 교시(敎示)로 정화되나니, 나는 또한 프란체스코의 겸손의 미덕을 배우리라.

이것은 속세의 소란함을 가라앉히는 데 도움도 되겠거니와 내 침묵과 침착은 다만 그것으로나마 어떤 누구에의 위안과 행복에 참여하기도 하리라.

*

신앙을 구하는 마음은 진(眞)을 구하는 마음이 아니라, 실은 무한한 욕구에 지친 나머지의 생(生)의 나태에 불과한 것이 아닐까?

즉, 방일(放逸)한 생명의 여실(如實)을 보인 마음.

*

욕구를 버리자는 말은 욕구를 없애라는 말이 아니다. 욕구를 가지라는 말이다.

그것은 욕구의 방향을 고치라는 말이다.

*

'행복아, 내 발꿈치를 따라라. 나는 진리를 좇아가련다.'

비록 마음속으로는 이렇게 생각해보았으나, 또다른 마음 한구석에서는 어딘가 생활의 공포가 깃들이고 있다.

오늘이라도 나에게 현실적인 커다란 복덩어리가 떨어진다면, 나는 떡 조각을 반기는 창살 안의 원숭이 모양으로 진리도 양심도 원수처럼 내팽개치지 않을 것인가?

*

도(道) 있는 곳에 밥이 따른다는 고인(古人)의 말씀이 있지 않은가? 무엇을 먹을까를 걱정하지 말라는 예수의 말씀도 있지 않던가?

종로 거리의 거지가 행복이 싫어서 저러고 있는가?

먼저 생활의 공포를 버리고 생활에 신념을 가지자.

최후에 오는 것은 죽음, 죽음을 극복하는 곳에 무슨 간난(艱難)이 있을 수 있겠는가.

*

오욕(五欲)을 떠나 깨끗한 종교생활을 영위한 과거의 선인(先人)들이 얼마나 위대하다는 것을 새삼 느끼게 된다. 자신의 범부성(凡夫性)이 못내 비참하고 밉다. 모든 전통적 관념과 인습적 지식을 완전히 파괴하지 않으면 안 된다. 새로운 입장을 가져야 한다. 나중에는 그 입장마저 버리지 않으면 안 된다.

*

방랑이란 인간 본능의 일종이 아니던가? 그것은 미지(未知)에의 동경에서 나온 기지(既知)에의 권태에 대한 발작이 아닌가?

그러므로 방랑이란 곧 탐구의 대명사일 것이다.

인간의 방랑벽! 인생의 모든 창조적 동기의 원천이 아닌가.

좋은 의미에서 석가도 방랑자였고, 예수도 방랑자였다. 모든 죄악의 부정에서 진선(眞善)의 긍정으로 돛을 달고 신발을 졸라맨 인생의 위대한 방랑자들이여!

*

진정한 평등은 언제나 차별을 내포하고 있다.

그러므로 차별 없는 평등 안에서는 질서의 개념이 모호해질 뿐만 아니라, 평등 그 자체도 제대로 성립되지 못하여 악평등(惡平等)이 되고 말 것이다.

그러나 여기서의 차별이란 평등의 자비로운 바다 위로 자연스럽게 일어나는 무사(無私)의 물결이 아니면 안 된다.

*

문득 생각하니 죄 많은 인생, 약하디약한 인간!

될 수 있으면 죄짓지 않고, 될 수 있으면 굳센 생활로 얼마 안 되는 일생을 보낼 수 있으면 좋으련만.

*

유한한 생명으로 무한한 생명을 추구한다는 것—이것은 하나의 모순 같은 정당한 요구이다.

*

사악함으로부터의 도피는 비겁이다. 사악함을 소멸시키려는 것은 용기에 해당된다. 그것을 미화하고 선하게 만드는 것, 이것이 진정한 사랑의 빛이요, 향기이다.

*

신앙은 철학의 무능한 면을 어떤 가능한 경지로 이끈다.

여기에 그 신비성이 있다.

*

인생은 끊임없는 유혹의 손길. 그러나 그것은 자신 있는 자력(自力)의 시험이라야 한다.

*

세상 사람이 다 나 같았으면…… 하고 혼자 이 세상의 찢어진 모습을 탄식하다. 그러다가 혼자 폭소를 터뜨리다.

*

운명이란 어떠한 원인을 지닌 결과로서 존재할 것이다. 운명에 대한 불평불만은 그 스스로에게서 발생한 원인을 자각하지 못하는 데서 오는 것이다.

*

희생—그것의 근본동기는 결국 자아적인 일종의 뇌물에 불과한 것인지도 모르겠다. 그러나 그것이 자기 자신을 스스로 바치는 데까지 발전하고, 또한 그것을 정신화하는 곳에 이르면, 그것은 지선지미(至善至美)의 권위를 갖추게 된다.

*

많은 사상가의 사상이 대개는 자기 자신의 변명이거나, 혹은 취미의 동경에서 파생된 것이 아닌가?

*

우리의 자유란 언제나 우리가 반드시 지켜나가지 않으면 안 될 절대적 명령에의 복종이 전개되어야 할 것이다. 그것을 떠나서는 그의 성장, 발전 및 그의 가치의 완성은 생각할 수 없다.

*

꼭 집어낼 만한 단점은 발견할 수 없으면서도 어딘가 사귀기가 거북한 사람이 있다. 또한 이렇다 할 만한 장점이 발견되는 건 아닌데도 어딘가 사람의 마음을 온통 앗아가는 사람이 있다. 인격의 조화된 모습, 즉 인격에서 향기가 풍겨지는 것이다.

*

평소에 가장 경모(敬慕)하는 선배 인격자의 어쩌다가 노출되는 본능 그대로의 발작적 모습—그것은 다른 사람의 그것보다 몇 배 이상의 지극히 추한 영상으로 다가온다.

*

두 번 다시 만나기 어려운 어떤 기회는 사람에게 순간 불의의 일을 저지르게 하는 수가 있다.

*

어떤 종류의 사회적 죄악, 그것의 폭로는 왕왕 제지하려는 경고로서보다는 오히려 한 개의 개방된 비밀의 신지식으로서, 호기심의 문을 열어주는 충동적 유혹이 되는 수가 있다.

*

우리는 때때로 전 우주 및 인생의 광대한 지도를 펼쳐, 그 안에서 자기 존재의 위치를 찾아내어 붉은 한 점을 찍어놓고 그 점을 주시해볼 필요가 있다. 그것도 끊임없이.

*

사람은 누구나 단 한순간이나마 그의 전 인간(全人間)으로서 서로서로에 대해 간주되고 취급될 수는 없으리라.

*

여러 개의 어떤 '이론적인 것'이 우리 생활에 있어서, 보다 쉽게 '역사적 사실'이 되어버리는 것을 우리는 흔히 보게 된다.

*

예술은 무사상(無思想), 무관념(無觀念)을 조금도 부끄러워하지 않는다. 또한 그것은 어떠한 대소(大小)를 고려하지 않는다. 이 진리는 가장 진부하지만 또한 영원히 지속될 명제이다.

*

배 안에 있는 사람은 배의 진행을 잘 알지 못한다.

*

할(喝)! 그대의 주위에 번쩍이는 독사들의 무수한 아가리를 보

라. 그러나 거기에는 오직 '한 길'이 그대를 위하여 준비되어 있음을 확신하라.

*

신비주의란 개인의 감정으로 형성된 일종의 종교 형태이다. 그러므로 그것은 이론적 교의(敎義)나 사회적 보편주의에 반대한다.

*

초월이란 무자유한, 포획성 없는 또한 무기력한 '유리(遊離)'와는 다른 성질의 것이다.

*

그대는 언제 어디서 그대의 목숨이 끊어지더라도 아무런 유감이 없을 만한 그대 생명에 대한 준비가 되어 있는가?

*

행복이라는 이름의 폭군, 그것은 간사한 폭군이다.
그것은 위력의 완력을 휘두르다가도 자아혼(自我魂)의 왕국에 대한 충실한 절사를 만나게 되면 그만 아첨꾼이 돼버리고 만다.

*

우리가 똑바로 말해본다면, '나는 악한 일을 하지 않는다'는 것만으로 자기주장을 한다는 건 부끄러운 일이 아닐까.

*

비밀이란 언제나 그 자체의 무력(無力)이나 불의(不義)를 의미하곤 한다.

*

그것을 회피하는 한, 공포는 영원하다. 원하고 바라기만 하는 한, 기회는 달아난다. 한 번 부딪쳐보라. 몰입해보라. 현실이라는 교재(教材)는 살아 있다.

*

무위(無爲)의 평온보다 유위(有爲)의 실패가 때로 많은 의미를 포함한다. 인생은 결국, 생활이다.

*

황혼에 마을 앞을 지나가는 후줄근한 나그네를 보면서, 얼마나 많은 위인들이 남 몰래 이 세상을 지나쳐갔을까를 생각해본다.

*

천상천하(天上天下)에 유아독존(唯我獨尊)이라. 그러므로 자아를 지배하는 것 이상의 위인은 없다.

*

자기 감정의 선택에만 영합하고 만족하는 것만으로는 '이해(理解)'가 될 수 없다.

*

열 사람에게는 열 종류의 색채가 있다. 한 사람의 마음은 만인(萬人)의 마음이다.

*

새로운 진리 혹은 창조—그것은 사물의 새로운 조화성(調和性)의 발견에 지나지 않는다.

*

자기 자신의 생활에 여가를 느낀다면, 그 생활에 대한 불철저를 의미한다.

*

나의 이 조그만 존재의 알맹이의 활동이여. 우리 다 같이 머리 숙이자. 이 전 우주(全宇宙)에 감사를 드리자.

*

태내 열 달의 긴 포로(胞勞)와 피 흘리는 참혹한 진통의 요구로, 어린아이는 비로소 이 세상에 출산된다.

시간과 고통—새로운 출현의 제일, 제이의 생명의 법칙.

*

세상 사람이 모두 어떠한 '자명한 진리'를 숨겨두고 있는 듯 느껴지는 때가 있다. 그들은 자기에 대해서, 타인에 대해서, 그리고 서로를 모르는 체하면서.

*

충실한 존재는 요설을 필요로 하지 않는다.

*

이 인간 사회를 유지하는 것은 기실 '양(陽)의 공(功)' 보다는 '음(陰)의 노(勞)'에 힘입은 바가 크다.

*

보수를 어디서 구하려 하느냐. 그대의 할 일을 정성껏 한 뒤의 희열—그 이상의 성스럽고 순수한 보수가 어디 있을까.

*

법칙이란 자유의 구속이 아니라 또하나의 자유에 대한 창조요, 저지하는 무엇이 아니라 성장시키는 무엇이다.

*

인간의 본연적 자유의 형태를 종교의 수행에서 볼 수 있다. 그의 인욕(忍辱)은 전혀 자발적이다.

*

여자의 아름다움, 혹은 인간으로서의 미(美)를 제외한 여분의 아름다움—그것은 모든 남성들의 욕망이 드린 선물이다.

*

장미나무에서는 어째서 모란꽃이 피지 않을까?

*

자기에 대한 타인의 과대평가는 진정 두려운 것이다. 그러면서 꼭 맞는 평은 어딘가 섭섭하다. 이런 식의 두려움이나 섭섭함은 모두 아집(我執)의 결과이겠지만.

*

아이들의 시야에 펼쳐지는 세계는 모두가 경이(驚異)일지 모르겠다. 그러므로 아이들은 행복하다.

행복은 단순하고 솔직한 마음의 선물이다.

*

사람은 내면의 깊은 곳에 가끔 적막함이 찾아든다. 그것은 만인 공통의 적막이다. 그러나 대부분의 사람들은 그것을 뚜렷이 의식하지 못한다.

*

고인(古人)은 하루에 세 번씩 자신의 몸을 살핀다고 했다. 그러나 나는 오늘 어쩐지 매 순간순간을 남에게 이야기하고 싶다.

*

충고(忠告)―그것은 가끔 하나의 지배 욕구, 혹은 자기 우월감의 지위적 욕구에 불과한 것일 때가 있다.

*

세상을 원망하고, 저주하고, 미워하는 자―그는 어떠한 또는 어느 경우에도 하나의 깨달음에 철저하지 못할 사람이다.

*

조화력, 혹은 감수성의 풍부함—그것은 결코 어떤 경지에 대한 자기 상실이 아니다. 그것은 그로 말미암은 생장, 또는 자기의 원만성의 표현을 의미함에 다름아니다.

*

약자에 대한 무조건적 폭력은 강자에 대한 무조건적 아부를 반영하는 것이다.

*

위에서만 내려다보는 것이 아니라, 밑에서도 위를 '내려다볼 수' 있다. 하나는 외적으로, 하나는 내적으로. 하나는 남의 힘으로, 하나는 자신의 힘으로.—그 모습에 대한 진정한 판단은 오직 자기의 성찰에 있을 것이다.

*

일찍이 자기 스스로 알았다 믿고서 나아가 남에게 설명까지 해주던 어떤 사물의 원리가 우연한 기회를 체험함으로써 절실히 느껴지게 되고 참으로 알게 될 때, 비로소 그것은 남의 것이자 동시에 완전한 내 것으로 삼을 수 있게 된다.

*

인생의 길을 걸어감에 있어서, 어리석은 모험이라 해서 반드시 배척할 수 없는 일이 있는 반면, 현명한 처사라 해서 반드시 환영할 수 없는 것도 있다. 안전한 생명이란 것이 없다는 걸 우리는 수시로 느끼기 때문이다.

*

우리는 가끔 뭐라 말할 수 없는 어떤 신비한—이 지상의 것이라 말할 수 없는 공기에 우리의 생명이 사로잡힌다는 느낌을 받게 된다. 이렇게 자기를 초월하는 듯한 경지에의 동경과 희구가 어쩌면 전 인류 활동의 동기가 아닐까 하는 생각을 해본다. 그렇게 의식하고 또 그렇게 의식되어질 때, 인생의 전모(全貌)는 불가사의한 장막을 걷고 광명을 얻을 것이다.

*

"부자만을 상대로 도박하기로 한다…… 그것은 비록 자기가 승리하더라도 상대 도박자에게 큰 물질적 손실을 준다거나, 비하한다거나, 파산시키지 않기 때문이다." 이렇게 말한 이가 톨스토이—그다지도 도덕적인—였다는 것은 일종의 불가사의가 아닌가. 톨스토이의 내적 고민—인생은 유혹이다.

*

나는 미모의 그 여자 앞에서 항상 빈한함을 부끄러워했다.
그러나 실상인즉, 그녀는 나보다 더 빈(貧)했던 것이다.

*

극단의 부도덕적 생활의 체행(體行)으로 인생의 반역적 순교자

노릇을 하며 희생의 충동에 쫓기다가 가만히 느낀 것이— '위선(僞善)은 수치가 아니다' 라는 것이다. 영리한 타락의 일보가 아닌가.

*

'쾌락, 혐오…… 또 쾌락, 또 혐오……' 이리하여 나의 생활은 계속된다. 도대체 그 유혹이 어디서 왔을까. 어찌하여 그 유혹이 나를 유혹할 수 있었을까…….

*

남이 참을 수 없는 바를 능히 참아야 비로소 남이 할 수 없는 바를 할 수 있을 것이다. 그러나 그 '참음' 이란 그저 오는 것이 아니고 그것은 반드시 다른 시간과, 공간에 대한 위대한 소신(所信)의 안정된 일념에서 올 수 있는 것이다.

*

신음, 전율, 저주, 광란…… 나의 날개(허공을 자유자재로 비상할 수 있는)를 부러뜨려 지상에 떨어뜨린 자 누구냐?

'나요, 나' —욕념(慾念)의 차가운 대답.

*

배후에 무한한 어둠의 시간, 눈앞에 무한한 어둠의 시간. 그 중간의 한 토막, 이것이 나의 생이다. 불을 붙이자. 빛을 내자.

*

나와 남—나는 나 한 사람뿐인데, 남은 저리도 많고, 가지가지고, 잡다하고, 더군다나 이해할 수 없고…… 생의 공포와 의혹과 고독과 모험.

나와 남—과거의 사람, 미래의 사람, 현재의 사람, 노상에서 모르는 채 지나가는 사람…… 모두 하나, 나와 하나, 하나의 생명—생의 환희와 즐거움과 행복과 광명.

*

평소에 나를 괴롭게 하던 사람, 내가 꺼리고 또한 나를 미워하던 사람과 요즘 아주 친하게 되었다. 그것은 내가 그를 사랑할 때부터였다.

*

신은 인간을 필요로 하지 않는다. 그러므로 인간을 향한 신의 사랑은 지극한 사랑이다. 신은 인간의 봉사를 요구하지 않는다. 그러므로 신에 봉사하는 인간의 선은 지고의 선이다.

*

지금 내게 용솟음치고 있는 생명의 힘, 그것은 어떠한 활약을 즉 행위를 요구한다. 그리하여 그것의 받아들임에 있어서는 나의 자유가 미치지 못하였지만, 그 활동, 즉 '어떻게, 어디에, 또한 무엇을 위해서' 라는 문제에 있어선 완전히 나의 자유인 것이다.

*

사상을 세울 때 감정의 유혹, 감정으로 달릴 때 사상의 주책, 여기에 조화나 통제 없는 나의 파열된 인격적 번민과 우울이 있다. 차라리 이 양자를 모두 거부해버릴까.

인간이란 얼마나 겁 많고 약하고 재미있는 것인가. 과거의 쾌락은 잘도 기억하면서 그에 따르는 비애, 우울은 이리도 쉽게 망각하고, 또 현재의 욕구 충동에는 이리도 쉽사리 유혹당하는지.

*

우리는 때로 미묘한 순간을 경험하게 된다. 타인에 대해서, 주위의 자연에 대해서, 어떤 이상한, 빛나는 섬광이나 고요한 희열이나 또는 어떤 참신한 감정에 우리의 정신 전체가 잠겨들 때, 우리는 그것을 어떻게든 표현하려고 바쁘게 붓을 드는 때가 있지 않은가.

그러다가 그것이 돌연, 아무것도 아닌 평범 이하의 평범으로 변질되어버릴 때(혹은 연기처럼 사라져가는 것인지도 모르겠다), 그만 싱겁게 붓을 놓고 망연히 웃음을 흘릴 때가 있지 않은가.

아마도 달이 찢어진 구름 사이로 잠깐 지나갔나보지.

*

비 갠 뒤 고운 길가 풀잎 위에 달팽이 한 마리를 본다. 오가는 사람들의 발자취, 번잡한 우마차의 요란한 바퀴에 언제 어찌될지도 모르는 알 수 없는 목숨이건만, 그래도 이것저것 모르는 달팽이는 어디까지나 편안히 자약(自若)하고 있다.

문 밖의 삼거(三車)를 즐겨 맞지 않는 중생이 그렇듯이 비참하구나.

*

불은 자체의 열을 모르고, 얼음은 자체의 차가움을 모른다.

그러나 고통을 알고 쾌락을 아는 상대 세계의 인간—종교의식의 출발점인.

*

"당신의 그 침묵은 무슨 까닭입니까?"

"남에게 하소연할 슬픔이 내게 없고, 남에게 자랑할 기쁨이 또한 없고, 명예 곧 천박함을 입고, 충고는 도리어 원망을 가져오니, 이 일개 범부(凡夫), 벙어리 될 수밖에."

*

넓은 바닷가 바위 아래서나, 깊은 숲속 풀밭 위에서나, 인적 끊긴 고요한 곳 어디서나, 저 혼자 자기와 더불어 이야기해보는 비밀 없는 그 이야기를 어느 분에게서 들어볼 수 없을까.

*

황혼의 산길을 거닐다가 한 마리 곤충의 시체를 발견했다. 한참을 바라보고 또 들여다본다…….

지금 이 우주의 누가 이 곤충의 죽음을 알겠는가.

*

진정한 한적(閑寂)—그것은 사그라진 잿더미나 말라 죽은 나무라는 뜻이 아니다. 그것은 자연과 완전히 융화 합일된 맑은 마음의 경지를 이름이다. 그러므로 그것은 무료함도, 심심함도 아니다.

*

거머리처럼 집요하게 인간 생활의 저변에 접착되어 있는 사행심(射倖心)—이 사행심을 완전히 배제하지 못하는 한, 하늘에게도 타인에게도 인간은 영원히 스스로 모욕하고, 모욕당하며 있는 것이다.

*

우리의 생활에는 너무나 틈이 많다.
그러므로 항상 바람과 티끌의 시달림을 받는다.

*

우리가 이상으로서 원하는 바, 우리의 생활 이상(理想)은, 우리의 생활이 순간순간 조금도 남김없이 나의 전부를, 나의 전 인격을 몰입시키는 생활형태일 것이다.

그리하여 때와 곳과 형편과 상관없이 그 태도와 태도가 서로서로 모순 없고, 당착이 없고, 또 유리되지 않는 것—여기에 순간의 영원성이 있는 것이다.

*

나태한 감정을 극복하는 곳에 우리의 도덕적 선(善)이 있고, 그 선을 초월하는 곳에 완전한 자유가 있다.

*

우리 삶에 있어서 '사소한 현재'가 없는 '위대한 이상'처럼 위험한 것은 없다.

*

사상의 붓대—.

그것은 이 세대 인텔리들의 자부심인 동시에 또한 일종의 창백한 비애임에 틀림없다. 뿌옇게 밝아오는 인생의 가장자리를 유유히 거니는 걸음걸이마다 담겨 있는 그 여윈 마음의 초조.

*

남자는 야심(野心)으로, 여자는 유희로—그렇게 그들은 각각 그들의 사랑을 출범시켰다.

그리하여 지금 그 남자는 체면의 사랑, 연민의 사랑에 남 몰래 괴로워하고, 그 여자는 사랑의 사랑으로 어린 가슴에 고운 꿈의 무지개를 혼자 기르고 있다.

*

앞에서 끄는 자여, 뒤에서 미는 자여.

그러면 날더러 어디로 가자는 말인가.

거기는 사시사철 푸른, 황금의 나무가 있단 말인가?

*

우리가 좀더 정직하게, 좀더 주의해서 관찰한다면, 평화, 관용, 무위, 양심 등등의 이름 저변에 꾸물거리는 수많은 타성을 발견할 수 있을 것이다.

우리의 정신생활에 있어서나 사회도덕에 있어서나 그 이상의 '미덕의 악덕'은 없을 것이다.

*

과거의 불운을 보다 큰 불운으로 남에게 말하는 지금의 행복자.

과거의 공명을 보다 큰 영예로 남에게 과장하는 지금의 가난한 자.

*

누구에게나 본래부터 갖추고 있는 내적 힘을 간과해버리고서 외적인 권능의 무한함만 시인하려 드는 우스운 인간들이 있다.

그러나 그것은 가소로운 그의 우매의 허물보다는, 그로 하여금 그렇게 되게 한 가증한 자욕자(自辱者)로서의 허물이 보다 클 것이다.

*

아첨이 자기 '얼'을 잃은 것이라면, 오만은 스스로 모욕하는 것이 된다. 그러므로 스스로 겸손할 줄 아는 사람은 아첨이 없고, 스스로 존중할 줄 아는 사람은 오만이 없다.

*

어디 보자.

나의 '얼'과 흥정해보려는 그대는 무엇을 가져왔는가……? 할(喝).

*

불나비는 광명을 찾아 제 몸을 태운다.

그러나 그것은 그에게 소유된 '암흑'과 동시에 '광명'의 발현으로 발생하는 일이다.

*

자기 자신의 결함에 대해 남의 충고를 받게 될 때, 사람들은 자신의 그러한 결함을 스스로도 알고 있다고 말함으로써 자신이 자기 성찰에 게으르지 않다는 것을 과시하려 한다.

알고 안 하는 것이 모르고 안 하는 것보다 나은가?

*

쾌락을 따르지 말라. 따르면 따를수록 그 쾌락이라는 요부는 그대를 희롱할 것이다.

고통을 피하지 말라. 피하면 피할수록 그 고통이라는 폭군은 그대를 위협할 것이다.

*

기다려도 오고, 안 기다려도 오고, 어떻든 간에 올 것은 오고야 마는 것이니, 초조하지도 말며, 등한하지도 말며, 단지 충실한 준비에 철저하라.

*

단호한 그 무엇이 없는 태도처럼 나쁜 습관은 없다.

그런 태도는 흔히 자기 마음에도 없는 일을 남에게 끌려서 하는 서글픔과 자기가 정말 가고 싶은 길을 힘차게 나가지 못하는 데서 오는 우울을 동시에 받아들여야만 한다.

자기 말살과 치욕이 너무 심한 지경이다.

*

하나의 천재에 하나의 결함—그것은 반드시 따라다니는 조건이다.

그러나 하나의 결함에 하나의 천재—그것은 반드시 그런 것이 아니다. 그 결함만은 본받아 천재연하는 사람들…….

*

그것이 아무리 훌륭하더라도 원리는 어디까지나 원리일 뿐이다.

그것이 직접 실행에로 적용되어 일상생활의 영역에서 시험되고 연마되지 않는 한, 우리 인격에 있어서 그것은 매소부(賣笑婦)의 향수와 분가루에 불과할 것이다.

*

오늘 문득 느낀 것—.

내가 인생에 관한 약간의 사색과 소량의 지식을 획득하였다는 것은 확실하지만, 그러나 그것이 나의 인격 향상에는 별 신통한 도움이 되지 못했다는 것이다. 예전과 다름없이 욕망과 충동과 유혹에 오락가락하는 나—.

이 구렁이 같은 사상의 희롱자.

*

우리들 대부분은 이 세상을 살아가면서 우리의 자유정신이 돈이나 명예 등에 의해 완전히 속박될 때 비로소 세상의 명사(名士)로서 추천되는 것 같다.

*

짐이 가벼우면 가벼울수록 우리의 행동은 보다 더 자유로울 것이다.

그런데 우리들은 현재 얼마나 많은 짐을 가지고 있고 또 더 가지려 애쓰고 있는가. 우리의 불가피한 운명의 짐인 이 육체조차 거북해하면서.

더구나 우리는 나그네가 아닌가.

*

금욕이란 흔히들 말하는 것과 같은 그런 단순한 소극적 자세는 아닐 것이다. 그것은 소극적이자 동시에 적극적이다. 그것은 금욕을 위한 금욕이 아니기 때문이다.

그러기에 그 부정(否定)의 가면 밑에는 호매(豪邁)한 긍정이 생동하고 있다.

*

우리들 생의 진리가 삼척(三尺) 평방의 묘혈(墓穴)에 구극(究極)했다면 이 인류의 역사가 없어진 지 오래일 것이다.

*

돈으로 얻은 자유는 돈이 가면 따라가는 것이고, 권세나 부, 혹은 미모로 얻은 자유는 또한 마찬가지로 그것들이 가면 따라가는 것이니, 이 모든 것은 허망하기 때문이다.

그러면 진정한 자유는 어디에 있는가?

살수현애시장부(撒水懸崖是丈夫)!

*

억만 년 과거에도 없었다. 억만 년 미래에도 없을 것이다.

천상천하에 오직 하나인 존재. 결코 둘도 아닌 지금의 나.

너 아닌 나. 귀하기도 해라. 거룩하기도 해라.

*

명일(明日)을 모른다는 것—그 사실 자체에 있어서는 아무런 의미의 공(功)도 과(過)도 될 것이 없다.

오직 현재 이 순간순간의 생에 대한 인간 각자의 태도 여하에 따라 그것은 진정한 활동의 원리도 되고, 광휘도 되며, 혹은 맹목적 희망의 비통한 운명도 되고, 부질없는 요행의 미신도 될 것이다.

*

한번 단념한 이상, 그리 어물어물할 것 없이 과감히 잊을 일이다.

그리하여 돌려놓는 발끝에 피를 쏟아 불을 붙여버릴 것이다.

*

마음껏 힘껏 노력해보라.

시간은 지극히 공정한 것이다.

미지의 미래가 그대에게만 불리하게 작용할 까닭이 없을 것이니까.

*

생활을 단순화하라.

그러나 창조를 갖추지 않은 단순은 무료(無聊)와 권태를 동반하는 위험이 있다.

*

사람은 대개 어떤 틀에 끼워지기를 은근히 바라는 바, 어떠한 현실에 정체되기 쉬운 동물이다.

그러므로 우리 생활에 있어서 '현실의 이것만이 아니라, 현실이 속에 우리의 모든 욕망을 만족시킬 수 있는 완전한 자유의 세계가 있다'는 맹성(猛省)이 가다가 한 번씩 필요할 것이다.

그리고 그 세계 획득의 방도는 오직 현실의 이 인생, 이 우주에 대하여 우리의 시야를 돌림으로 말미암아 새로운 관찰점을 얻게 됨으로써만이 가능할 것이다.

*

쾌락은 고통의 어머니—.

그것은 시간이라는 아버지를 맞아들여 곧 비애(悲哀)라는 아들을 낳는다.

*

잠자리에 들어, 오늘 하루의 생활을 돌이켜 생각해본다.

그러나 새로 얻은 새로운 것이 아무것도 없다. '일상의 관습'에서 탄력을 잃은 정신. 닳고 닳은 신경—.

오늘 하루는 생명의 낭비다.

*

눈을 감고 앉아 있으면 눈앞에 전개되는 모든 인간생활 전체가 하등 무의미한 것으로 보일 때가 있다.

그리하여 사람에게는 누구나 그렇게 생활하지 않으면 안 될, 인생에 있어서 가장 참되고 절대적인 어떤 세계의 생활이 어딘가에 처녀지 그대로 숨어 있는 듯 느껴지는 때가 있다.

*

단순(單純)은 위대한 힘을 가졌다.

물, 불, 그리고 꽃향기를 보라.

*

우리가 참으로 요구하는 바로서의 넓은 도량과 그 함양은 평정하고 안온한 무풍지대의 바다가 지닌 청징(淸澄)이 아니라, 격랑과 노도가 굽이치는 바다의 청징으로부터 나오는 것이다.

*

진지한 피, 정직한 눈물은 누구를 특별히 고려하지도 않으며, 또한 어느 누구도 두려워하지 않는다.

*

예술에 있어서 천재는 법칙을 파괴한다.

동시에 법칙을 창조한다. 그러나 그것은 아무도 모방할 수 없다.

그것은 천재 그 자신조차 그 창조의 과정을 의식하지 못하기 때문이다.

*

그대는 그대의 시에서 그대가 하고자 하는 말의 그림자와 냄새만을 그 문자(文字)들에 던지시오.

그리고 그 실체(實體)는 항상 단어와 단어 사이, 행과 행 사이의 넓은 공간에 감추어 두시오.

*

행복을 좇기보다는 행복을 창조하길.

그리고 청정한 영혼에만 행복이 깃들이기를.

*

"내가 무엇하러 왔느냐?"—나는 모른다.

그러므로 나의 생의 궁극적 목적도 모른다.

그러나 한 가지—'뜻있는 노력'이 생의 제일의(第一義)요, 제일의 가치임을 나는 나의 체험으로 알았다.

그러므로 우리는 행복을 주관적인 것으로 만들 필요가 있다.

*

'돈을 모은다'는 것을 관심의 전부로, 욕망의 전부로, 생의 전 목적으로 두는 이가 있다. 또 어떤 이는 돈을 목적 달성의 수단으로, 방편이나 도구로 삼는다.

그러나 방편으로 하기 전에, 수단으로 하기 전에, 도구로 하기 전에 우선 목적으로 하지 않을 수 없게 되기에 그들 모두 덧없는 일생을 허비하고 마는 것이다.

번민과 비참에 찬 인생이다.

*

의무를 위하여 정신의 고통을 느낀다면 그것은 정신에 대해서 스스로 가하는 모독이다.

만일 남과의 관계에 있어서 의무 수행의 요구가 있을 때는 스스로 기꺼이 또 즐겁게 거기에 대응하는 어떤 정신을 찾자.

그렇게 하면 의무란 어떤 정신이 즐거이 나아가는 일개 취미에 불과한 것이 아니겠는가.

*

밤의 편안한 잠을 위해서 하루의 좋은 활동이 의의를 가져야 한다면 인생이 그처럼 무의미한 것일 수 있겠는가.

한낮의 좋은 활동은 자연히 편안하고 조용한 밤잠을 가져다 줄 것이다.

*

언제 또 어쩌다가인지는 몰라도 사람은 자신의 세포 속에 야견(野犬)을 기르기 시작했다.

그 야견은 잔인함을 좋아하고 못내 피를 보고 싶어한다.

그리하여 그것은 이성에 눌려 있다가 가끔 밖으로 분출되어 그것의 본성을 드러내어 우리는 그것을 광란(狂亂)이라고 부른다.

*

인성(人性)에 있어서 무의미한 요소란 있을 수 없다.

어떠한 악이나 어떠한 부덕도 인생에 무의미한 존재는 아니다.

아이를 배는 모태로서, 부활을 준비하는 무덤으로서.

*

가장 혐오를 받을 자는 호인(好人)이나 양민(良民)이다. 그들은 인생의 나아가는 발자취를 보다 촉진시키거나 보다 굳세게 하는 데에 아무런 힘도 발휘하지 못하기 때문이다. 보다 많이 파괴하고 창조하는 자만이 우리의 나아가는 발자취를 촉진시킨다.

*

인생은 짧고 그리고 고뇌에 가득 차 있다고 한다. 때문에 우리는 생의 종멸(終滅)을 주시하지 않으면 안 된다. 즉 고뇌의 생을 크게 긍정하지 않으면 안 될 것이다.

*

인생을 진실하게 묘사하자.

그리하여 인생이 최선의 적(敵)이 되게 하자.

*

내가 만일 일시적인 쾌락을 추수하지 않을 만큼 위대할 수 있었다면…….

그렇지는 못하더라도 그것에 대해서 회책(悔責)받지 않을 만큼만이라도 되었더라면…….

*

생명에 대한 최고의 사랑은 생명에 대한 최고의 희망이다.

그 희망은 생명에 대한 최고의 사상이다.

*

사람이란 아무래도 이해될 수 없는 것인가?

그런고로 인생은 끝내 쓸쓸한 것인가…….

*

아, 나는 얼마나 나의 생명을 낭비하였던가!

이웃 사람들의 애교 있는 눈짓을 사기 위해서.

동무의 진실 없는 교언영색(巧言令色)을 향유하기 위해서.

*

부(富)를 획득함으로 말미암아 오히려 그들은 얼마나 많은 것들을 잃어가고 있는가.

*

동요 없는 때의 샘물은 청징하다.

그대, 풍랑이 심할 때에도 진정 의연히 청징할 수 있는 바다가 될 수 있는가?

*

우리는 자갈밭 사이의 세류(細流)와 같이 우리의 생을 걸어가야 하는가?

그것은 너무 변화무쌍한 무능(無能)의 생활이다.

아니면 방축(防築)을 무너뜨리는 격랑과 같이 우리의 생을 걸어가야 하는가?

그것은 너무 철없는 자기 파괴의 위험한 생활이다.

*

무언(無言), 또는 침묵을 주의하라.

그것은 흔히 그 내용보다 그 가치를 과장하는 위험이 있다.

*

그대는 언제나 그대의 고요한 자부심을 지니기를 잊지 마시오.

비록 그렇게 하는 것이 저들의 취미에 맞지 않는다 하더라도.

거기에서 비로소 그대의 인격은 보호, 유지될 것이오.

*

정결(貞潔)이란 결코 본능을 죽이는 것이 아니다.

그것을 살리면서 거기에 사념(邪念)을 두지 않음을 이름이다.

이를 오해하여 얼마나 많은 악덕이 존재하는가.

*

고달프게 잠든 사람의 얼굴을 들여다보는 것은 참으로 비통한 일이다. 인생에 있어서 나를 추락시키고, 나 자신을 방기하기는 쉽기도 하다. 그러나 자기 이탈은 좋은 교훈이요, 자기 투영의 훌륭한 거울이다.

*

개인적 자기 만족의 결핍이 다수인의 이익 속에서 그 결핍을 보충하려 한다. 이것이 집단의 원리인가?

*

'인류애' '이타(利他)'가 얼마나 많이 신성시되고 진리화되었는가. 반면, 얼마나 많이 '자기애' '애아(愛我)'가 모욕되고 조소되었는가.

그러나 이들 중에는 얼마나 많은 희극이 연출되고 있는가.

극(劇)이란 서로서로 남의 가슴 깊은 곳을 알면서도 모르는 척하고 혹은 의미 있는 웃음을 서로 바꾸어가면서 연출하는 것, 인생은 희극 중의 희극—혹은 가면극.

*

저보다 약한 자만을 선택해서 자기의 우월감을 향유하려는 사람이 많이 보인다.

슬픈 풍경이다.

*

'패배의 승리, 승리의 패배'—인생에는 이런 사실이 종종 있다.

싸우시오. 끝까지 싸우시오.

그러나 다만 웃으면서 죽여도 그만일 작은 적(敵)들을 우리는 인생에서 너무 많이 가지고 있다.

*

최선의 사랑이라도 그 마지막 잔의 한 방울까지 쓰디쓴 것이다. 그러나 그것을 마시지 않으면 안 되는 거기에 창조에의 목마름과 동경이 있다. 그러나 단순한 사악의 본능을 이탈하지 않는 한 사랑의 고통은 의연히 존재할 것이다.

*

좋은 생을 갖지 못하는 자, 어찌 좋은 죽음을 가질 수 있으랴.

비록 있다 하더라도 그것은 지극히 드문 일. 우연에 불과한 일.

그러나 삶과 죽음의 문제를 우연으로만 받아들이는 것은 인생의 치욕이다.

*

기다림이란 사람을 기쁘게 하는 동시에, 불안과 공포를 주게 마련이다. 어쩌면 후자가 더 클지도 모른다.

그리하여 그것은 사람을 잘도 인형처럼 조종하는 힘을 갖고 있다.

*

사랑은 성급한 것이다.

*

물의 흐름은 끝끝내 바다까지의 길을 발견하지 않고는 그치지 않는다.

사람은 끝끝내 죽음에까지 이르지 않고는 끝날 수 없다.

문제는 다만 그 흐름의 과정이 어떠하느냐에 있다.

*

우리는 결코 미리부터 정해진 기름진 옥토를 찾는 것은 아니다.

이 불모의 광야를 일구고, 그 위에 우리의 피를 뿌려 부드러운 풀잎을 돋아나게 하는 것이 아닌가.

그리하여 그 땅 위에 우리의 최선의 애인을 즐거이 안주할 수 있도록 하기 위한…….

*

평화란 무사(無事)를 의미함이 아니다. 권태의 의미도, 회피의 의미도 아니다.

복잡하면서도 혼란한 것이 아닌, 싸우면서도 왜곡이 없는, 긴장이면서도 음모가 없는, 정숙하면서도 고여 있는 죽음이 아닌, 그런 의미일 것이다.

*

남 앞에서의 부끄러움이란 어떤 악의를 품고 있다는 것은 아니다. 어떤 악행을 했다는 것이다.

'선량한 사람'과 '죄를 범한 사람'은 '제어할 수 있었느냐, 하지 못했느냐'의 차이가 있을 뿐이다.

그러나 이 범인(犯人)에게 돌을 던지는 자 누구냐? 모두가 붉은 뺨을 가진 금수(禽獸)이면서.

*

정직은 진격하고, 허위는 모함한다.

때문에 전자에게는 분노는 있으나 고뇌는 없을 것이고, 후자에게는 분노와 더불어 사악이 있다.

*

모든 것은 향상되고 전진한다.

나아가는 자, 오르는 자에게 어찌 불일치의 요구가 없겠는가.

*

미인(美人)을 해부해서 굳이 그 해골을 보일 필요가 어디 있습니까?

*

사람이 어떤 조그만 고통과 가책을 느낄 만한 악을 행했을 때, 우선은 남에게 해명할 이유를 고찰하기 시작한다.

그러나 그것은 남에게는 변명이 될지 모르겠지만 자기 스스로에게는 변명이 될 수 없기 때문에 어떤 번민에 휩싸이고 만다.

어찌하여 사람은 이처럼 '인간이란 다 같다'는 것을 모를까?

인간인 이상 벌써 다 아는 일을 그다지 숨기려 하는 것일까?

*

구하고자 하는 마음은 행복하다.

거기에는 노력이 있고, 빛나는 침묵이 있다. 거기엔 정열이 있고, 냉철이 있고, 사념(邪念)에서 구제받을 수 있는 순일(純一)이 있다.

*

자기를 알지 못하는 것은 가장 어려운 문제이다.

어린아이가 자기 이름 모르는 것을 매우 이상해하듯이.

*

여자를 유난히 미워하는 자는 실은 여자를 유난히 사랑하는 자다.

*

사람은 지배욕을 가진 만큼의 봉사욕 또한 가진다.

모든 존재에 대해 최고의 권위자로 군림할 수 있는 세계를 원하는 동시에, 그 앞에 무릎 꿇을 수 있는 절대적인 어떤 대상을 찾는 열정과 희망 또한 인간은 지니고 있다.

*

'새 것을 원하는 욕망'과 '그 욕망이 행해지는 모습'은 사람을 향상시키는 동시에 불행하게도 한다.

모든 진리의 탐구자, 그는 하나의 진리에 대한 결핍 때문만이 아니라 생활의 권태로부터 오는 '새것으로 향하는 충동의 힘' 때문으로도 욕망의 좌절을 느낀다.

*

어떤 어둡고도 가난한 생에 있어서도 어떤 욕망은 있게 마련이고 또한 그에 따르는 쾌락이 있다.

다 같은 노예에게서도 주인이 되려는 의지가 있고, 보다 작은 자를 지배하는 즐거움이 있다.

어떤 형태의 욕망이든 사람은 그것을 버리기 싫어하고 혹은 그것으로 자만자족(自慢自足)하기도 한다.

*

인식은 의지의 추적자요, 추수자(追隨者)다.

나는 그 여자의 무심한 눈길에 사랑의 행복을 느끼는가 하면, 또다른 같은 눈길에 실망의 비애를 느끼기도 하는 것이다.

*

우리의 생활은 싸움이다.

그러나 남과의 싸움보다도 자신과의 싸움이 태반이다.

*

많은 사람들이 그림자 속에 살고 있음을 우리는 본다. 자기의 행위의 그림자 속에 자기 자신을 숨기고 있음을.

그리하여 자기가 자기의 그림자를 이끌기보다 자기의 그림자에 끌려가고 있음을 보다 많이 발견한다.

언제나 인간은 자기 자신과 너무 유리된 행위의 그늘 속에 허덕이고 있음을.

*

사람에게 호인이 있듯, 사회 또한 너무 호사회(好社會)인 듯이 보이는 때가 있다. 그럴 때, 그 속에서 우리는 많은 회피의 초월, 연약한 선(善), 무골(無骨)의 관용, 극단의 철저, 자기를 방기하는 자만, 요설의 웅변을 보게 되는 것이다.

*

현대인은 너무 현실을 존중하여 보는 경향이 있다. 그러나 그것은 현실에 충실한다기보다는 현실에 너무 집착, 고정되어 있어서 미래를 조소하고 신앙을 부인한다는 의미이다.

그러나 우리가 만일 미래에 대한 신앙을 가질 수 없다면 어떻게 현실을 견디며 유지해갈 수 있을까.

신앙이 없는 곳에 진정한 생산은 없다.

*

시인으로서 감격의 노예가 된다는 것은 슬픈 일이다.

그러나 이성의 노예가 되는 것은 더욱 슬픈 일이다.

*

물질생활이 궁핍할 때라도 정신생활의 풍요는 필요하다.

그러나 물질생활이 풍부할 때는 정신생활의 풍요가 더욱더 필요하다.

*

한밤중에 세 번 가슴을 치고 맹세한 것이 밝은 날 아침이 왔을 때 생각해보면 우습기도 하고 슬프기도 한 것이다. 이처럼 인간이란 친하기 쉽고도 어려운 존재다.

*

종용자약(從容自若)의 죽음, 주장낭패(周章狼狽)의 죽음—.

다 같은 죽음에 각기 다른 죽음의 태도.

*

참신앙의 본뜻은 흔히 말하는 자기의 복지를 빌거나 보호를 의탁하는 데 있는 것이 아니다. 그것은 신앙의 대상이 되는 자의 정신과 그 신앙의 자세를 취한 자신의 심적 태도와의 일치에 있는 것이다.

이리저리로의 마음의 동요가 없는 경지.

*

진실, 혹은 정직도 반드시 어떤 한계와 정도를 요구하는 것인가?

얼굴 검은 저 사람은 항상 고독하다.

*

자율적인 도덕관념이 결핍된 틈 사이로 제도적인 법의 타율이 생겨났다 한다.

그 법률마저 무력해질 때는 또 무엇이 생겨날 것인가?

*

우리들은 사실 여성의 실상(實相)을 모르는 것은 아니다.

단지 사랑이라는 정욕으로 말미암은 자기 기만을 끊임없이 행하고 있을 뿐이다.

*

지구는 돌고 돈다. 사계절은 순환하고, 달은 찼다가 기울고, 사람은 나고 죽고 사랑하고…….

영원한 우울과 권태로운 우주의 운명, 이 얼마나 못 견딜 일인가.

*

어떤 보다 큰 쾌락 때문에 보다 작은 불쾌는 매장되어버린다는 것은 필연적인 사실일 것이다.

아니, 매장된다기보다는 보다 큰 쾌락을 더욱 크게 만드는 데 봉사하게 될 것이다.

예수의 십자가는 육체적 불쾌가 정신적 쾌락을 보다 거대하게 만들고 있다.

*

인간 누구에게나 완전한 낙천(樂天)은 있을 수 없다.

사람은 누구나 자기의 희망과 행복에 완전히 절망할 수는 없는 것과도 같이.

*

인간에겐 어째서 자유의지가 부여되었으며, 또 상호간에 그것을 어떻게 승인하게 되는 것인지 나는 모른다.

그러나 인간의 일생에 있어서 자유의지와 숙명(그들이 만일 구별될 수 있다면)이라는 저울질이나 그 양단의 상하가 그의 생에 대한 가치의 표준이 될 수 있는 것만은 어찌할 수 없는 진리인 듯싶다.

*

행복은 범인(凡人)에 있다.

그러나 늙은 소와 같은 우울한 행복이다.

*

어떠한 부정의 말 속에서도 긍정을 들을 수 있고, 어떠한 긍정의 말에서도 부정을 찾을 수 있는 우리는 서로서로의 앞에서 하등의 수치를 느낄 필요가 없지 않은가.

사람은 누구나 사람이게 마련이고, 또 사람임을 누구나 서로 간에 다 알기 때문에.

*

우리들의 자유는 언제나 이중의 관문을 통과하지 않고서는 얻을 수 없다.

첫째로 정욕유혹(情慾誘惑)의 관문, 둘째로 무상명령(無上命令)의 관문.

무상명령의 문을 통과한다는 것은 그것에의 의식적인 복종으로 말미암은 저항력 없는 노예화의 의미가 아닐지도 모른다.

*

남자의 손길을 기다리는 여자의 소극성이 때때로 엄숙하게 느껴질 때가 많다.

제3부

'왜 사나……' 망설여지는 대답

장자와 무위자연의 사상

나의 인생, 나의 불교

'왜 사나……' 망설여지는 대답

서양 굴지의 사상가들, 예를 들면 니체, 키에르케고르, 폴 틸리히, 에리히 카아라, 데이비드 리스먼 등은 인간의 기계화, 불안, 우울, 세기말(世紀末) 병, 자연으로부터의 소외, 인간 소외, 심지어는 합리성을 추구하는 합리주의가 오늘에 와서는 비합리성으로 전락한 점 등을 들어 인간의 정신적 위기를 지적하고 있다. 이들이 말하는 위기의식은 물론 서양을 주로 한 것이기는 하지만, 오늘날 동양에 있어서도 그들이 말하는 정신적 위기가 없는 것은 아니다. 어느덧 우리에게 있어서도, 감정은 그 본성이 비합리적이라고 생각하게 되었다. 이런 생각은 서양에 있어서는 데카르트 이후이며, 동양에 있어서는 근대 이후의 서양문물이 급격히 범람한 데도 그 원인의 하나가 있는 것이다. 서양문화의 근원인 그리

스나 히브리에 있어서 인생의 목적은 인간의 완성에 있었다. 이 점은 동양사상과 다를 바 없다.

그러나 현대인은 그 지식을 총동원하는 제1의 목적이 필요(?)한 재화(財貨)의 생산과 그 효과적인 사용에 있는 것 같다. 기계문명이 고도로 발달하고, 그 기계가 우리의 일상생활을 편리하게 할수록 거기에 습관화되어 인간은 기계의 노예가 되어간다. 인간의 존재를 의식하는 생활이 아니라, 무엇을 얼마나 소유하는가 하는 생활이 삶 속에서 인간성을 쫓아내고 만다. 삶이 소유물에 종속화한다. 가진 것을 잃지 않으려는 싸움, 더 가지려는 싸움은 인간 상호간의 대립을 심화하고 경쟁자와의 집단을 형성한다. 같은 목적을 가진 자들 사이의 협력은 일시적인 것이고, 집단은 곧 개인의 새로운 욕망과 이해(利害)에 따라 흩어진다. 그것은 인간 개개인의 삶 속에서 인간성이 쫓겨났기 때문에 이해(理解)를 기초로 할 집단이 될 수 없고 또 만남이 될 수 없기 때문이다. 일반적으로 현대인은 감정의 경험에 있어서 정신분열적이며, 자기 감정을 제어할 능력이 없는 상태에 있다. 때문에 더욱더 개인화되고 무슨 일에나 이니셔티브를 내세우고 자기 자신만은 합리적이기를 바란다. 합리적이기를 바라는 심리의 밑바닥에는 남의 침범을 받지 않으려는 경계심이 강하게 도사리고 있어, 어느 집단에 들어가더라도 그가 그러는 한은 고독, 우울, 불안을 떨어버릴 수 없다.

실존주의 철학자들이 말하는 것은 근원적인 고독과 불안이 아닌 말초적인 것이다. 남과 나 사이에 심연(深淵)이 가로놓인 폐쇄적인 감정 상태가 지속되면 인간은 절망을 느낀다. 아무리 근사한 삶의 목표를 밖으로 내세워도 실지로는 구두선(口頭禪)에 지나지 않는다.

진실한 목표는 없다. 무엇 때문에 살고 있는가. 온갖 노력을 기울이는 목적이 무엇인가. 이러한 물음 앞에서 우리는 대답을 망설인다. 누구는 가족을 위해서, 누구는 돈을 벌기 위해서, 누구는 학문, 누구는 쾌락…… 하지만 진실로 확신을 가진 삶의 목적을 갖기란 그리 쉽지 않은 것이다. 심리학자나 철학자들이 으레 지적하듯이 현대인은 불안과 고독으로부터 벗어나기 위하여 여러 가지 일에 몰두한다. 차라리 자기를 의식하지 않기를 바란다. 자기의 근본 문제에 부딪치기를 피한다. 진실을 멀리하려 한다. 그러므로 가식적이 된다.

대화는 거죽만이고, 남의 눈치만 살피고, 그러면서도 자기만은 옳은 처지에 있는 것으로 남에게 보이고 싶어한다. 자신의 문제보다는 남의 일에 흥미가 있다. 그것은 책임을 지지 않아도 되는 일이라고 생각하기 때문이다. 때문에 공중(公衆) 속의 자기 한 사람이라는 자각은 금기이다. 존재자로서의 나의 처지는 생각하지 않고 나만이 제일이다. 그 밖의 모든 것은 관심 밖이다. 어떤 일, 예를 들면 필요악이라고 불려지는 사회악에 대해서는 불감증이다. '나만이, 나만이, 나만이' 하는 사이에 나도 남도 그 존재의 의미는 없어지고 만다.

인간을 사회적 동물이라고 규정한다. 오늘날과 같이 분업화된 사회에 살고 있는 인간은 그 분업화된 한 부문의 한 '나사못'에 불과하다고 말한다. 그러므로 현대인에게는 전(全)인적인 인격을 기대할 수 없다고 말한다. 인간이 하나의 나사못으로 전락하여 사회라는 커다란 기계의 한낱 부품이 된 상태가 현대인이라고 한다.

그러나 그것은 우리들 스스로가 자기를 포기하기 때문이다. 진실을 피하고, 고독과 불안에서 벗어나기 위해서 자신과의 대결을 회피하기 때문이다. '나만이, 나만이' 하는 사이에 나도 남도 그 존재의 의미를 잃었기 때문이다. 하나의 나사못이 되고 한낱의 부품이라 할지라도 그것은 작은 나—소아(小我)—이며, 이 작은 수많은 나의 만남과 모임이 곧 큰 나—대아(大我)—를 형성한다는 것에 생각이 미치지 못했기 때문에 빚어진 잘못이다. 소아와 대아는 서로 피가 통하고 감정이 이어진다. 하나의 생명체이기 때문에 큰 것 속에 작은 것이 따로 갇혀 있는 것이 아니라 큰 나와 함께 작은 나도 살고 있는 것이다.

그것은 작은 나가 없는 곳에 큰 나가 살 수 없기 때문이다. 생명에는 크고 작은 구별이 없는 것이다. 크다 작다, 나다 너다 하는 분별심은 곧 집착을 낳는다. 이 집착이야말로 위에서 말한 온갖 과오, 즉 편견과 착각을 일으키는 근원이 되는 것이다. 이 집착을 떠날 때 아무리 작은 생명체일지라도 그 안에 무궁한 큰 생명과의 사귐과 합일이 있음을 알게 되고 그것과 함께 사는 길을 발견하는 것이다.

서양문화가 분석적인데 비해서 동양의 문화가 전체적인 것은 하나의 좋은 대조이다. 서양의 근대사상이 동양에 전해지면서 우리는 분석적이 되어 하나의 나사못으로서의 인간을 보았다. 이것은 경험으로서는 하나의 값진 것이라 하겠으나 전인적으로 살려는 우리는 여기에 만족할 수도 없고 만족해서도 안 된다. 서양의 눈길이 최근에 와서 동양으로 쏠리는 이유가 여기에 있지 않은가 한다.

중국 진(晋)나라의 혜원(慧遠) 법사가 동림사(東林寺)에 있으면서 호계(虎溪)를 건넌 적이 있었는데, 어느 날 도연명(陶淵明)과 육수정(陸修靜) 두 사람이 찾아와 그들을 전송하러 나가 모르는 사이에 호계를 건너 호랑이의 으르렁거리는 소리를 듣고, 혜원의 안거금족(安居禁足)의 맹세를 깨뜨렸음을 깨닫고는 세 사람이 마주 보고 손뼉을 치며 크게크게 웃었다. 이것을 세상에서 호계삼소(虎溪三笑)라고 한다. 그러면 그들은 무엇을 웃었을까? 그 웃음을 다시 한번 생각해볼 필요가 있다.

(조선일보, 1976. 4. 17)

장자와 무위자연의 사상

1. 장자의 사상적 배경

장자의 사상을 풀기 위해 먼저 알아야 할 것은 그때 중국의 사상계에서 어찌하여 장자와 같은 호탕무애(豪宕無碍)하고 방광자재(放曠自在)한 초현실적 사상가가 나타나게 되었는가 하는 문제이다.

중국의 전통사상은 천명사상(天命思想)이다. 그 사상은 이미 하(夏)·은(殷)·주(周) 삼대를 거슬러 올라가서 요순(堯舜)시대에 그 근원을 찾고 있다. 노장에 이르기까지 2천여 년의 전통을 지녀왔던 것이다.

천명사상은 주로 우리 인간계의 화복과 흥망이 천명에 근거한다는 것이다. 성제(聖帝)·명왕(明王)은 천명을 받들어 천하를 다스리고 용군(庸君)·암주(暗主)는 천명을 거슬렀으므로 패망한다. 개인의 화복도 그와 같다고 생각한 것이다.

천명은 정치·윤리·교육·형법의 원리가 되었다. 그 원리 밑에서 모든 인간생활과 문물이 전개되고 사회제도도 규정된다. 춘관(春官)은 농경을, 하관(夏官)은 예교(禮敎)를, 추관(秋官)은 형정(刑政)을 맡는 것도 일종의 천명의 질서에 의한 것이다. 그리하여 근면성실한 농경생활에 힘쓰고 인륜도의를 중시하며 사회질서를 잘 지키고 예속을 다듬어갔다.

그 전통이 착실히 이어져 천명사상은 더욱 구체화되고 천리(天理) 인사(人事)의 원리로, 정치·교화의 이념으로 삼았다.

위로 천도(天道)를 밝히고 아래로 인사(人事)를 닦아 예의도덕을 실천하고 제도를 규범하여 수(修)·제(齊)·치(治)·평(平)의 실을 거두려 하는 것이 공자사상의 대강이며 이것이 곧 이제삼왕(二帝三王)의 전통사상인 것이다.

그런데 노자는 공자와는 거리가 먼 새로운 사상을 제시했다.

천명 대신에 무위자연(無爲自然)을 그 최고 원리로 하여 이미 굳어진 전형적인 전통이나 형식적인 봉건체제의 사회제도와 예약문물, 도덕규범을 인위적인 조작에서 이루어진 거짓이라고 크게 배격하고 타기하였던 것이다.

이것은 고유 전통사상에 대한 일대 혁명이며 반동이었던 것이다. 전통적인 유교는 근면성실한 농경생활을 근본으로 한 현실주의의 사회풍토를 밑받침으로 한 세계관·인생관·사회관이었다. 반면 노자의 사상은 어떤 '유토피아'의 이상론을 그리면서 형식화된 제도와 예속을 사뭇 무시하고 새로운 세계관·인생관·사회관을 추구하는 데 몰두한 초현실주의적인 이상주의로 전개되었던 것이다.

장자는 이 노자사상에서 더욱 일보 전진하여 사회의 모든 예속과 제도 등을 전혀 무시할 뿐 아니라 정치적 현실, 인간의 생존까지도 초월하려는 초세간·초현실주의에로 치닫게 되었던 것이다.

그것은 당대가 바로 전국시대의 말기로서 주(周)의 왕권은 땅에 떨어져 제후를 통제할 위력을 잃게 되며 군웅이 쟁탈을 일삼게 되어 모든 질서가 무너지고 혼란이 극에 달했던 시대였기 때문이다.

이 틈을 타서 묵가(墨家)·명가(名家)·법가(法家)·병가(兵家)·문예가(文藝家)·농가(農家)·잡가(雜家) 등 제자백가(諸子百家)가 일대 사상 전람회를 벌였을 무렵이었던 것이다.

그 당시 장자는 묵가·명가·법가·병가 등의 제가와는 그 범주를 달리하여 현실문제보다 형이상학적인 우주관·인생관을 구축하는 데 매우 날카로웠다.

이는 그 시대적 반항이며 역류였다고 보겠다. 그러므로 전통적인 유가나 그 밖의 제자백가도 장자의 안중에는 하잘것없는 것이었다. 그 점에 있어서 노자는 매우 온건하였으나 장자는 과격한 혁명가였던 것이다.

대체로 그 당시의 시대적 배경에서 노자와 장자 같은 분이 출현하였다는 것은 백수(百獸) 중에 한 사자(獅子)요, 군계(群鷄) 가운데 한 봉(鳳)이었다고 보겠다. 중국 5천 년 역사 위에 장자와 같은 특이한 초인간적 사상가가 불교 전래 이전에 뛰어나왔다는 것은 경이적이 아닐 수 없다. 먼저 이러한 시대적 배경을 알아두는 것이 장자를 이해하는 지름길이 될 듯하다.

2. 장자의 전기와 저술

장자의 전기는 『사기열전(史記列傳)』에 따르면 장(莊)은 성이고 이름은 주(周)이며 몽인(蒙人)이라고 하였다. 몽(蒙)은 송(宋)의 몽원(蒙園)으로서 하남성(河南省)의 한 지명이다. 그런데 장자가 일찍이 칠원리(漆園吏)가 되었다고 하는데, 칠원은 지금 산동성(山東省) 지방이니 그가 산동성에 가서 관리역을 하였다고 보기는 어렵다. 칠원리가 아니라 몽원리(蒙園吏)라고 보는 것이 옳다고 한다.

그의 태어난 때와 죽은 연대는 알 수 없으나 양혜왕(梁惠王)·제선왕(齊宣王) 시대로서 맹자(孟子)와 동시대(西紀前 370～405 년대) 사람으로 본다.(도표 참조)

일찍이 칠원리가 되었다고 한다면, 그것은 관리 노릇을 하기 위함이 아니라 생계 때문이었을 것이다. 그는 세속적인 생계나 권리·지위·명예 등을 천하게 알고 영리의 길을 떠나 탈속한 생애를 보냈다. 초(楚)의 함왕이 그 현명을 듣고 불러 정승을 시키고자 사신을 보냈는데 장자는 고귀한 관위에 있는 것은 마치 제단의 제물 같은 것이니 마치 자유와 생명이 없는 송장에 비하고 사양했다.

장자는 혜자(惠子)와 서로 교유했다는 이야기가 나온다. 그러나 혜자는 장자와 같은 사상형이 아니었고 하나의 속물로 취급되었다. 그는 평생을 방랑하여 일정한 주거가 없었던 듯하며 도무지 아무 데나 구애됨이 없었다.

그의 학식은 해박하여 모르는 것이 없었던 듯했고 그의 심신

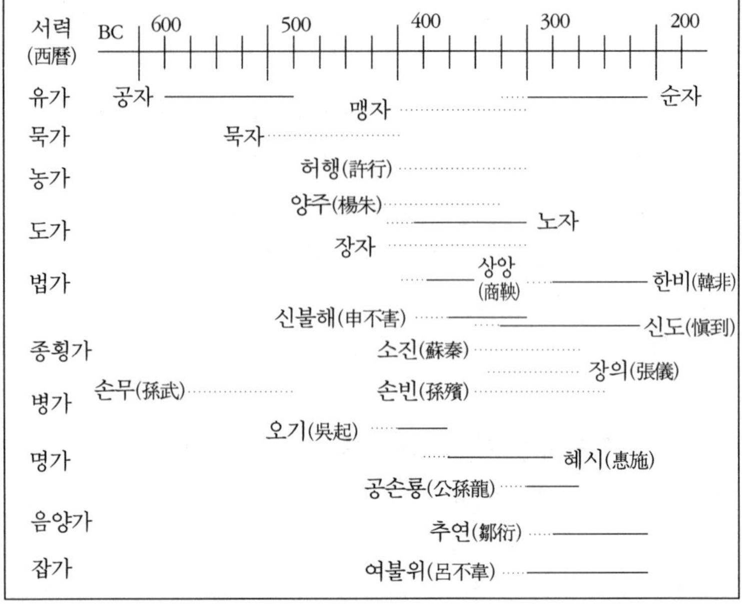

선진(先秦) 제자백가의 생존 연대

(心神)은 물외(物外)를 소요했다. 그의 저서는, 『사기본전(史記本傳)』에는 50여만 언(言)이 있다 하였고 『한서예문지(漢書藝文志)』에는 52편이 있다고 하였다.

육조 이래 곽상(郭象)·왕숙지(王叔之)·향수(向秀) 등 10여 가의 주석서가 있었는데 모두 유실되고 곽상의 주(註)가 남았을 뿐이다. 곽상은 52편을 간추려 33편을 만들었는데 곧 내편 7, 외편 15, 잡편 11이다.

내편은 장자의 근본사상을 폈고 외편, 잡편은 뜻을 부연한 것인데 잡편은 후대의 의작(擬作)이라고도 한다.

당대(唐代)에는 『남화진경(南華眞經)』이라고 이름하였다.

3. 장자의 문장과 사상

장자의 저술로 전하는 내편은 「소요유(逍遙遊)」「제물론(齊物論)」「양생주(養生主)」「인간세(人間世)」「덕충부(德充符)」「대종사(大宗師)」「응제왕(應帝王)」의 7편이다.

첫째 그 문장구조는 우화와 비유, 또는 유머를 많이 섞어 썼는데 종횡무애하고 자유분방하며 그 착상이 사람의 의표(意表)를 찌르는 데에 뛰어났다. 수법이 기묘하여 타인이 모방할 수 없는 걸작으로서 중국 역사상 『장자』와 굴원(屈原)의 『이소경(離騷經)』, 사마천(司馬遷)의 『사기(史記)』를 3대 문장으로 손꼽는다. 그 가운데도 『장자』는 웅위(雄偉)하고 기걸(奇傑)함의 극치로서 후세에 다시 『장자』와 같은 문장은 나올 수가 없다고 한다.

「소요유」에서는 도를 얻은 지인(至人 : 聖人 이상을 至人이라 함)을 대붕이라는 새에 비교하여 세간의 사물과 시비의 경지를 초월하여 무아경에서 노는 모습을 서술하였다. '북명(北溟)에 고기가 있는데 이름은 곤이다. 곤이 변화하여 붕조(鵬鳥)가 되었는데 그 크기가 몇천 리나 되었다. 그 붕조의 날개는 하늘에 드리운 구름과 같으며 장차 남명(南溟)으로 옮겨가려 할 적에 한 번 날개 치면 삼천 리, 너풀거리면 천공으로 오르기 구만 리, 그렇게 육 개월 만에 쉰다'라는 우화에서 시작하여 지인이 진세(塵世)를 초월하여 무한의 도락(道樂)에 소요하는 광경을 그렸다.

친구인 혜자는 말하기를, 산에 큰 나무가 있는데 큰 등걸은 울퉁불퉁하고 가지는 굽어서 재목으로서 쓸 곳이 없다고 하였다. 장자는 그렇게 재목으로 쓸모없는 나무라야 장인의 도끼를 받지 않고 제 수명을 다하게 된다, 그러므로 지도(至道)를 아는 분은 그 무용의 나무와 같이 세인에게 버림을 받는 것이 그 천분이라고 하였다.

「제물론」에서는, 큰 바람이 불어오면 산숲 큰 나무 작은 나무 속에서 온갖 울음소리가 난다. 그러다가 바람이 그치면 나무 소리도 없다. 그와 같이 세인들도 풍조에 따라 유가니 묵가니 법가니 병가 등의 제자백가의 온갖 이론과 시비가 들끓는다. 그것이 다 일시의 풍동(風動)이다. 그 근본을 찾아보면 천지가 나와 근본이 같고 만물이 나와 일체라고 하였다. 그리고 지도의 본체는 무능무형하여 말로 형용할 수 없고 생각으로 추궁할 수 없다고 하였다.

그는 풍자문학에도 천재적이었다. 혜자가 양(梁)의 한 지방관이 되었다는 말을 듣고 장자가 찾아갔다.

혜자는 장자가 자기 관직을 빼앗으러 온다 하여 일곱 낮 일곱 밤을 숨어서 나타나지 않았다. 그 뒤에 장자는 "올빼미가 썩은 쥐를 얻어 물고 가다가 봉이 날아가는 것을 보고 놀라서 꽥꽥 소리를 치며 도망쳤다. 봉이 그 썩은 쥐를 빼앗을까 두려워서이다. 맑은 샘이 아니면 마시지 않고 대나무 열매가 아니면 먹지 않고 오동나무가 아니면 깃들이지 않는 것"이 자기라고 말했다는 것이다.

그 문장은 대체로 이런 형식으로 그 사상을 풀어나갔다. 그 문장도 만고의 걸작이고 그 사상도 초인간적임이 그의 특색이었다.

4. 우주관

장자는 노자의 사상을 조술(祖述)하여 우주의 본체를 도라고 하였다. 만유는 비롯한 데가 있고 그 비롯은 당초에 비롯한 데란 없다. 무시(無始)가 곧 도이며 유상(有象)은 무상(無象)에서 근거한 것인데 무상이 곧 도라고 하였다.

그 도에 대하여 말하기를 "도는 정(情 : 實體의 뜻)이 있고 신(信 : 眞의 뜻)이 있으며 무위무형이어서 전하려 해도 볼 수가 없다. 스스로 만유의 근본이 되어 천지가 있기 전에 고유하였다.

태극(太極)보다 먼저 있었지만 높다 하지 않고 육극(六極 : 상하 사방) 아래에 있지만 길지 않으며 천지보다 먼저 있었지만 오래 다하지 않고 상고부터 있었지만 늙지도 않는다"고 하였다. 또 옛적 성인·철인들이 이 도를 얻어 그 할 바를 하게 되었다고 하였다. 그 도를 근거로 하여 무한한 우주관·인생관을 서술하였다.

장자는 유자(劉子)의 이야기를 여러 곳에 끌어냈다. 그는 유자보다 뒤의 사람으로서 유자도 노자학계이다.

노·장을 도가라고 한 도의 정체는 바로 허·무·무명·무시이면서 그 존재적 성격은 무위자연이다. 이것이 바로 유가의 천명(天命)·천제(天帝)·천생만물(天生萬物)의 천사상(天思想)과 그 본질을 달리한 까닭이다.

유가에서 말한 도는 인사(人事) 당연의 도리이며 일상 실천의 길이다. 그런데 노장의 도는 천지 이전의 형이상학적 우주의 본체로서 무위자연의 대원칙을 가리킴이다. 우리가 노장사상을 말하면서 그 도의 성격을 바로 파악하지 못하면 이해할 수 없을 것이다.

5. 인생관

장자의 인생관은 중국사상사 위에 가장 특색 있는 그의 천재성의 발휘였다.

장자는 생사관에 있어서 여러 가지 우화로 풀이하고 있다. 그 예를 소개하면 자상호(子桑戶)라는 이가 죽었을 때에 공자가 제자 자공(子貢)을 시켜 문조(問弔)케 하였는데, 그 친구들이 시상(尸床) 앞에서 거문고를 타고 노래를 하는데 "상호(桑戶)여! 상호여! 그대는 이미 진원(眞源)에 돌아갔구료! 우리는 아직 진세(塵世)에 남아 있네!"라고 하였다. 자공이 시상 앞에서 노래하는 것이 예냐고 묻자 그 친구들은 서로 웃으며 "그대가 어찌 예의 뜻을 알겠느냐"고 하였다. 자공이 돌아와서 공자에게 고하자 공자는 "그들은 방외(方外)에서 노는 자이고 나는 방내(方內)에서 노는 자이다. 안팎이 다른데 내가 너로 조문하게 한 것이 잘못이다. 그들은 조물주와 함께 천지의 일기(一氣)에 노느니라. 저들은 생을 혹과 사마귀라 하고 죽음을 큰 헐미〔腫脹〕가 곪아터졌다고 하느니라"고 하였다. 이것이 장자의 생사관이다.

여희(麗姬)는 애봉국(艾封國) 사람인데 처음 진왕(晋王)에게 출가할 때에 울어서 옷깃이 젖었다. 왕에게 시집간 뒤 왕과 잠자리를 함께 하고 맛있는 음식을 먹은 뒤에야 처음 시집가서 울던 것을 후회하였다.

그와 같이 죽음을 미워하던 사람이 죽은 뒤에 비로소 살던 때를 후회한다고 말하여 죽음이 사는 것보다 즐겁다고 한 것이 장자이다.

또 장자가 말하기를 "꿈에 술을 마시게 되면 그날 아침에 울 일이 생기고 꿈에 울면 그날 사냥을 하게 된다. 꿈꿀 적엔 꿈인 줄 모르고 꿈속에도 꿈을 점치다가 깬 뒤에 꿈인 줄을 안다. 또한 크게 깨친 뒤에 이것이 큰 꿈인 줄을 알 것이다"고 했다.

꿈속에선 꿈이 사실인 줄 알았는데 깨고 나선 꿈이 허위라고 한다. 세상 사람은 그 삶이 꿈인 줄 모른다. 그러므로 크게 한 번 깨닫고 보아야 인생살이가 하나의 큰 꿈인 줄 알게 된다는 뜻이다. 그러므로, "만세 뒤에 한번 대성(大聖)을 만나서 그 인생의 큰 꿈을 풀이하게 되면 내 말을 알게 되리라"고 하였다.

장자는 그 부인이 죽자 물동이에 바가지를 엎어놓고 두드리며 노래하기를 "그대는 이 괴로움의 굴레를 벗어버리고 아무것도 거리낄 것 없는 즐거운 고향으로 돌아갔다"고 축하했다.

이처럼 인생의 현실을 아주 뛰어넘어 생사일관보다 오히려 죽음의 세계를 예찬하였다. 이러한 인생관은 불교에서 생사이변(生死二邊)을 다 고(苦)라고 한 것과 달리 죽음의 세계를 무위(無爲)·무우(無憂)의 세계라고 본 것인데, 중국에서 이런 사상이 형성되었다는 것은 놀라운 일이 아닐 수 없다.

(일요신문, 1975. 2. 2)

나의 인생, 나의 불교

내 나이 13세 때(1920) 고향(경남 창원군)의 계광(啓光) 보통학교를 졸업하고 서울에 상경, 중앙고교를 다녔으나 신병으로 중단하였다. 고향에서 휴양하다가 서울 경신(儆新)중학에 진학하였으나 4학년 때 일본인 영어선생에 대한 추방운동을 주동한 연유로 퇴학당하고 말았다.

고향에 돌아온 나는 민족교육, 항일교육이란 이유로 조선 총독부에 의해 폐교될 때까지 모교이면서도 기독교 계통인 계광학교에서 7년 동안 교편을 잡고 있었다. 일본에서 고문(高文)에 합격한 형으로부터는 동경으로 유학 오라는 편지가 자주 있었지만 거기에는 별 뜻이 없었고, 일본 문학전집과 세계대사상전집 등을 섭렵하느라 바쁜 나날을 보내고 있었다.

그러던 어느 날 밤, 찢어진 벽지 사이의 초벌 신문지에서 뚜렷이 보이는 '佛'자를 발견하는 순간 나는 섬광처럼 마음속의 무엇인가에 강렬한 자극을 받았다. 이것은 막연하나마 어떤 새로운 세계에 대한 무조건적인 절대(絶對)에의 귀의(歸依) 같은 황홀경이 아니었던가 하고 생각된다. 그 후부터 우리 배달민족에 대한 하나님의 가호만을 기원하던 예배당(교회)을 멀리하게 되었고, 드디어 1933년 늦가을 선친의 심부름 가서 받은 소작료를 여비로 삼아 부모 처자를 버리고 고향, 김해(金海)를 떠났다.

강릉을 거쳐 동해안을 따라 올라가다 눈을 만나 겨울을 지내고 이듬해 봄 금강산 유점사(楡岾寺)에 도착한 나는 석가탄일인 4월 초파일(음) 김운악(金雲岳) 주지스님을 은사(恩師)로 애지중지하던 머리를 깎아버렸다.

나는 원래 산을 좋아했다. 이것이 간접적인 입산(入山) 동기가 되었는지도 모르겠으나 삭도(削刀)는 구렁이같이 흉스러운 내 자신의 집착성(執着性)에 대한 반발이 아니었나 싶다.

장삼을 입고 합장을 하였을 때 내심(內心)의 정제(整齊)에서 느껴지는 화평한 심경—이것은 높고 아름다운 덕(德)인 양 나를 황홀한 경지로 이끄는 듯하였다. 외양의 단정함이 나를 기쁜 마음으로 침잠시키고 무한한 가능성의 세계로 나를 유혹한 경지는 오랜 신(信)·해(解)·행(行)·증(證)을 겪은 뒤 환속한 지금의 나에게도 불가사의하게 느껴지곤 한다.

그해 유점사에서는 변설호(邊雪醐) 스님으로부터 『능엄경(楞嚴經)』에 대한 법문(法文)을 열심히 들었고, 다음해(1935)에는 백용성(白龍城) 스님이 창립한 한일 불교단체인 대각교(大覺敎)가 운영하는 화과원(華果院 : 함양 백운산)에서 반선(半禪) 반농(半

農)의 수도생활을 하면서 용성 스님이 번역한 『화엄경(華嚴經)』의 윤문(潤文)에 전심전력하였다.

3·1독립선언 33인의 한 분인 용성 스님이 화과원(華果院)이라 이름한 것은 깊은 불교적 뜻이 있었다.

불화엄(佛華嚴)이란 말이 있다. 이에 앞서 대방광(大方廣)이란 무엇인가? 여기에는 열 가지 의문(義問)이 있는바 요는 일심법계(一心法界)와 체용(體用)법계가 광대무변하다는 뜻에서 대방광(大方廣)이라 이름한 것이고 불화엄의 불(佛)은 대방광의 무진(無盡)법계 이치를 증명하신 화엄경의 교주 비로자나불(毗盧遮那佛)을 가리키는 것이다. 또 만덕(萬德)의 과체(果體)를 성취한 인행(因行)을 꽃에 비유하면서 인위(因位)의 만행(萬行)을 고루 갖춘 불과(佛果)가 장엄(莊嚴)하다는 의미에서 불엄이라 일컫는 것이다.

"화(華)는 보살의 만행(萬行)을 꽃에 비유함으로써 열매를 맺는 작용이 있음을 뜻한다"는 글이 있다. 이것은 감과(感果)의 능력이 있는 행(行)이 안과 밖이 둘이면서 둘이 아닌 이치를 밝힌 것이며 아울러 법(法)으로서 사(事)에 의학하는 것이므로 화(華)라 하는 것이다.

화(華)를 인행(因行)과 비유한 것은 참으로 광대무변의 깊은 진리가 있다 할 것이다. 꽃에는 피어나기 시작하는 화(華), 화(華)와 열매〔實〕까지의 중간에 해당하는 생과(生果)의 화(華), 그리고 화실(華實)의 때인 장과(莊果)의 화(華) 등 세 가지가 있다. 이렇게 볼 때 용성 스님이 화과원이라 이름하여 백운산에 선농(禪農)을 병행하는 항일 불교단체인 대각교를 창시하고 경제적 자립상태에서 장과(莊果) = 화과(華果)의 참뜻인 인과상즉무애

(因果相卽無碍)를 몸소 후진들에게 교시하신 것은 불교사뿐만 아니라 역사적으로도 높이 평가되어야 할 것이다. 용성 스님은 조국의 광복을 5년 앞둔 1940년 77세를 일기로 입적하셨는데, 『화엄경』 번역 외에도 『귀원정송(歸源正宋)』 『각해일륜(覺海日輪)』 『수심론(修心論)』 등 주옥 같은 저서를 남기셨다. 화과원에서 『화엄경』에 심취하여 윤문(潤文)에 정진하고 있을 때 문득 고향 소식이 궁금해지면서 아무리 참선(參禪)을 하여도 마음의 평정을 찾을 길이 없어 고향에 들렀다. 뜻밖에도 내가 고향에 돌아온 다음날 아내의 임종을 맞았다. 불가(佛家)의 무상관(無常觀)을 모르는 바 아니었으나 나에겐 크나큰 충격이 아닐 수 없었다.

고향에서 아내의 삼우제(三虞祭)를 맞은 나는 「낙월(落月)」이라는 시를 지었고 그 시는 조선일보(1936. 2)에 발표되었다.

낙월

눈섶 끝에 안갯발처럼 떨어지는 어둠
별이 하늘에 얼어붙은 밤 들길 우에

기울은 달 남은 빛마저 사라지는
하늘ㅅ가를 바래기는 외로운 심사어니

돌이키매 그림자 문득 잃어졌네
눈앞 환상 넘어 어둠은 쌓여

고달픈 걸음 몇 걸음 걷고 서도

휘파람 멋적어 안 불리네

세(細)모래밭에 쏟은 물발처럼
슬픔에 폭 먹히지 않는 내 마음의 슬픔

찬바람 검은 주의(周衣) 자락을 날리는데
나는 그의 생일날을 외우지 못하고나!

화과원에 다시 돌아온 나는 유점사의 김운악(金雲岳) 스님으로부터 공비생(公費生)으로 불교전문학교에 입학하라는 전갈을 받았다. 나는 용성 스님의 허락을 쾌히 받고서 불전(佛專)에 입학하였다.(1936. 4)

여기에서 서정주(徐廷柱)·김어수(金魚水) 등 친구를 만나게 되었고 서정주·김동리·오장환 등과 '시인부락(詩人部落)' 동인이 되었으며 그 창간호(1936. 11)에 「황혼(黃昏)」 등을 게재하였다.

황혼

고창(古蒼)한 작은 정원에 황혼이 내려
무심히 어루만지는 가슴이 끝끝내 여위다.

고림(枯林) 속의 오후 그림자처럼 허령한 의욕이매
근심발은 회색 공기보다 가벼히 조밀(稠密)하다.

저 밑뿌리에 고달픈 머리칼은 어즈러히 길고
고독을 안은 애련의 한숨은 혼자 날카로워……

처마 끝에 거미 한 마리 어둔 찬비에 젖는데
아 어디어디 빨간 장미꽃 한 송이 없느냐!

3년간의 전문학교 시절은 나에게 정신적, 학문적으로뿐 아니라 문학적으로 많은 교우 관계를 갖게 하였다.

유점사에 돌아온 나는 법무(法務)로 있으면서 70여 사찰의 본사(本寺), 말사(末寺)를 4년간 두루 다니면서 강론을 했다. 이 강론 때문인지 왜경의 요시찰(要視察)이 점점 강화되면서 나는 만주 북간도(北間島)에 있는 용성 스님이 세운 대각교 농장을 찾기로 하였다(1941). 북간도 용정(龍井)에서는 『싹』이라는 잡지를 발간하고 있던 소설가 안수길(安壽吉)씨를 만나 시를 게재하기로 하였다. 이때의 작품으로는 「용정(龍井)」「뜰」「향수」 등 5편이 있다.

용정

차창 밖 두만강이 너무 빨러 섭섭했다.
흐린 하늘 낙엽이 날리는 늦가을 오후
마차 바퀴가 길을 내는 찔걱찔걱한 검은 진흙길
흰 조히쪽으로 네 귀에 어찔러 발라놓은
창경 창경
알 수 없는 말소리가 귓가로 지나가고

때묻은 검은 다부산즈 자락이 나부끼고
어디서 호떡 굽는 냄새가 난다.

시악시요 아 이국(異國)의 젊은 시악시요
아장아장 걸어오는 쪼막발 시악시요
흰 분(粉)이 고루 먹히지 않은 살찐 얼굴
당신은 저 넓은 들이 슬프지 않습니까
저 하늘 바람이 슬프지 않습니까

황혼 길거리로 허렁허렁 헤매이는 흰 옷자락 그림자는
서른 내 가슴에 허렁허렁 떠오르는 조상네의 그림자—.

나는 강남 제비 새끼처럼
새론 옛 고향을 찾아왔거니

난생 처음으로 마차도 타보았다.
호궁(胡弓) 소리도 들어보았다.
어디 가서 나 혼자라도 빼—주(酒) 한잔 마시고 싶고나.

용정 스님이 입적하신 뒤, 북간도 대각교 농장은 운영상 어려움이 많았다. 1년간의 북간도 생활을 끝내고, 금강산에 돌아온 나는 유점사에서 꿈에 그리던 조국 해방을 맞았다.

다음은 광복을 맞아 지은 시로서 그 당시 광복의 기쁨을 나누기 위해 방송된 시이기도 하다.

아침

아, 어디서 오는 찬연한 저 빛이뇨?
동쪽 하늘 장밋빛에 물들었다.

천 길, 만 길 깊은 바다 밑에
긴 밤을 어둠 속에 몸부림치며
큰 열을 가슴속에 쌓고 달구었거니……

집집마다 추녀 끝에 태극기 나부낀다.
거리마다 지축을 울리는 함성
오늘 이 땅 산천은 크게 웃었다.

진흙 발 밑에서도 진리는 빛나고,
정의는 무덤 속에서도
그 향기 하늘을 꿰뚫는다거니.

이제 천상에는 신의 축복의 향연이 열리리,
지하의 혼령들도
하마 각기 제자리로 돌아가리.

좁아도 내 땅, 가난해도 내 살림……
괴롭고 병든 목숨
살아온 값이 오늘에 있었나.

아, 어디서 오는 찬연한 저 빛이뇨?
어둠 속에서 피어난 꽃송이다.

(해방을 맞이하는 날)

유점사에 있을 때 보았던 주련(柱聯)의 글귀 중에 아직도 잊혀지지 않는 것이 있다. 이것은 나의 좌우명과도 같은 것이다.

處所錄揚堪繫馬
家所門路透長安
간 곳마다 푸른 버들 말 맬 수 있고
집집 문앞 길은 서울로 통해 있다.

花欲開時方吐香
水成潭處便無聲
꽃은 피려 할 때 한창 향기 토하고
물은 못이 될 때 소리가 없다.

日用事重別
唯吾自偶偕
날마다 하는 일 별것이 없고
오직 내 자신만을 벗할 뿐이라
(인생의 마무리에 가서는 자기만이 자기의 벗이란 뜻)

8·15광복 후 상경한 나는 춘원(春園) 선생을 찾았다. 이 우연

한 방문이 인연이 되어 춘원 선생의 소개로 동아일보 주간이었던 설의식(薛義植) 선생을 알게 되어 편집부 기자로 근무하게 되었다. 그러나 해방 후의 정치적 와중에서 중 생활을 해온 나에겐 신문기자가 적소(適所)가 아니라고 판단되어, 그 뒤 낙향하여 16년간(1947~1962) 교육계에 봉직한 것이다.

교직 생활을 정년퇴직한 다음 나에게 결정적인 인생의 전기가 찾아왔다.

광능에 있는 봉선사(奉先寺)에서 이운허(李耘虛) 스님을 만나 뵙게 된 것이다.

나는 운허 스님을 법사로 모시고 동국역경원의 대장경 번역 사업에 남은 여생을 마치기로 작심하였다.

나는 오전 중에 불경을 암송할 때가 많았는데 하루 평균 20 내지 30매 정도 번역하여 20여 년 계속하였으니, 이 사업이야말로 나의 삶의 전부가 되었다고 해도 과언이 아니다.

내 나름대로 정성과 심혈을 기울여온 것은 사실이지만 부처님의 본뜻을 얼마나 정확히 전하였는지 지금도 두려움이 앞서지 않을 수 없다.

다음은 최근의 시 한 편—.

등을 밀리며

오늘은 별나게도
지난 일이 자꾸 생각키운다—.
시도 써보았다.
언론인(言論人)도 접장질도 조금 해보았다.

저 금강산으로 멀리 도망쳐
제법 오래 중노릇도 해봤는데
그 어느 하나도 바로 된 것 없었다—.

가만히 집을 나와
오늘도 그 허름한 술집으로 가나니
어스름 첫봄 황혼
뒷산 찬바람에 등을 밀리며—.

나의 시작(詩作) 연도가 1929년이니까 거의 50년 전이 된다. 당시의 순수 문예지였던 『문예공론(文藝公論)』에 무애 양주동(無涯 梁柱洞)의 선고(選考)로 처음 작품이 발표되었고, 그 뒤 동아일보, 조선일보 등 일제 때의 민족지를 비롯하여 시 전문지인 『시원(詩苑)』, 동인지였던 『시인부락(詩人部落)』, 해방 후에는 『죽순(竹筍)』 등에 계속 발표되었다.

나에게 있어서 '시란 무엇인가?' 하고 자문자답할 때가 간혹 있다.

나의 시세계는 사상이나 관념과는 거리가 먼 것이 사실이다. 나는 대부분의 시적 발상을 자연경관에서 얻고 있다. 첫 시집 『청시(青柹)』(1941)에서 나는 나의 시를 다음과 같이 쓴 일이 있다.

유월의 꿈이 빛나는 작은 뜰을
이제 미풍이 지나간 뒤
감나무 가지가 흔들리우고

살찐 암록색 잎새 속으로
보이는 열매는 아직 푸르다.

—「비시(扉詩)」 전문

6월이 있고, 뜰이 있고, 미풍이 있고 감나무가 있고, 그리고 푸른 열매가 있으니 더이상 무엇이 필요하랴. 여기에 어떤 관념이나 사상을 도입할 필요가 있을까. 어떤 것이 더 본연의 태도에 가까운지 생각해본다.

얼마 전에 김동리(金東里)님이 지적한 대로 명명(命名) 이전의 자연 그대로라고나 할지 모르겠다.

내 나이 이제 팔십 가까이 되었으니 때때로 '죽음'에 대하여 생각할 때가 있다. 애당초 우리 인생의 삶이 시작되었을 때부터 죽음도 공존해온 것이다. 삶의 연속 속에는 죽음도 동행해왔다고 볼 수 있기 때문이다. 그러기에 우리가 순간순간의 삶을 만나고 있듯이 어느 시점에 가서는 죽음과도 자연스럽게 만난다는 것은 극히 자연스런 순리가 아니겠는가?

'삶'과 '죽음'의 공존 속에서 살아온 우리 인간이 '죽음'이 왔을 때 조용히 마중하는 참선의 정신 자세가 필요하지 않을까 하고 생각해본다.

그리는 세계 있기에

그리는 세계 있기에
그 세계 위하여,

생(生)의 나무의
뿌리로 살자.

넓게 굳세게,
또 깊게,

어둠의 고뇌 속을
파고들어,

모든 재기(才氣)와 현명(賢明) 앞에
하나 어리석은 침묵으로—

그 어느 겁외(劫外)의 하늘 아래
찬란히 피어나는 꽃과,

익어가는 열매
멀리 바라보면서—

너무나도 너절한 말이 많았구나!
그러면서 남보고 말 많다고 떠들고 있으니—돌(咄)!

(『불교사상』, 1984. 6)

제4부

김달진의 불교문학 **장호**

김달진의 작품세계 **신상철**

시와 종교의 길목 **김윤식**

현대시와 노장사상 **윤재근**

열치매 나타난 달처럼 **김선학**

김달진의 불교문학
—선운(禪韻)과 우주유비(宇宙類比)

장호(시인, 동국대 명예교수)

김달진의 시적 의장(意匠)은 지극히 소박하다. 무기교라 이를 만큼 수사의 흔적이 엿보이지 않을 뿐더러, 그 제재 또한 누구나가 일상으로 경험하는 바를 담담하게 서술하고 있을 뿐이다. 그런데도 그 시편 하나하나가 우리에게 '놀라움'을 안겨주는 까닭은 무엇인가. 그것은 한마디로 그의 유별난 직관에서 비롯된다.

건너 산모랑 돌아오는 길을
무언가 높은 소리 노래하며 오던 사람
나를 만나자
말없이 지나간다.

—「산모랑길」 전문

이 아무렇지 않은 일상사 서술에서 우리가 당면하는 '놀라움'은 '긴장'과 '공허'의 자리바꿈이다.

둘레에 아무도 없다는 해방감에서 고성방가하고 '오던 사람'은 그것을 무심히 듣고 가는 '나'와 산모퉁이를 사이 하여 서로 격리된 채 각자의 '제멋'에 젖어 있다가, '나를 만나자' 불시에 긴장감에 빠져든다. 물론 서로를 의식하기 전의 긴장은 이 뜻밖의 사태에 의해서 일시에 해소되고, 그 대신 거기 불현듯 섬뜩한 공허가 내려앉는다. 공허란 노래를 그치고 난 뒤의 그 서먹한 침묵의 공간이 아니라, 사실 '나를 만나'기 이전까지 방약무인했던 그와 나와의 안에 이미 내포되어 있었던 그 실존적인 내면세계였던 것이다. 달리 말하면 고성방가야말로 우리들 내면의 공허를 메우기 위한 무의식적인 가장이었을지도 모른다. 따라서 여기 '나'는 그것을 듣고 가던 '나'가 아니라, 고성방가하고 오던 사람의 그 실존을 일깨우는 선장(禪杖)이었던 것이다. 생활인에게서 그 각자의 업장(業障)을 벗게 하는 선시(禪詩)의 한 본보기가 여기 있다 할 것이다.

김달진의 중앙불교전문학교 시절 스승인 박한영(朴漢永)은 이것을 '하늘피리(天籟)'라 불렀다. '시란 요컨대 우주간의 맑은 기운이 흘러나서 시가 된다(要以詩觀之 宇宙間淸淑一氣流露爲詩)'는 것이 그것이니, 그 맑은 기운, 천뢰란 기(氣)에서 이루어지는 것인즉, 그것이 선운(禪韻)이요, 그 건너편의 '사람피리(人籟)는 정공(精工)'의 흔적에 불과하다고 했다.

김달진이 글을 다듬어 정공(精工)을 일삼는 대신, 선(禪)에 의해서 각(覺)을 얻고 거기 바탕하여 직관력을 터득하게 되는 경로는 그 우주유비(宇宙類比)에서 더욱 여실히 드러난다.

> 마음이 빨려드는 듯 차디찬
> 미닫이의 거울을 뚫고 하늘이 들여다본다.
> 네모난 호수 같은 연(鉛)빛 하늘에
> 이름 모를 새 한 마리가 원을 그리며 물 속으로 빠진다.
>
> —「물 속에 빠지는 새」 전문

미닫이에 거울이 박힌 선방(禪房)에서 무심히 경험하는 우주의 순환이지만, 거울이 호수가 되고 하늘이 되더니, 그 속으로 무명의 생명이 그것을 바라보는 시인을 데불고 포물선을 그리며 잠적한다. 주어란 하늘과 새뿐인데, 그것들이 거울에 의해서 우주 질서의 대전환을 이루고 있는 것이다. 물론 그 전에 거울을 들여다보고 있는 나를 하늘이 내려다보고 있다. 하늘과 나는 거울을 매개로 삼아 교감하고, 거기 '이름 모를 새'가 겹쳐서 '나'로 환원된다. 이를테면 착각을 오히려 무리없이 경험적 현실로 이끌어가고 있으니, 쉬르리얼리즘에서 말하는 정신이주(Dépaysement)가 그것이다.

따라서 그의 경험적 현실은 유추를 이끌어내기 위한 실험적인 관찰에서 얻어지는 것이 아니다. 그는 결코 이성이나 오성을 앞세우지 않는다. 자연이라는 우리들 눈앞의 사상(事象)을 우주적 유비로 집어내어 보일 뿐이니, 그의 현실은 지상에 떨어진 인간 존재의 현실이요, 나아가서는 그 인간을 초월하는 우주 질서로 직결된다. 김달진의 이런 시법(詩法)을 가리켜 김동리는 '우주의식'이라 일렀지만, 그것은 의식이라 이름하기보다는 연상 체계의 한 디딤돌로서 유감(類感)을 도출하는 아날로지(Analogie)였던 것이다.

그렇다고 김달진은 낭만주의자들처럼 상징을 설명하려고도 들지 않는다. 따라서 그는 또 신비주의로 일탈하는 법이 없다. 겹겹이 얽히고 설킨 우주의 그림자들이 그려 보이는 한 폭의 그림(帝網重重影影交羅) 같은 바다에 자유로이 헤엄치며 스스로 변신을 거듭할 뿐이다.

숲 속의 샘물을 들여다본다
물 속에 하늘이 있고 흰 구름이 떠가고 바람이 지나가고
조그마한 샘물은 바다같이 넓어진다
나는 조그마한 샘물을 들여다보며
동그란 지구의 섬 우에 앉았다.

―「샘물」 전문

샘물을 들여다보는 고독한 풍경 앞에서도 그는 누구나처럼 자의식에 빨려들지 않는다. 샘물을 바다로 넓혀가더니 지구마저도 한 개 섬으로 오므라뜨린다. 이를테면 신축자재, 자연과 우주를 임의로 변개하는 거시안 미시안(巨視眼 微視眼)을 함께 갖추게 된 셈이다. 앞에서는 하늘이 나를 거울 속으로 들여다보더니, 이번에는 내가 샘물을 들여다보면서 한 마리 벌레로 변신을 하게 된다.

고인 물 밑
해금 속에
꼬물거리는 빨간

실낱 같은 벌레를 들여다보며
머리 위
등뒤의
나를 바라보는 어떤 큰 눈을 생각하다가
나는 그만
그 실낱 같은 빨간 벌레가 되다.

—「벌레」 전문

그럴진대 '내'가 '하늘'이 된다 한들 무리가 안 따른다.

물론 여기 시적 진술도 지극히 소박한 자동화(Automation)인 양 보이면서도, 무카로프스키가 말하는 그 전경화(前景化, Foregrounding)가 천연스레 이루어지고 있지만, 그런 의식적인 흔적이 전혀 엿보이지 않는 곳에 그 변신의 자유가 있었던 것이다.

'내'가 '벌레'로 변신하는 계기를 마련해주는 것은 물론 '큰 눈'이다. 그러나 그것이 누구냐고 따져들 필요는 없다. 그렇다고 그가 신(神)이 되기를 바란 것은 아니다. 그는 「산거일기(山居日記)」에서 오히려 이렇게 술회한다. "사람들은 너무 신적(神的)이어서 걱정입니다. 우리는 한 번 돼지가 되었다가 그 다음에 사람이 될 필요가 있을 것도 같습니다. 아직 사람도 되기 전에 너무 신적이 되려 할 때 허위가 있고 가식이 있고 나약이 생겼습니다."

그는 우리들 인간의 허위, 가식, 나약이라는 인두겁을 벗어던지기 위하여 선(禪)으로써 '念起念滅 妄想煩惱'라는 '자기 자신과 싸우는 전사(戰士)'가 되어 벌레로, 돼지로 변신하는 가운데, 참인간의 그 자유를 회복한 것이다. 그 자신의 말마따나 '아무것과도 바꾸지 못할 자유(自由)', 선가(禪家)에서들 으뜸으로 치는 그

진자유(眞自由)를 기약 없이 쟁취하기에 이른 것이니, 그 시가 우리에게 안겨다주는 그 '놀라움'이라는 것의 원천도 필경 그의 이런 직관의 자유에서 비롯되고 있었던 것이다.

김달진의 작품세계

신상철(수필가, 경남대 교수)

1. 들머리

월하(月下) 김달진(金達鎭)은 팔십이 넘은 고령인데도 64년 이후 지금까지 동국역경원 역경위원으로서 일하고 계신 분이다.

불교 전문학교를 나와 한때 금강산 유점사 등지에서 수도 생활을 한 바 있으나 광복 이후 환속하게 된다. 잠시 동아일보사에 몸담았다가 경북여중(6년제)에서부터 교직 생활을 시작하지만 대부분의 학교 생활을 진해중학에서 보내게 된다.

1949년 필자가 진해중학(6년제)에 입학했을 때 월하 선생은 그 학교 국어 선생님이셨다. 월하 선생과 필자는 인연이 있는 편이다. 선생으로부터 직접 글을 배운 제자이기 이전에 고향 어른으로서 선친과도 아는 사이였다.

선생은 당시 서른 몇 분밖에 안 되는 우리나라의 저명한 시인으로 알려져 있었다. 그도 그럴 것이 1929년 7월에 『문예공론』에 「잡영수곡(雜泳數曲)」이 양주동 선생의 선고(選考)로 실림으로써 문단에 데뷔, 『시원』『시인부락』의 동인으로 활동했을 뿐더러 40년 9월에 이미 청색지사(靑色紙社)에서 시집 『청시(靑柹)』를 낸 바 있었기 때문이다.

그러나 선생은 『시원』『시인부락』의 동인으로서 기록되고 있을 뿐 그의 시에 대해 우리 문학사는 거의 외면해왔었던 것이 사실이다. 그런 결과는 선생이 일찍부터 지방에 내려와 있었던 탓도 있을 것이요, 남면중학교(지금의 창원남중학교) 교장 자리에서 물러나신 뒤에는 시업보다 역경 사업에 몰두하게 되기 때문이었을 것이다.

1983년에 그의 사위인 최동호 교수에 의해 김달진 시 전집『올빼미의 노래』가 간행되면서 그의 시를 재조명해보는 계기가 되었던 것이다.

이 책은 앞쪽에 '청시(靑柹)'를 놓고 뒤이어 미간행 시집 '올빼미의 노래'를 앉힌 다음 '재만시편(在滿詩篇)·기타'와 산문 '산거기(山居記)'를 담아 작품집을 이루고 뒤쪽에 '김달진 시에 대한 이해와 평가'를 싣고 있다.

여기서 김동리(金東里)는 '월하(月下) 시의 자연과 우주의식'이란 제(題)로 그와의 만남과 사귐에 이어 그의 '자연'에 대해 말하고 있고 이윤수는 '『죽순(竹筍)』과 월하 김달진의 내면세계'란 제로『죽순』 시대 '이성(異性)으로 향한 표정'과 '불교적 사상'에 대해 말하고 있는가 하면 장호(章湖)는 '때묻지 않은 웃음소리에 미역감고'란 제로 그와의 사귐과 그의 인품에 대해 말하고 있다.

김용직(金容稷)은 '『시인부락』과 김달진의 시'에서 동인 구성과 작품 「황혼」에 대해 말하고 있고, 오탁번은 '과소평가된 시—김달진의 「샘물」'에서 시 「샘물」의 우수성에 대해 말하고 있으며, 김인환(金仁煥)은 '청결하고 맑은 곳'에서 시집 『청시』에 수록된 작품을 대상으로, 조남현(曺南鉉)은 '평범에서 달관으로'에서 미완성 시집 '올빼미의 노래'를 대상으로 각각 진지한 연구 성과를 보여주고 있다.

필자는 이러한 선연구(先硏究)의 바탕 위에서 김달진 시 전집 『올빼미의 노래』에 수록된 작품을 대상으로 분석적 방법과 전기적 방법을 병용해 그의 시세계를 살펴보고자 한다.

2. 내용상의 제경향

'서시'란 책 첫머리에 서문 대신 싣는 시다. 윤동주 이후 많은 시인들이 서시를 써왔다. 서시는 그 성격상 그 시집의 시적 경향을 드러내주는 경우가 많다. 월하 선생의 시집 『청시』의 서시는 이렇다.

유월의 꿈이 빛나는 작은 뜰을
이제 미풍이 지나간 뒤
감나무 가지가 흔들리우고
살찐 암록색(暗綠色) 잎새 속으로
보이는 열매는 아직 푸르다.

—「비시(扉詩)」 전문

5행으로 된 비연시(非聯詩)다. 김동리는 "유월이 있고 뜰이 있고 미풍이 있고 감나무가 있고 그리고 아직 푸른 열매가 있을 뿐이다. 그것을 통해 어떤 관념이나 의미 따위를 부각시키려는 의도는 보이지 않는다"고 밝힌 바 있다.

이 시의 공간은 '작은 뜰'이다. 그 뜰 위로 '미풍이 지나간 뒤' '감나무 가지'의 흔들리움을 볼 만큼 사물을 보는 눈이 미시적이다.

"살찐 암록색 잎새 속으로/보이는 열매"는 자신의 시를 은유한 것으로 보이는데 그 열매가 아직 '푸르다'라 한 것은 자신의 작품의 미숙성을 말하려 한 겸양으로 파악된다.

그의 시는 이 「비시」가 보여주는 것처럼 대상을 미시적인 안목으로 그리며 그 서경 속에 자신의 삶의 의미를 찾는 성향을 보여주는 것이라 생각된다.

1) 고독의 내면세계

그의 시가 안고 있는 정서의 주종은 고독이다. 「개 짖는 소리」는 이렇다.

깊은 밤 창 밖에 개 짖는 소리 난다.
누가 오는가
아무의 마음에도 띄이지 않는 이 창이거니

—묵은 지붕 넘어로 가만히 노려보는 핼슥한 쪽달……
—유령같이 기어드는 어슥한 뜰 우의 나무 그림자……

'이 방 주인은 차디찬 침대 우에 눈감고 누웠습니다
고독의 애인과 함께 마음을 앓으면서……'

—「개 짖는 소리」 전문

이 시의 무대는 "깊은 밤" "차디찬 침대 우"다. 1연의 "개 짖는 소리"는 누군가 올 것 같은 착각을 빚게 하면서 사실은 아무도 오지 않는 것이어서 고독한 심벽을 더 강하게 울리는 것이 되고 2연의 '핼숙한 쪽달'과 '뜰 우의 나무 그림자' 또한 고독을 더 자극하는 것이 되고 있다. 3연에서는 "이 방 주인은 침대 우에 누웠습니다"와 "고독의 애인과 함께 마음을 앓으면서……"로 도치됨으로써 고독의 심도가 더하고 말없음표로 끝을 맺음으로써 '앓음'의 크기를 더 확대시키고 있다. 고독의 내면세계를 읊는 것은 이 시뿐이 아니다.

혼자 돌아오는 늦은 밤 산길
길가에 외로운 무덤이 하나 있고
그 위에 들국화 한 포기
이슬에 젖이우며 밤을 새인다.

고독한 넋이여
오늘 밤 너는 나의 꿈의 안창을 두드리라.

—「밤길」 전문

2연으로 구성된 「밤길」의 전문이다. "혼자 돌아오는 늦은 밤 산길" "길가에 외로운 무덤" "들국화 한 포기"—어느 것 하나 고독한 것 아닌 것이 없다. 그러면서 그것들이 '들국화 한 포기'에 초점이 맞추어지고 그것이 밤을 새이게 되니 그 고독이 얼마만한 것일까.

"고독한 넋이여" 하고 2연에서 영탄으로 시작되는 것은 오히려 당연한 연결이다. "고독한 넋"이 "들국화 한 포기"의 것이지마는 그것이 "나의 꿈의 안창을 두드리라"로 끝나는 데 이 시의 묘미가 있다. 고독과 고독이 서로 만나 서로의 이 지독한 고독을 달래기라도 해야 할 것이 아니겠는가.

그의 이러한 '고독'은 「고독한 동무」 「고독」 「쓸쓸한 밤」 「회한(悔恨)」 「오열(嗚咽)」 「화로 앞에」 등 도처에서 찾아진다. 이러한 고독의 정서는 '슬픔'이나 '괴로움' 등의 정서로 발전되기도 한다.

> 연(鉛)빛 구름 무겁게 덮인 사이로
> 빤하게 빛나는 것은 넘는 저녁 햇살
> 그것을 바라보는 내 마음은 슬프다.
>
> —거기는 야릇한 맛을 잃은 힐푸른 우울(憂鬱)이 떠돌고
> 그 여자의 싸늘한 눈길
> 사상(思想)에 시달린 내 가슴의 한 줄기 빛 엷은 정서(情緖)……
>
> 연(鉛)빛 구름 사이로 저녁 햇살 빤한 저문 하늘
> 뜰 우에 서서 물끄러미 바라보는 내 마음은 슬프다.
>
> —「저녁 햇살」 전문

이 시는 3연으로 짜여져 있다. 1연의 뼈대는 '저녁 햇살을 바라보는 내 마음은 슬프다'이다.

2연의 첫행에서는 "우울이 떠돌고"로 직서되지만 2행에서는 "그 여자의 싸늘한 눈길"로, 3행에서는 "한 줄기 빛 엷은 정서……"로 은유되어 있다. 3연 또한 1연과 대동소이한 어구로 반복됨으로써 이 시는 끝이 난다. '저녁 햇살'을 보면서 느끼는 슬픈 정서를 시화한 작품이다.

너 얼마나 깊은 회한이기에,
너 얼마나 큰 괴롬이기에,
아닌 듯 겨우 물거품 지우는다?
찬 바윗돌에 가슴을 비비는다?

바다야, 너 바다야.

—「바다」 전문

이 시는 첫연이 4행, 둘째연이 1행으로 구성돼 있다. 바다의 수포를 두고 '회한'을, "찬 바윗돌에 가슴을" 비빔을 보고 '괴롬'을 느낀 것이 이 시다. "너 얼마나 깊은 회한이기에" "너 얼마나 큰 괴롬이기에" 하고 조건절을 전제하면서 "아닌 듯 겨우 물거품 지우는다?" "찬 바윗돌에 가슴을 비비는다?"의 설의로 끝냄으로써 그 회한, 그 괴롬이 더 진하게 가슴을 울리는 것 같다.

2연은 그대로 돈호다. 두 번 부르는 것으로 한 연을 이룸은 그 부름의 대상이 그만큼 강렬하고 절실한 것임을 뜻하는 것이 된다.

월하 시의 정서적 배경은 위에서 본 바와 같이 고독이란 정서가 주조를 이루면서 그것이 슬픔이나 괴로움으로 발전되기도 하는 것임을 본 셈이다.

2) 사향(思鄕) 의식

월하의 고향은 진해시 소사동이다. 이 마을이 진해로 편입되기 전에는 의창군 웅동면 소사리였다. 의창군은 본디 창원군이었으나 창원시가 생기면서 의창군으로 개칭되었다. 웅동과 진해 사이에 위치하면서 인접한, 웅동보다 먼저 진해에 편입된 고을이 웅천이다.

웅천은 본디 현의 이름이었다. 웅천현 속에는 진해시의 경화동, 웅천, 웅동, 천가 등이 포함돼 있었는데 이 웅천현이 창원부로 흡수된 것은 1914년이다. 웅천골이라 함은 지금의 웅천이 아니라 웅동 등이 포함되는 넓은 옛 고을을 일컫는 것이 된다. 월하의 시에 「웅천(態川)곡」이 있다.

따스한 첫봄 한낮의 산기슭에 놓인 마을
새로 이인 오막살이 여남어 집
수숫대 울타리에 빨간 빨래 조각들
사흘 전 기원절(紀元節) 축기(祝旗)를 아직도 달아놓은 집이 있다
홀로 추녀 끝 그늘 밑에서
도꾸방아 찧는 나이찬 처녀의 머리채여
수탉이 지붕에서 홰를 치며 길게 목을 빼는 한낮의 마을
멀리 보이는 바다 한 귀가 백금(白金)으로 빛난다.

—「웅천(態川)곡」 전문

고향 마을 시골 풍경을 그린 시다. "한낮의 산기슭" 마을이 "오막살이 여남어 집" "수숫대 울타리에 빨간 빨래 조각들" "사흘 전 기원절 축기" "도꾸방아 찧는 나이찬 처녀" "지붕에서 홰를 치며 길게 목을 빼는" 수탉들이 감정이 철저히 제어된 채 평면적으로 그려져 있다. "멀리 보이는 바다 한 귀"가 끝행에 놓임으로써 시적 공간을 확대해주고 있다. 고향을 그리는 향수가 시의 앞면에는 억제돼 있지만 그 배면 곳곳에 깔려 있음을 보게 된다. 고향과 고향 사람들에 대한 생각이 전면에 드러나 있는 것에 다음과 같은 것이 있다.

가끔 바람이 오면
뒤우란 열무우 꽃밭 위에는
나비들이 꽃잎처럼 날리고 있었다.

가난한 가족들은
베적삼에 땀을 씻으며
보리밥에 쑥갓쌈을 싸고 있었다.

떨어지는 홰나무꽃 향기에 취해,
늙은 암소는
긴 날을 졸리고 졸리고 있었다.

매미 소리 드물어가고
잠자리 등에 석양이 타면

우리들은 종이등을 손질하고 있었다.

어둔 지붕 위에
하얀 박꽃이
별빛 아래 떠오르면,

모깃불 연기 이는 돌담을 돌아
아낙네들은
앞개울로 앞개울로 몰려가고 있었다.

먼 고향 사람 사람 얼굴들이여
내 고향은 남방 천리,
반딧불처럼 반짝이는 생각이여.

—「열무우꽃」 전문

'칠월의 향수'라는 부제가 붙은 이 시는 7연으로 구성돼 있다. 1연은 "열무우 꽃밭"의 나비들, 2연은 "가난한 가족들", 3연은 "늙은 암소"가 회상의 대상이요, 4연은 "종이등을 손질"한 우리들, 5연은 "하얀 박꽃", 6연은 "아낙네들"이 그 대상이 돼 있다. 7연은 마무리다. 고향 사람과 고향에 대해 "반딧불처럼 반짝이는 생각이여" 하고 영탄으로 종결시킴으로써 그리움이 더 크게 여울지는 것을 느끼게 된다.

까―만 하늘
밤이 새나리 지붕 우에 질식(窒息)했다

추녀 끝에 낙수 소리 쓸쓸히 빛나는 밤
감나무에 청개구리 울음이 잦은 밤
람푸 불빛이 고여 흐르는 작은 뜰 우에
가끔 흰 빗발이 몰래 지나가는 밤
나는 형수씨와 마주 앉아
담배도 피우며 시염시염 부채질도 하며
향토의 작은 이야기들을 모자라듯 들었다.

—「고향시초(故鄕詩抄)」 중에서

* 표를 쳐 다섯 토막으로 갈라놓은 「고향시초」의 세번째의 것이다.

이 시는 몇 개의 소리와 몇 개의 빛으로 짜여져 있다. "낙수 소리" "청개구리 울음" "향토의 작은 이야기들"이 소리라면 "람푸 불빛" "흰 빗발"은 빛이다. 이것들은 다 고향의 소리요, 고향의 빛이다. 소리와 빛 중에서도 가장 중심되는 것은 "형수씨와 마주 앉아/ 담배도 피우며 시염시염 부채질도 하며" 들었던 "향토의 작은 이야기들"일 것이다. 이 시에서 둘째행 "밤이 새나리 지붕 뒤에서 질식했다"는 표현도 참신한 것이라 생각된다.

「웅천곡」「열무우꽃」「고향시초」 등에서 보는 바와 같이 그는 고향에의 향수를 읊고 있다. 현실이 고독하고 슬프거나 괴로운 것이 될 때 어린 시절 고향 풍경과 순박한 시골 사람들을 그리워하는 것은 자연스런 정서적 반응이라 할 것이다.

3) 연정의 세계

20년대와는 달리 30년대 이후의 시인 중에서 애정시가 많은 사람들은 그리 흔하지가 않다. 월하 선생은 그 흔하지 않은 시인 중의 한 사람이다. 시 「동해」는 이러하다.

가없는 동해를 바라보며
내 님의 생각 저만하다 하다가
눈 들어 푸른 하늘 바라보고는
내 사랑 목숨보다 큰 줄을 알았네.

—「동해」 전문

4행으로 구성된 소박한 시다. "가없는 동해"는 "님의 생각"을 한 곳이요 바라보는 "푸른 하늘"은 사랑의 크기를 알게 하는 곳이다. 사랑의 크기를 '목숨'에 견준 것이 흥미롭다. 사랑은 그만큼 크고도 소중한 것이다. 님은 본디 평범한 애정의 대상이 아니라 전 생명적인 애정의 대상이 아니던가. 소월, 만해 등 20년대 시인들이 즐겨 쓰던 '님'이란 호칭이 30년대 시인인 월하에게서도 그대로 쓰이고 있음을 보게 된다.

내 혼을 빨아들일 듯
응시하는 고운 눈길이여

꽃잎에 스미는 봄바람
애끈한 분홍빛 그 미소여

새하얀 부드러운 살갗의
뜨겁고 향기로운 닿음이여

어둠 속에 혼자 타는 촛불 앞에
애끓게 달아오르는 속삭임이여.

—「속삭임」 전문

2행씩의 4연시다. 첫연에서는 "고운 눈길"을, 2연에서는 "분홍빛 그 미소"를, 3연에서는 "살갗의 뜨겁고 향기로운 닿음"을, 4연에서는 "달아오르는 속삭임"을 읊고 있다. 4연 모두 변화 없이 영탄으로 종결되고 있다. 그의 시가 대체로 서경성이 강하지만 이 시에서 보듯 애정시의 경우는 사정이 다르다. 사랑이란 본디 정서 가운데서도 가장 뜨겁고 아름다운 것이기 때문이리라. 3연에서 보여준 관능적인 요소가 보다 드러나 있는 작품에 「사랑」이 있다.

없다기 너무 분명ㅎ고
있다기 진정 애매한 사랑이매
나의 나약(懶弱)은 날로 자라나거니,

감각과 영(靈)이 조화되는 곳,
바람과 향기가 섞여 사는 속에서……

오라, 그대, 나의 침실로, 면사포 벗고
창에 어린 푸른 달빛에 이마를 들라.

—「사랑」 중에서

「사랑」의 하반부다. 인용 부분 첫연은 사랑의 존재에 대해서, 2

연은 사랑이 존재하는 곳에 대해서 읊은 다음 3연에서는 그대를 "나의 침실로" 오라고 호출하는 구조를 이루고 있다. 야하지는 않지만 어느 정도 관능이 드러나 있는 작품이라 하겠다.

「동해」「속삭임」「사랑」 등에서 보듯 그는 님에 대한 사랑을 읊은 것이 많다. 그러나 그것은 사랑의 교환(交歡)이 아니라 님에의 그리움이요 연모였다. 여인들과의 연정을 읊은 것으로 위에서 인용한 작품들 외에도 「그 여자의 눈동자」「연인」「연모(戀慕)」「M 부인」「여자」 등 다수가 있다.

현실이 외롭고, 슬프거나 괴로울 때 어린 시절의 고향을 생각하는 정서적 반응이 자연스럽듯 사랑의 대상을 그리워하거나 연모하는 것 또한 자연스런 반응이라 하겠다.

4) 허무 의식

앞에서 본 '고독'과는 달리 '덧없음'의 정서가 여러 작품에서 찾아진다.

덧없는 그림자 속에
아름다운 꿈을 보려는……
가느란 웃음이 나와,

빛도 냄새도 없는
엷은 상징(象徵)처럼 살아가는
조그만 내 생명을 생각하고 있었다.

아, 모든 것 아무 것도 없었다.

뜰 안에 벌레 소리도 없었다.
한 가닥 꽃 향기도 없었다.

끝내
바람처럼 나는 가리라.
나는 바람처럼 가고 있었다.

—「바람」 중에서

7연으로 된 「바람」이란 작품의 하반 4연이다. 인용 부분 첫연의 "덧없는 그림자", 2연의 "조그만 내 생명", 3연의 "모든 것 아무것도 없었다" 마지막 연의 "나는 바람처럼 가고 있었다" 등이 다 '덧없음'과 연관되는 어구들이다. 생로병사가 다 고(苦)요, 인생은 허무한 것으로 보는 것인 불교적인 인생관과 연관된다.

불교의 근본 사상은 고(苦)·집(集)·멸(滅)·도(道)의 사성제(四聖諦)와 제행무상(諸行無常), 제법무아(諸法無我), 열반숙정(湼槃寂靜)의 삼법인(三法人)에 있다 한다.

그러나 월하는 스스로 수도 생활을 한 사람이면서도 그러한 불교적인 관념이나 사상을 최대한 억제하려 함으로써 순수시의 영역을 지킨 시인이라 할 만하다.

고인 물 밑
해금 속에
꼬물거리는 빨간
실낱 같은 벌레를 들여다보며
머리 위

등뒤의
나를 바라보는 어떤 큰 눈을 생각하다가
나는 그만
그 실날 같은 빨간 벌레가 되다.

—「벌레」 전문

9행으로 구성된 비연시다. 김동리는 이 시를 두고 "그가 귀의하고 있는 불교사상이 꽤 짙게 깔려 있지만, 그와 동시 그가 즉관(卽觀)하는 모든 자연, 모든 사물 속에 직감(直感)하는 우주 의식의 일단도 되는 것"으로 보았다. "실낱 같은 벌레를 들여다보며" 스스로 "그 실날 같은 빨간 벌레"임을 느끼게 되는 것은 "나를 바라보는 어떤 큰 눈"에 의하면 인생은 벌레처럼 하찮은 것일 수밖에 없을 것이기 때문이다. 역시 '덧없음'의 정서과 관련되는 작품이라 하겠다.

괴론 꿈을 깨어 땀을 씻고 앉았으면
창경 밖 실버들이 물처럼 흔들렸다.

한동안 뜬 열을 잊고 있었다.
생각은 금강산을 달리고 있었다.

감긴가 몸살인가 몰라도
분명한 오직 중생병(衆生病)이다.

어둔 방에 시간은 흐르고, 흐르고

아, 모든 것은 이미 덧없었다.

—「병(病)」 중에서

이 시는 7연으로 짜여져 있다. 인용 부분은 그 중 하반 4연이다.

인용 부문 2연의 '뜬 열'은 현실적인 괴로움이요, '금강산'은 불가의 도량일 것이다. 3연에서 '감기' 또는 '몸살'을 '중생병(衆生病)'이란 생경한 불교 용어를 쓰고 있다. 중생병은 고(苦)요, 거기서 받은 느낌 또한 '덧없음'이다. 절에서 읊은 작품으로는 다음과 같은 것이 있다.

밤이 깊어가서
비는 언제 멎어지었다.
꽃 향기 나직이
새어들고 있었다.

모기장 밖으로
잣나무 숲 끝으로
달이 나와 있었다.
구름이 떠 있었다.

풍경 소리에 꿈이 놀란 듯
작약꽃 두어 잎이 떨어지고 있었다.
의희한 탑 그늘에
천 년 세월이 흘러가고, 흘러오고……

아, 모든 것
속절없었다.
멀리 어디서
버꾸기가 울고 있었다.

—「고사(古寺)」 전문

말미에 '성주사(聖住寺)'에서 쓴 것임을 밝히고 있는 이 「고사(古寺)」는 4연으로 구성돼 있다. 이 시의 첫째연과 둘째연은 기(起)와 승(承)이라 하겠는데 여기서는 고사(古寺)의 배경이 그려져 있다. "밤이 깊어" 비는 멎고 "꽃 향기" 새어드는 것이 첫째연이요, "잣나무 숲 끝으로" 달과 구름이 나와 있음이 둘째연이다. "의희한 탑 그늘에/천 년 세월이 흘러가고, 흘러오고……"의 전(轉)을 거쳐 "모든 것 속절 없었다"는 심경을 담은 결(結)에 이르는 것이 이 시의 구조다. "풍경 소리에 꿈이 놀란 듯/작약꽃 두어 잎이 떨어지고 있었다"와 같은 것은 정교한 표현으로 그의 시적 재능을 수긍하게 하는 구절이 아닐까 한다.

「바람」「벌레」「병(病)」「고사(古寺)」 등의 작품에서 보듯 인생의 덧없음을 노래한 작품들이 눈에 뜨인다. 이러한 정서는 '제행무상(諸行無常)'이란 불교적 인생관과 연관이 있을 것이나 그러한 것의 빛과 내음을 최대한 억제하려 함으로써 순수시의 영역을 지킨 시인이라 할 것이다.

3. 표현상의 제경향

한 시인의 시인으로서의 역량은 작품의 내용성보다 그 표현 면에서 더 많이 좌우된다.

필자는 앞장에서 그의 '서시'를 말하면서 "미시적인 안목으로 사물을 그리며 그 서경 속에 자신의 삶의 의미를 찾는 성향을 보여주는 것"이라 말한 바 있다. 미시적인 안목과 관련해서 그의 표현상의 특성을 살펴보고자 한다.

1) 미시적 안목과 절제된 언어

숲 속에 샘물을 들여다본다
물 속에 하늘이 있고 흰 구름이 떠가고 바람이 지나가고
조그마한 샘물은 바다같이 넓어진다
나는 조그마한 샘물을 들여다보며
동그란 지구의 섬 우에 앉았다.

—「샘물」 전문

5연으로 구성된 「샘물」이란 작품의 전문이다. 멀찌기서 보는 샘물이 아니고 가까이 접근해서 굽어보는 샘물이다.

"하늘이 있고 흰 구름이 떠"가고 있음만 보는 것이 아니고 물살을 통해 지나가는 '바람'까지 볼 뿐더러 "조그마한 샘물"이 "바다같이" 넓어짐을 보게 되니 미시적이라 하지 않을 수 없다. '샘물'이 바다같이 넓어지는데 이 확대된 공간 속에서 '퍼서나'가 선 지구가 섬으로 줄어드는 것같이 본 그 날카로운 눈과 재치 있는 표현에 놀라지 않을 수가 없다. '샘물'이 '바다'같이 되고 '동그란 지구'가 '섬'같이 되는 그 전말을 5행의 짧은 시에 담았으니 그가 얼마나 언어를 절제하였는가를 알게 된다.

언어의 절제가 이루어짐으로써 그의 시가 긴장과 탄력을 유지하게 되는 것이라 생각된다.

마루 끝에 조으는 고양이 부러워
나도 그 곁에 나가 가만히 앉아본다
새까만 삐로—드 등솔기에 햇볕을 쪼이며
첫겨울의 따뜻한 하루를 한껏 맛보아본다

머리를 드니
먼 하늘 끝은 맑고 트이고
나와 고양이의 주고받는 꿈을 실은 구름이 떠간다.

—「첫겨울의 한낮」 전문

「첫겨울의 한낮」은 1연에 4행, 2연에 3행—모두 2연 7행으로 구성돼 있다.

"마루 끝에 조으는 고양이"가 부러워 그 곁에 "가만히 앉아본다"는 것이다. 중요한 것은 "새까만 삐로—드 등솔기"의 햇볕이다. 이 햇볕을 보기만 하는 것이 아니라 그 햇볕을 되쪼며 "첫겨울의 따뜻한 하루"를 맛볼 만큼, 그의 눈은 미시적이요, 그 감각 또한 예리하게 사물에 닿아 있다.

머리를 드니 "먼 하늘 끝은 맑고 트이고"로 공간이 확대되고 그 확대된 공간 안에 "나와 고양이의 주고받는 꿈을 실은 구름"이 떠가는 것이다. 확대된 공간 안에서 다시 한 점 '구름'에 집중되는 것, 그것이 월하 선생의 솜씨에 의해 가능해지는 것이다.

「샘물」「첫겨울의 한낮」과 같은 작품에서 보듯 그는 미시적인 안목으로 사물을 그리되, 시어를 최대한 절제함으로써 짧은 시형 속에서 시적 탄력을 얻고 있는 것이다.

2) 심상 미학의 전개

미닫이창에 가득히 밀려든 한나절 햇볕
무엇을 잊은 듯 서운하야 눈을 감아본다
한 겹 눈꺼풀 속에도 햇볕은 스미어들어
장미빛 바늘같이 눈 속을 폭폭 찔러
나는 그만 슬픈 귀또리 새끼처럼 그늘로 숨고 싶었다.

—「햇볕」 전문

「햇볕」이란 이 작품은 5행으로 짜여져 있다. "미닫이창에 가득히 밀려든 한나절 햇볕"이 시각적 심상이라면 "장미빛 바늘같이 눈 속을 폭폭 찔러"는 촉각적 심상이다. "그늘로 숨고 싶"은 심정이 "슬픈 귀또리 새끼"에 직유된 것도 적절하다. 그리하여 이 시를 읽으면 한 폭의 정물화를 보는 것 같은 심경에 미소를 머금게 한다.

훨씬 높은 새로 개어난 먼 동쪽 하늘은 푸른 바다
가벼운 점운(點雲)—흰 돛이 하늘에 달렸다
마침 석양이 먼 숲에 떨어져
가까이 곱게 나부껴 빛나는 것도 있고
아득히 수평선 너머로 너머로 사라지는 것도 있다.

—「소경(小景)」 전문

5연 비연시로 구성된 이 시는 제목 그대로 '소경(小景)' 이다. '동쪽 하늘' 이 '푸른 바다' 에 은유되고 '점운(點雲)' 이 '흰 돛' 과 동격으로 처리되고 있다. 1연과 2연에서 푸른 하늘에 뜬 흰 구름이 푸른 바다의 흰 돛처럼 선명한 시각적 심상이 떠 오른 것이요, "석양이 먼 숲에 떨어져"와 같은 활유에서도 시각적 심상이 살아 있음을 보게 된다.

고요한 이웃집의
하얗게 빛나는 빈 뜰 우에
작은 벚나무 그늘 아래
외론 암탉 한 마리 백야(白晝)와 함께 조을고 있는 것
판자 너머로 가만히 엿보인다.

*

빨간 촉규화(蜀葵花) 한낮에 지친 울타리에
빨래 두세 조각 시름없이 널어두고 시름없이 서 있다가
그저 호젓이
도로 들어가는 젊은 시악시 있다.

*

깊은 숲 속에서 나오니
유월 햇빛이 밝다

열무우 꽃밭 한귀에 눈부시며 섰다가
열무우꽃과 함께 흔들리우다.

—「유월」 전문

「유월」은 3연으로 구성돼 있다. 1연은 "작은 벚나무 그늘 아래/외론 암탉 한 마리"가, 2연은 "빨래 두세 조각 시름없이 널어두고" 섰다가 들어가는 젊은 시악시가, 3연은 "열무우꽃과 함께" 흔들리우는 '퍼서나'가 그려져 있다. 1, 2연에서의 객체뿐만 아니라 3연에서는 '퍼서나' 자신마저 피사체로 돼 있다. 김동리가 "그의 시의 발상이 대부분 자연경관에서 출발한다는 것은 그만큼 그의 의식이나 일반직관(一般直觀)이 자연에 근거하고 있음을 말하는 데 지나지 않는 것"이라 하고 "이렇게 발상이 자연경관에서 나올 뿐 아니라 그것이 어떤 도리나 이념으로 발전하기보다는 경관 그 자체를 통하여 어떤 정서, 상념, 미감으로 발전하고 마무리지어지는 것"으로 본 것도 이러한 사실을 두고 한 말일 것이라 생각된다.

「햇볕」「소경(小景)」「유월」 등의 작품에서 보듯 그는 감정을 최대한 배제하는 모더니스트의 수법을 연상하리만큼 서정을 절제하면서 심상 미학을 전개하고 있음을 보아왔다.

심상 미학이 전개되고 있는 작품은 이들 외에도 「할미꽃」「산방(山房)」「고요한 때」「바람과 여자」「태양」「열무우꽃」 등 많다.

4. 끝맺음

위에서 필자는 김달진 시 전집 『올빼미의 노래』에 수록된 작품을 대상으로 분석적 방법과 전기적 방법을 병용해서 김달진 선생의 작품세계를 살펴보았다.

지금까지 논의한 결과를 요약하면 다음과 같다.

1) 내용상의 제경향

(1) 김달진 시의 정서적 배경은 「고독한 동무」「고독」「회한(悔恨)」「오열(嗚咽)」「화로 앞에」 등에서처럼 고독이 주조를 이루면서 「저녁 햇살」「바다」 등에서처럼 그것이 슬픔이나 괴로움의 정서로 발전되기도 한다.

(2) 「웅천(態川)곡」「열무우꽃」「고향시초(故鄕詩抄)」 등에서와 같이 고향에 대한 향수를 읊기도 한다. 현실이 고독하고 슬픔이나 괴로움일 때 어린 시절의 고향 풍경을 노래하게 되는 것은 자연스런 정서적 반응이라 하겠다.

(3) 「동해」「속삭임」「사랑」 등 많은 작품에서 보듯 님에 대한 사랑을 읊고 있는데 애정의 교환(交歡)이 아니라 님에의 그리움이요, 연모라는 성향을 보여준다. 고독하고 슬프거나 괴로운 현실에서 사랑을 그리고 연모하는 정서적 반응 또한 자연스러운 것이라 생각된다.

(4) 「바람」「벌레」「병(病)」「고사(古寺)」 등에서처럼 인생의 덧없음을 읊은 작품들이 눈에 뜨인다. 이러한 정서는 '제행무상(諸行無常)'이란 불교적 인생관과 맥이 닿은 것이라 하겠으나 월하 선생은 그러한 빛과 내음을 최대한 억제함으로써 순수시의 영역을 지킨 시인이라 하겠다.

2) 표현상의 제경향

(1) 「샘물」「첫겨울의 낮잠」 등의 작품에서 보듯 미시적 안목

으로 사물을 그리되 시어를 절제함으로써 짧은 시형 속에서 시적인 긴장과 탄력을 얻고 있다.

(2) 「햇볕」「소경(小景)」「유월」 등의 작품에서 보듯 그는 모더니스트들의 수법을 연상하리만큼 감정을 절제하면서 심상 미학을 전개하고 있음을 보게 된다.

마지막으로 덧붙이고 싶은 말은 그는 순수 서정시인이되 30년대 모더니즘의 영향을 받음으로써 심상 미학 속에 서정을 곁들이는 훌륭한 시업을 이룰 수 있었다 하겠다.

지금까지 문학사를 쓴 이들은 그를 소외시켰지만, 앞으로 한결 격상시킨 자리에 그를 앉혀도 좋으리라 생각하면서 이 글을 마무리하고자 한다.

시와 종교의 길목
—월하 김달진의 경우

김윤식(문학평론가, 서울대 교수)

1. 중학 1년생의 기억 속의 「탑송(塔頌)」

『김달진 시 전집』(문학동네, 1997)을 들추다가 한 작품 앞에 '헉!' 하고 멈추었습니다. 「탑송(塔頌)」이 그것.

오중탑(五重塔) 아니오라
구층당(九層堂) 아니오라
끝없는 저 하늘 우러러
머리 치켜드는 너 탑아

하도 높은 탑이오매 굳건히

대지를 밟아야 하나니
깊은 고민과 매운 눈물로 짙은 땀 속에
또 커다란 환희 속에 자라난
천만고(千萬古) 바람비에도 움직 않을 너 탑아

쫓고 갈고 다듬고
한 층 두 층 세 층 네 층
저 창공의 별을 응시하며 올라가는—
너 날카로운 슬기 아니뇨

탑아 탑아
내 일찍 들었나니 '공든 탑은
무너지지 않는다.'

너무도 낯익었던 것이지요. 앞부분은, 제가 일찍이 외고 있었던 것 아니겠습니까. 일찍이라니. 제 중학 1학년 시절(1949)로 돌아갑니다. 단감 산지로 조금 알려진 김해군 진영읍(김원일의 소설 『노을』의 무대)에서도 십 리나 떨어진 벽촌에서 저는 마산상업학교로 기차통학을 하고 있었지요. 마산에는 당시 인문계로는 마산중학이 있었고, 마산상업학교는 이름 그대로 직업학교이나 쌍벽을 이루고 있었지요. 제가 다닌 마산상업학교는 합포만을 발 아래 둔 용마산 자락에 있었습니다. 교지 이름이 『용마(龍馬)』였던 것은 이로 말미암았던 것. 그 근처 진해중학의 교지가 『탑』이었으니, 이 시는 그 권두시로 실렸던 것일까. 좌우간 교지와 관련된 시임엔 틀림없지요. 학생들을 격려하기 위한 일종의 교육적인 시라고나 할까요.

그저 탑처럼 밋밋한 훈계조의 이 작품을 제가 지금껏 기억하고 있음은 웬 까닭일까. 진해중학에는 시인이 선생님으로 계신데, 제가 다니는 학교엔 시인 선생님이 계시지 않았기 때문이었을까. 어린 마음에도 시인이란 한 급수 위의 존재라고 믿었던 까닭이었을까. 진해중학 친구들의 자랑 때문이었을까. "오중탑 아니오라……"라는 말의 본새의 기이함 때문이었을까.

2. 정치와 문학 사이와 교육과 문학 사이

1907년생인 월하(月下) 김달진(金達鎭, 1907~1989)이 문단에 나온 것은, 「잡영수곡」(『문예공론』 3호, 1929, 양주동 선)이며, 시단의 활동이 좀더 뚜렷해진 것은 『시원』(1934)과 『시인부락』(1936)의 동인으로 참가한 뒤라 할 것입니다. 유점사에서 득도(1934)한 뒤에도 그 전에도 시에 대한 생각은 떨어뜨리지 못했을 뿐만 아니라 학문에 대한 관심도 버리지 못했음이 연보에서 잘 드러납니다. 중앙불교전문학교(1936~1939)를 마친 사실이 이를 새삼 말해주는 것.

김달진이 시와 학문(불교)의 한 단계를 마무리한 것은 시집 『청시(靑柹)』(1940)에서가 아닌가 합니다. 이른바 암흑기를 눈앞에 둔 시점. 김달진이 문단에 다시 등장하는 것은 광복과 더불어 입니다. 동아일보 기자가 된 김달진이 문단에 제법 큰 얼굴을 내민 것은 청년문학가협회 부회장(1946. 4. 4)으로 피선된 이후이지요.

김구 주석이 참석한 이 협회의 창립모임(YMCA, 1946. 4. 4. 하오 1시)의 사전 명예회장엔 최명익, 부회장에 유치환, 김달진으로 되어 있습니다.(대동신문, 1946. 4. 5) 최명익을 명예회장으로 추대한 것은 아마도 순문학 지향성을 겨냥한 김동리의 의견에서 말미암은 것이 아니었을까요. 임시정부 노선을 지향하는 전조선문필가협회(YMCA, 1946. 3. 13)가 이른바 조선공산당계인 임화 중심의 조선문학가동맹(1945. 12. 13, 전국대회는 1946. 2. 8~9)에 맞서 결성되었지요. 450명에 이르는 이 단체의 첫번째에 오른 이름이 김동리의 만형 범보 김정설이었음에 주목할 것입니다. 평양에 머물고 있는 최명익을 명예회장으로 내세운 것은 이로 보면 시행착오였지 않았을까. 곧바로 수정작업이 이루어졌던 것. 명예회장에 박종화, 회장 김동리, 부회장 유치환, 김달진으로 확정됩니다.

청년문학가협회는 전조선문필가협회의 문학부분의 외곽단체였지요. 그들이 한 문학적 행위는 어떤 형태였을까. 1946년도에 그들은 8회의 문학강연, 발표회 및 합평회를 했습니다.(상세한 것은 졸저 『해방공간 문단의 내면풍경』, 민음사, 1996) 제1회(4. 6)에는 김동리의 '민족문학의 정의에 대하여'와 조지훈의 '민족시의 기술 문제'의 강연이었지요. 김달진이 참가한 것은 제3회(6. 19)의 좌담회에서입니다. '순수문학과 경향문학에 대하여'라는 제목의 이 좌담회 참가자는 김달진을 비롯, 박목월, 박두진, 김동리, 최태응, 조지훈 등 35명으로 되어 있습니다.

이 청년문학가협회의 제2회 전국대회(1947. 11. 5)는 서정주의 사회로 진행되었지요. 그 결과 명예회장엔 여전히 박종화였으나, 회장엔 유치환이 뽑혀져 있습니다. 부회장에 서정주, 김달진입니다. 시분과 위원장에 박두진, 소설의 그것엔 최태응, 수필의 그것엔 김광주, 평론의 그것엔 곽종원이 뽑혀져 있습니다.(부인신문,

1947. 11. 7) 이로 보면 김달진은 부회장으로 시종했음이 드러나지요. 부회장이란 무엇일까. 회장되기에는 적극성이 모자라고 평회원에 멈추기엔 뭔가 넘치는 그런 자리가 아니었을까.

청년문학가협회의 초기 이데올로기는 임시정부 노선이었지요. 이 이데올로기에 못지않게 김달진의 마음을 편하게 한 것은, 모르긴 해도 이 협회의 두 기둥이라 할 김동리, 서정주가 일찍이 『시인부락』 동인이었다는 사실, 또 나아가 중앙불교전문학교(서정주) 및 불교적 동양적 세계관(김동리)에 알게 모르게 서로 연결되어 있다는 사실에 있지 않았을까. 그러나 이러한 마음 편한 자리도 계속 김달진이 머물 처지가 아니었는데, 아마도 개인 사정이 작용했거나 혹은 정치 이데올로기 자체에 별 흥미가 없었거나 또는 무슨 사정이 있었다고 볼 수도 있겠지요. 그 중에서도 정치적 이데올로기에 대한 무관심이랄까 적극성 결여가 제일 큰 원인으로 보이는데, 서울 생활을 청산한 것이 1946년임을 보아도 짐작되는 것입니다. 대구로 내려가 교편을 잡았으며 『죽순(竹筍)』(1947) 동인에 참가한 사실로 미루어보면 그의 이데올로기와의 무연성이 더욱 두드러지게 느껴집니다.

김달진이 진해중학으로 옮긴 것은 1949년. 그러니까 제가 중학에 입학한 바로 그 해입니다. 교사직과 시인으로 머물기, 이 점에서 김달진은 서정주, 김동리, 김광주, 조지훈 등 청년문학가협회의 중심인물들과 구별된다고 할 것입니다. 청년문학가협회의 중심인물들이 이데올로기와 문학 사이에 몸과 마음을 두고 문학행위를 감행한 부류로 볼 수 있다면, 이 무렵의 김달진은 교육과 문학 사이에 몸과 마음을 두고 문학행위를 한 것으로 보면 어떠할까. 양자 모두 문학행위를 했음엔 틀림없지만 그 문학 옆에 무엇을 두었는가라는 사실로 말미암아 그들의 세계가 크게 달라질 수 있을 터입니다.

김달진이 청년문학가협회의 중심인물들과 한번 더 멀어지는 장면은 언제였을까. 제 관심이 놓인 곳은 실상 여기입니다.

연보에 따른다면, 그가 창원군 남면중학 교장에 이른 것은 1957년이며, 이것이 아마도 교육행위의 마지막이거나 적어도 교육에서 멀어진 것은 이를 고비로 해서였던 것입니다. 동양불교문화원장(1962)이 되고 또 동국역경원(1964)의 심사위원이 되어 역경사업으로 나아가 남은 생애 전부를 불경 및 동양고전 번역 속에 용해시킨 사실로 미루어보면, 이 단계는 '불교(동양고전)와 문학' 속에 몸과 마음을 두고 문학행위를 해온 것이라 할 것입니다.

이제 다음 한 가지가 제겐 분명해지는군요. 곧 김달진이 정치 이데올로기를 밀어내고, 그 자리에 교육을 올려놓았던 시기에 제가 「탑송(塔頌)」을 만났다는 사실이 그것. 그 교육이 놓인 자리에서 교육을 밀어내고 종교를 대치시켜 문학행위를 감행한 단계에 『올빼미의 노래』(1983)가 놓였다는 사실이 그것.

그렇다면 첫 시집 『청시(靑柹)』는 무슨 단계로 규정하면 적당할까요. 정치 이데올로기도, 교육도, 종교도 채 둥우리를 틀지 않은 단계의 문학행위로 보면 어떠할까요. 제가 시집 『청시(靑柹)』를 좋아하는 것은 이 특이한 '자리'의 설정 때문입니다.

3. 눈(雪)에 스민 피의 행방

시집 『청시(靑柹)』의 첫머리에 시 「비시(扉詩)」가 놓여 있습니다.

유월의 꿈이 빛나는 작은 뜰을
이제 미풍이 지나간 뒤
감나무 가지가 흔들리우고
살찐 암록색(暗綠色) 잎새 속으로
보이는 열매는 아직 푸르다.

감나무를 아시는지요. 시골 고향에 집집마다 한두 그루 있는 유실수 아닙니까. 고향과 더불어 있는 제일 친절한 나무. 감나무만큼 늦게 잎이 돋는 것도 많지 않습니다. 대추나무와 석류나무를 빼놓고는 없지요. 대추나무, 석류나무와 동급으로 놓인 것이 감나무였던 것. 감나무는 5월에 감꽃이 피고, 6월에 감이 열립니다. 이 감나무의 극치는 단연 홍시(紅柹)입니다. 이렇게 보면 감꽃의 단계, 단단하고 푸른 청시(靑柹)의 단계, 그리고 흠씬 익어 말랑말랑해진 홍시(紅柹)의 단계로 볼 수 있지 않겠습니까. 꽃도 홍시도 아닌 그 중간의 푸르고 단단한 청시에서 김달진이 자기의 출발점을 삼았음이 판명됩니다. 청년다움에 걸맞는 출발점이지요. 그것은 한여름의 꿈이고, 단단한 꿈이고, 어떤 감정의 흔적도 감히 끼어들지 않은 푸르름입니다. 꽃이 지닌 붉은 색깔 계통이 감히 스며들지 않았음은 물론 자주색 계통의 색깔도, 흐리멍덩한 안개빛도, 죽음의 하늘가의 잿빛도 미처 스며들지 않은 청시의 색깔이란 과연 무엇일까. 순수한 색깔이라 할 수 없을까. 생명의 원색이 있다면 이 청시의 색깔이고, 청시의 감촉이고, 청시의 질량감이 아니었겠는가.

이 청시스런 청청한 세계란 단연 청년의 세계가 아닐 수 없습니다. 시집 『청시(靑柿)』에서 제일 빛나는 바둑판으로 제가 다음 작품을 드는 것은 순전히 이 때문입니다.

하이얗게 쌓인 눈 우에
빨간 피 한 방울 떨어뜨려보고 싶다
—속속드리 스미어드는 마음이 보고 싶다.

—「눈」 전문

순백의 눈 위에 누구의 피를 떨어뜨리는가. 피란 무엇인가. 두 가지 물음에는 자명한 해답이 주어지겠지요. '청시의 피'가 아니었겠는가. '새빨간' 것이 피의 속성이 아니었겠는가. 청시의 색깔이란, 그러니까 '핏빛'이었음이 분명하지 않겠는가. 그 피 한 방울을 눈 속에 떨어뜨려보고 싶은 것은 무슨 까닭일까. 눈 속으로 속속들이 스미어드는 '마음'이 보고 싶기 때문입니다. '마음'이 바로 화두입니다. '마음'을 보고자 함, '마음'의 끝을 따라감, 마음이 주인이고, 그것을 따라가는 시인('나')이란 한갓 제3자에 지나지 않는 것.

4. 눈(雪)에서 눈(眼)에 이르기까지

김달진의 평생에 걸친 시작행위란 이 '마음'의 끝을 따르기에 다름아닌 것. 그가 한동안 정치 이데올로기와 문학 사이에서, 다음엔 교육과 문학 사이에, 그 다음엔 종교와 문학 사이에로 오고 가며 시작행위를 감행해온 것도, 오직 이 '마음'을 찾아보기 위함이었던 것.

그가 마음의 끝을 찾아 헤매다 장님이 될 뻔한 적도 있었을 터이며 만주벌판에 우뚝 서본 적도 있었을 터.

미닫이창에 가득 밀려든 한나절 햇별
무엇을 잊은 듯 서운하야 눈을 감아본다
한 겹 눈꺼풀 속에도 햇볕은 스미어들어
장미빛 바늘같이 눈 속을 폭폭 찔러
나는 그만 슬픈 귀또리 새끼처럼 그늘로 숨고 싶었다.

—「햇볕」 전문

마음 끝 찾기의 모험이 어찌 이뿐이랴.

길ㅅ가 옅은 웅둥이에
잠간 물을 흐리던 개구리 두어 마리
사람이 지나간 뒤
다시 고요해진다.

—「고소(古沼)」 전문

마음의 끝은 이처럼 보일 듯하다가도 아득해지는 것. 「햇볕」이 눈 속에 스며드는 피 한 방울의 색깔이었다면, 이번에 그것을 소리로 듣고 싶었던 것. 마음의 끝을 보고 싶고 듣고 싶었지만, 끝내 시는 '보는' 세계였던 것. 다음 작품에서 이 경지가 뚜렷해집니다.

길은 숲이오라.

샘물이 흐르오라.
잔디밭에 사슴이 졸고
실안개 흐르오라.

어느 성좌에서 떨어졌나?
어떤 신화의 속삭임인고?
입술에 따가운 참한 유리 술잔,
파릅한 은행 열매가 스스로 풍치(風致)롭네.

가을 포도알처럼
사랑은 터질 듯 익어가고,
오월 석양의 화원에 든 양,
내 인생을 아득였노라.

포실눈 나리는 어둔 밤길을,
발끝마다 흔들리는 하나 등불—
내 너를 떠나, 또 하나 너를 따라
혼자 자랑스리 돌아오노니.

—「눈(眼)」 전문

『올빼미의 노래』 속에 수록된 이 시는 '마음' 보기를 화두로 삼아 출발한 『청시(靑枾)』의 시인이 그 '마음'의 끝자락을 얼핏 본 순간이랄까. 그런 경지에 가까이 간 상태를 보여주는 것이 아닐까.

깊은 숲, 은행 열매처럼 포도알처럼, 사랑이 터질 듯 무르익은 그런 인생의 경지에 이르렀다고 시인은 말합니다. '내 인생 아득하였노라' 라고 한 것은 마음 끝 찾는 헤맴이 이제 종점에 이르렀음을 가리킴인 것.

포실눈이 내리는 한밤중에 그 평생 찾던 화두 '마음의 끝' 은 어디 있었던가. 발끝마다 흔들리는 "하나 등불"이란 시작행위의 마지막 치열성이었을 터. 그 순간, 시인은 언뜻 스쳐가는 그 마음의 끝을 보았던 것. '마음의 끝 찾기' 조차 포기하려 할 때 비로소 그 마음의 끝이 보이지 않겠는가.

마음의 끝 찾기란, 이처럼 역설적이었던 것. 마음의 끝 찾기란 이처럼 '보는 눈〔眼〕' 의 과제였던 것.

이 마음의 끝이란, '나' 가 보고자 찾아 헤매면, 그럴수록 '나' 만이 보는 것이 아니라 '마음 끝' 쪽에서 '나' 쪽을 바라보는 실로 기묘한 장면에 부딪쳤던 것. 시인 김달진이 이 경지에 이른 것은 나이 만 73세인 1979년 봄이었습니다. 「눈〔雪〕」에서 「눈〔眼〕」을 거치기까지 무려 만 50년의 세월이 걸렸던 것.

내 혼을 빨아들일 듯
응시하는 고운 눈길이여

꽃잎에 스미는 봄바람
애끈한 분홍빛 그 미소여

새하얀 부드러운 살갗의
뜨겁고 향기로운 닿음이여

어둠 속에 혼자 타는 촛불 앞에
애끓게 달아오르는 속삭임이여.

—「속삭임」 전문, 『죽순(竹筍)』, 1979년 봄, 복간호

눈에 스미는 피 한 방울의 내력이 여기서 그 종점을 고합니다. 새빨간 핏방울 한 점이 이제 "분홍빛"으로, "향기로운 감촉"으로, "속삭임"으로 변했던 것. 동사 '스미다'가 모든 것을 지배하고 있었던 것.

눈에 스미는 '마음의 끝'을 보고자 평생을 헤매다가 마침내 찾아낸 것은, 그러한 '나'를 누군가가 바라보고 있는 눈(시선)의 발견에 이르렀던 것. 마음의 끝을 찾아 헤매는 '나'를 처음부터 그 누군가가 지켜보고 있었던 것. 그 사실을 '나'가 이제야 깨쳤다는 것. 누군가가 '나'를 줄곧 지켜보고 있었으며 '나'는 비로소 그 시선(눈)에 마주쳤다는 것.

그 시선(눈)이란, 바로 '나'가 그토록 찾던 '마음' 바로 그것이었던 것.

그런데 그 '마음'은 '나'를 분홍빛 '미소'로 애끓게 바라보고 있지 않겠는가. 뜨겁고 향기로운 닿음으로서의 시선이며, 애끓게 달아오르는 곱고 뜨거운 속삭임이기도 하다는 것. 참으로 자비로운 시선이었던 것.

5. '나'를 바라보는 '어떤 큰 눈'

평생 찾아 헤매던 그 '마음의 끝'이 '나'를 시종 바라보고 있었고 그것을 '나'가 한순간 깨쳤을 순간, '나'는 과연 구원당하는

것일까.

이제 이 절체절명이랄까 백척간두에 선 형국입니다. 왜냐면 더 찾아나설 곳이 없어졌으니까. 더이상 시작행위란 불가능해지는 것이니까. 자비로운 시선, 향기로운 속삭임 앞에 무슨 행위가 더 가능할까보냐. 시작행위를 포기하고 자비의 눈 속에 포근히 안기면 그게 바로 열반이니까.

김달진은 이 장면에서 어떻게 되었을까. 그는 자비로운 시선, 뜨거운 속삭임 속에다 몸과 마음, 혼령까지도 송두리째 맡겨버렸던가. 아니면 아직 그 시선에 일정한 거리를 두고 있었던가. 자비로운 그 '시선(눈)'에 대한 공포감은 과연 없었을까.

고인 물 밑
해금 속에
꼬물거리는 빨간
실낱 같은 벌레를 들여다보며
머리 위
등뒤의
나를 바라보는 어떤 큰 눈을 생각하다가
나는 그만
그 실날 같은 빨간 벌레가 되다.

—「벌레」 전문, 『죽순』, 1979년 봄, 복간호

'나'가 물 속의 실지렁이떼를 바라보고 있노라니, 그런 '나'를 바라보고 있는 "어떤 큰 눈"을 의식했다는 것. 이 "어떤 큰 눈" 때문에 '나'는 한낱 실지렁이가 되지 않을 수 없는 것. "어떤 큰 눈"의 의식이란, 실상 '나'를 공포의 도가니로 몰고간 것이 아니었겠는가. 그 "어떤 큰 눈"이 하도 두렵고 강렬하여 '나'와 실지렁이를 동류로 만들기에 모자람이 없었던 것.

대체 이 경지란 무엇일까. '자기가 하는 행위를 의식하는 의식'과 '이 의식을 의식하는 또다른 의식'을 동시에 갖는 것을 헤겔은 '자기의식'이라 규정한 바 있습니다. 이를 분별심이라 부르겠지요. 이와 「벌레」의 세계는 비슷하면서도 그 실은 판연히 다릅니다. 화엄경의 세계이니까 그럴 수밖에요. "어떤 큰 눈"의 시선 앞에서 실지렁이나 인간 김달진은 동류이자 등가이니까 그럴 수밖에요. 실지렁이와 인간이 함께 중생이기에 그들은 동일한 우주법칙(생명규칙)에 지배받을 수밖에요. 이 법칙을 이름하여 법(法)이라 불렀던 것.

6. 시와 종교의 길목—만해 · 미당 · 월하

그렇다면 이런 경지란 무엇일까. 문학(시작행위)의 범주를 넘어선 곳인가 아니면 문학이 도달하고자 노력하는 구경적 장면일까. 문득 이 장면에서 다음 경우를 떠올림은 웬 까닭일까요. 『님의 침묵』(1926)이 모두 93편 아닙니까. 이 시집 자체가 한 편의 작품임은 모두가 아는 일. 그렇다면 그 구성원리는 어떠했던가. 3부로 나눌 수 있습니다. 제1부는 님에 대한 이러저런 그리움의 하소연의 묶음. 제2부는 님으로부터 응답이 온 대목으로 구성됩니다. 「당신의 편지」가 그것이지요. 이 시집의 분수령이기도 하고요. 이제야 하소연(그리움)에 대한 응답이 님으로부터 온 것입니다. 그런데 참으로 불행히도 님은 지금 '남의 군함'에서 편지를 띄우고 있지 않겠는가.

> 만일 님이 쓰신 편지이면 남의 군함에 있는 것이 사실이라 할지라도 편지에는 군함에서 떠났다고 하였을 터인데
>
> —「당신의 편지」 중에서

제3부는 님을 구출하는 일로 구성됩니다. '남의 군함'에서 님을 해방시키지 않고는 결코 그 님을 만날 수 없으니까요. 어떻게 구출하는가. 방법은 단 하나뿐. '죽음'이 그 해답입니다.

> 죽음은 허무와 만능이 하나입니다.
> 죽음의 사랑은 무한인 동시에 무궁입니다.
> 죽음의 앞에는 군함과 포대가 티끌이 됩니다.
>
> —「오서요」 중에서

죽음만이 님을 구출할 수 있음, 죽음만이 님을 만날 수 있음이란 무엇이겠습니까. 바로 여기에서 시(문학)와 종교의 갈림길이 있지 않았을까. 「님의 침묵」이 시문학에서 종교 쪽으로 향하고 있다 함은 이런 문맥에서입니다.

김달진이 이른 "어떤 큰 눈"도 이와 유사한 경지가 아니었을까. 역경에 종사하며 행한 만년의 수많은 문자행위도 "어떤 큰 눈" 속의 행위가 아니었을까.

일찍이 『시인부락』의 중심인물인 서정주는 이마 위에 얹힌 시의 이슬에 '몇 방울의 피'가 섞여 있다(「자화상」)고 선언했고, 그 피의 행방을 찾아 평생을 헤맨 바 있습니다. 그 몇 방울의 피가

마침내, 분해되어 하나는 수증기(구름)로 우주 속을 떠돌았고 또 하나는 루비가 되어 보석으로 굳어갔던 것. 루비에게 돌려주고 구름에게 돌려주고 난 '피'의 행방은 어떻게 되었던가. '혼'이 남을 수밖에요. 피 속엔 혼이 스며 있었으니까. 수증기와 루비를 결합시킨 것이 혼이었으니까. '혼'만이 남은 서정주의 시란 과연 무엇일까.

이 물음에 대해 제가 또는 한국문학이 그럴싸한 해답을 내놓기 어려울지 모릅니다. 그렇지만 이렇게 말해볼 수는 있지 않겠습니까. 만해도 미당 서정주도 비슷하다라고. 그리고 월하 김달진의 경우도 그러하다고.

현대시와 노장사상
—김달진의 시를 중심으로

윤재근(문학평론가, 한양대 교수)

사람의 마음속을 호주머니로 친다면 사람의 생각은 그 호주머니 속으로 무엇을 넣기도 하고 그 속으로부터 무엇을 빼내기도 하는 손과 같다. 우리는 그 무엇을 앎(知)이라고 한다. 그래서 무릇 사상이란 두 갈래 생각의 손버릇을 갖게 된다. 그러므로 앎을 호주머니 속에 넣는 사상이 있고 호주머니 속에서 빼내는 사상이 있게 된다. 유가사상은 앎을 넣는 쪽이고 도가사상은 앎을 빼내는 쪽으로 보아도 된다. 유가는 앎을 닦고 쌓으라 하며 학(學)을 앞세우고 도가는 앎을 찍어내 버리라고 허(虛)를 앞세운다. 시인 김달진의 시세계는 뒤쪽의 길을 밟는다.

여기 한 자연아(自然兒)가

그대로 와서
그대로 살다가
자연으로 돌아갔다.

풀은 푸르라
해는 빛나라
자연 그대로.

이승의 나뭇가지에서 우는 새여.
빛나는 바람을 노래하라.

—「비명(碑銘)」 전문

인간이 따로 없다. 있는 것이면 다 같이 있는 것이고 없는 것이면 다 같이 없는 것이다. 그러나 무엇이든 있는 것이면 없는 것으로 돌아가고 없는 것은 있는 것으로 돌아간다. 이렇게 서로 돌아갈 뿐 따로따로 있고 없음이 나누어지지 않는다. 왜 이승의 나뭇가지에서 우는 새는 빛나는 바람을 노래하는가? 새는 바람으로 돌아가고 바람은 새로 돌아오는 까닭이다. 사람이라고 다를 것이 없다. 사람도 바람이고 새도 바람이다. 새도 한 세상 바람을 일게 하다 사라지고 사람도 한 세상 바람을 일게 하다 사라진다. 노자는 이를 자연이라 했고 여래(如來)는 이를 공색(空色)이라 했다. 노자는 자연을 풀어 유무(有無)라 했고 여래는 공색을 풀어 생멸(生滅)이라 했다. 그리고 노자는 유무의 관계를 반자(反者)라 했고 여래는 생멸의 관계를 인연(因錄)이라 했다.

위의 시 「비명(碑銘)」에는 여래와 노자를 겹으로 만나게 하면서 우리의 생각을 뒤집게 한다. 어떻게 뒤집는가? "풀은 푸르라/해는 빛나라/자연 그대로" 이렇게 하라고 우리의 마음을 뒤집는다. 마음이란 호주머니를 왜 뒤집어야 하는가? 마음속의 것을 털털 털어서 텅 비게 하려고 그렇게 한다. 마음의 호주머니를 뒤집어놓게 되면 감성도 사유도 한낱 먼지처럼 떨어져나간다. 그리고 빛나는 바람이 노래하는 소리를 듣는다. 그 소리는 어떤 것일까? 노자의 말을 빌리면 허(虛)라 해도 되고 여래의 말을 빌린다면 선(禪)이라 해도 된다.

왜 김달진의 시를 읽게 되면 노장이나 여래의 눈과 귀로 보게 되고 듣게 되는가? 그는 시로써 우리의 마음속을 채워주려는 쪽보다 비워주려는 쪽을 택하기 때문이다. 이처럼 김달진의 시는 노자와 여래가 터놓은 생각의 버릇을 닮은 데가 많다. 노자가 생각하는 손버릇과 여래가 생각하는 손버릇이 다같이 마음이란 호주머니 속으로부터 비워내는 쪽을 택한 까닭이다. 시인 김달진도 그러한 생각의 손버릇으로 시라는 세계를 만나게 한다. 이러한 만남은 서구적인 현대시와의 만남과는 아주 다른 맛을 보게 한다. 나뭇가지에서 우는 새를 만나는 것은 사물의 만남을 아주 다르게 한다. 사람의 냄새를 따로 떼어 강조할 것이 없다는 발상을 틔워주는 까닭이다. 알고 보면 인간의 지성은 사람을 좁히고 초점에 맞추어 옹색하게 한다. 천하는 한낱 손가락 끝이요 만물은 달리는 한 필의 말에 불과하다(天下一指 萬物一馬)는 장자의 직시를 김달진의 시는 택하라 한다. 이처럼 노장사상은 개별성의 시비를 일거에 무너지게 한다. 무너진 다음의 모습은 분명 맑게 텅 빈 마음의 자유일 것이다. 걸림 없는 의식의 흐름을 장자는 자유(自遊)라고 했다.

첨예한 의식이 마음을 구속한다는 것을 서구의 현대주의(Modernism)는 몰랐었다. 현대주의가 구축했던 휴머니즘의 자유란 것이 결과적으로 인간을 옹색하게 함을 몰랐던 셈이다. 서구에서 개발된 이원분별(二元分別)의 생각들을 보면 그런 사실을 알 수 있는 일이다. 이원대립(二元對立)의 이념(futurism : nihilism, conservatism : revolutinism, techno-celebration : technocondemnation, capitalism : social comunism)들의 양상들을 현대주의는 쏟아부었고, 현대시 역시 이러한 울타리 안에서 그 존재치(存在値)를 표현하려고 했다. 이러한 현대주의에 폭탄선언을 한 니체는 '영원회귀(the eternal return)'를 외쳤다. 니체의 발상은 서구 사고에 후기현대주의(postmodernism)로 언급되는 갖가지 사고를 틔우는 씨앗 구실을 해주었다. 한 삼백 년 지속해온 현대주의가 변화하고 있다면서 후기현대주의에 속하는 한 목소리는 다음처럼 선언하기도 한다 :

사회가 구조적으로 변하고 있다는 중요한 근거는 지식의 성격 안에서 일어나고 있는 변화이다. 그 변화는 지식을 수치의 성장으로 보려고 하는 것이며 과학의 한 갈래로 보려는 것이다. 처음 인간은 자연의 질서를 정복하려고 했다. 그리고 인간은 이러한 정복을 거의 성공시켰다. 지난 백 년 동안에 걸쳐 인간은 자연의 질서를 버리고 공학의 질서를 택하려고 했다. 그리고 인간은 이러한 일을 잘 해내고 있는 중이다.(The major source of structual change in society…… is the change in the character of knowledge : the exponential growth and branching of science…… At first man sougth to conquer the natural order ; and in this man has almost succeeded. In the last hundred years he has sought to substitute a technical order for the natural order; and in this he is well on his way.)

—「Daniel Bell's The coming of Post-Industrial Society」, 1984, 44~45쪽

니체의 영원회귀는 새로운 발전을 향한 새로운 출발을 암시한다. 그러한 출발의 가치를 사랑하는 방법(how to love)의 창출에 두었던 니체의 전망은 후기현대주의에서 어렵게 되어가고 있다. 자연의 질서를 정복했다는 종점에 이르러 다시 새로운 출발의 시도를 서구 사고들은 모색하고 있는 중이다. 다니엘 벨은 그러한 모색의 양상을 두뇌의 질서(a technical order)로 진단하고 있는 셈이다. 분명 후기산업사회 내지 정보사회는 인공의 첨단화를 지향하리란 예감을 떨쳐낼 수가 없다. 사회구조의 첨단화에는 자연이란 없다고 공언하려고 한다. 모든 것들이 인공에 의해서 가공되고 조작된다고 보면서 첨단과학과 첨단공학의 결집으로 인간의 삶을 새롭게 변화시킬 것으로 진단하려고 한다. 이러한 현상은 분명 노장사상으로 보면 하나의 공포이며 재난이다. 자연의 질서를 정복했다는 진단부터 노장사상은 용인하지 않는다. 인공에 의한 인간화란 결국 비인간화의 길을 밟게 되고 그렇게 되면 인간은 인간 그대로의 모습을 상실한다는 공포를 노장사상은 헤아리게 한다. 노장사상은 인공의 조작을 거부한다.

현대시 역시 후기현대주의 징후를 여러 가지 양상으로 드러내고 있는 중이다. 그 징후들은 시적 대상(poetic imagination)보다 시적 두뇌(poetic idea)를 선호하는 성향을 보이고 있다. 그 결과

현대시들의 후기현대주의적 징후들은 예리한 감성과 지성이 가공한 시상(poetic image)들로 시를 조립하는 것처럼 시를 만들어낸다. 작시의 첨단공학이라고 불러도 될 만큼 한 편의 시를 하나의 반도체 칩처럼 응축하려고 하면서 두뇌의 시를 만들어내려고 한다. 시의 인공화를 거침없이 담는 후기현대주의적 현대시들은 그냥 그대로 시화되지 않는다. 두뇌의 가공조작(the idea-technology)을 거침없이 향하는 현대시는 분명 비자연적이다. 두뇌에 의한 정서의 가공은 감수성을 송곳처럼 첨예화시킨다. 한없이 긴장하게 하는 현대시들은 작시의 공학을 미세하게 응축하면서 시 표현을 조작하려고 한다. 이러한 작시의 가공을 김달진의 시들이 반성하게 한다. 말하자면 시를 두뇌의 산물로 만들어 마음이 자유로우냐고 김달진 시들은 반문한다.

마루 끝에 조우는 고양이 부러워
나도 그 곁에 나가 가만히 앉아본다
새까만 삐로―드 등솔기에 햇볕을 쪼이며
첫겨울의 따뜻한 하루를 한껏 맛보아본다

머리를 드니
먼 하늘 끝은 맑게 트이고
나와 고양이의 주고받는 꿈을 실은 구름이 떠간다.

―「첫겨울의 한낮」 전문

가공된 시상(poetic thought)을 가공한다. 첨단기술의 가공술이 공간적 극초밀도(極超密度)와 시간적 극초속도(極超速度)를 추구하는 것처럼 현대시의 작시 경향도 언어의 이미지들을 그렇게 가공하여 시 속에 회로화하려고 한다. 그러한 결과 시상(詩想)이 인위적으로 조립되어 시세계를 이룬다. 그러한 시세계는 인간을 자유 차원에 머물게 하지 못한다. 미시적인 시비와 분별로 인간의 내면을 긴장시키고 압축시키면서 개별화시키는 까닭이다. 노장사상은 분별과 시비를 인간이 범하는 최대의 오류라고 지적한다.

「첫겨울의 한낮」은 후기산업사회의 문턱에 서 있는 우리들이 그러한 오류를 얼마나 많이 범하고 있는가를 짚어보게 한다. 「첫겨울의 한낮」은 고밀도의 집적회로 같은 두뇌작용(idea-action)을 분해해버린다. 이러한 분해는 분명 노장적이고 불교적이다. 「첫겨울의 한낮」은 분별과 차별 그리고 시비 들을 파괴하는 까닭이다. 그리고 아주 새로운 마음을 열어준다 : 나는 고양이요 고양이는 나라는 것. 이러한 마음의 열림은 분명 노자의 득일(得一)이며 장자의 제물(齊物)로 통하고 여래의 무심(無心)으로 이어진다. "나와 고양이의 주고받는 꿈"은 폐쇄회로의 두뇌를 분해해버린다. 폐쇄된 용심(用心)의 틀을 헤쳐버리는 것을 노자는 공(公)이라 한다.

> 내 마음속(容)을 모두의 것(公)이 되게 하고 그 모두의 것은 서로 통하며 오고 간다.(容乃公 公乃王)
>
> —『도덕경』 16장

「첫겨울의 한낮」이 열어주는 '꿈'은 나의 꿈(容)도 아니고 고양이의 꿈(容)도 아니다. 나와 고양이가 서로 주고받는 꿈(公)이다. 그러한 꿈은 분별 차별 시비의 담을 허물어버린 상통(相通)의 꿈이다. 그러한 꿈은 폐쇄회로를 취하지 않고 파괴해버린다. 서로

물림없이 통하게 하는 공(公)을 노자는 왕(王)이라 했고 그 왕은 오고 가는 주(往)나 같은 것이다. 이러한 노자의 공은 불교적 선(禪)과 서로 통한다. 선(禪)이란 어떤 것일까? 그것은 마음속을 모든 사물이 걸림없이 서로 오고 가게 하는 자유통로 같은 것이다. 선(禪)이 여는 길은 무심(無心)의 길이고 공(公)이 여는 길은 득일(得一)의 길이다. 무심의 길이든 득일의 길이든 차별과 분별 그리고 시비의 틀에서 풀려 나와야 밟을 수가 있다. 그러나 사람은 한사코 그러한 길을 막고 시비의 극초논리(極超論理)에 걸린 폐쇄회로를 택해 걸어간다고 장자가 질타하기도 했다. 하늘은 구멍을 뚫는데 인간은 구멍을 막는다(天之穿 人之塞)고 장자는 비유했다. 「첫겨울의 한낮」의 '꿈'은 폐쇄회로의 고립을 헐어버린다. 시인 김달진은 그러한 폐쇄회로의 파괴 내지 분해를 다음과 같이 보여주기도 한다:

고인 물 밑
해금 속에
꼬물거리는 빨간
실낱 같은 벌레를 들여다보며
머리 위
등뒤의
나를 바라보는 어떤 큰 눈을 생각하다가
나는 그만
그 실날 같은 빨간 벌레가 되다.

—「벌레」 전문

"나를 바라보는 어떤 큰 눈을 생각하다가" 무엇을 발견하는 것인가? 꽁꽁 '나'를 묶는 밧줄과 매듭을 발견하고 풀어버린다. 차별의 밧줄을 끊고 분별의 매듭을 풀고 시비의 고리를 부순 다음 열리는 '큰 눈'은 어떤 눈일까? 그것은 만물은 다 하나라는 것(齊物)을 바라보는 뜬 눈이며 만물을 차별하고 분별하자는 감은 눈이 아니다. 그러한 '큰 눈'은 '나' 또한 '벌레'요 '벌레' 또한 '나'라는 득일(得一)의 눈이며 무심(無心)의 눈이다. 이 얼마나 황홀한 대일(大一)의 장자적 꿈인가. 그러나 현대문명은 극초(極超)의 시비 판별의 폐쇄회로를 밟아오면서 이제는 인간의 두뇌작용마저 수치성장(the exponential growth)의 대상으로 볼 만큼 물질 가공의 극단을 향해 후기 현대문명은 치닫고 있는 중이다. 형성(becoming)의 극점은 곧 소멸의 출발임을 알았던 노자는 문명의 극단화를 버리라고 말했다.

> 예리한 것을 무디게 하고 얽히고 설킨 것을 풀어버리고 번뜩이는 것들을 어울리게 하며 티끌들을 하나로 되게 한다.(挫其銳 解其紛 和其光 同其塵)
>
> —『도덕경』 4장

이렇게 노자는 인간의 문명화에 대하여 인간의 자연화를 제시하고 있다. 예리한 것(銳), 분분한 것(紛), 번뜩이는 것(光), 그리고 티끌들(塵)은 노자의 문명관이다. 이러한 것들이 사람을 조이고 얽매고 억눌러 사람을 아프게 하고 부자유의 오류에 빠지게 한다고 노자는 경고한다. 무릇 예술은 사람을 아프게 하고 사람을 부자유하게 하는 것을 반대한다. 시 역시 예외가 아니다. 시는 인간을 위하여 존재한다는 것은 인간의 마음이 편안하고 즐겁고 감미로운 삶의 소망에 기인된다. 폐쇄회로로써만 통화를 시도하는 현대시의 가공된 이미지들의 조합은 그러한 소망을 만족시켜 줄 수 있을까? 현대시들은 사람을 꼼꼼하고 예리하고 날카로운 감성과 지성으로 놀라게는 하지만 편하게 하지는 못한다. 그러나 김달진류의 현대시들은 우리를 편하게 하는 것이다. 현대의 선시(禪詩)란 어떤 것인가? 읽는 사람을 편하게 하고 자유롭게 하면 그것을 선시라고 보아도 된다. 불립문자(不立文字)니 교외별전(教外別傳)이니 공안(公案) 화두(話頭) 등으로 어렵게 말하지 않아도 선시가 존재해야 한다는 당위성은 극초가공(極超加工)을 미적 가치를 지향하는 현대시의 분위기에서 쉽게 찾을 수가 있다. 왜 김달진의 시들은 선적(禪的)이라고 할 수 있는가? 그의 시는 우리를 편안하게 하고 시비의 늪에서 벗어나 송곳 끝처럼 예리한 끝을 무디게 하고 우리의 팽팽한 마음을 풀어주는 까닭이다.

바라보니 볼수록
뽀얀 구룡목꽃이 좋다

어제는 황혼에 보아 좋더니
오늘 비 속에 보니 더욱 좋네

간간이 가다 한 잎 두 잎
물방울 따라 떨어지면서.

—「구룡목꽃」 전문

읽어보라. 얼마나 편하고 술술 따라갈 수 있는가. 풀어야 할 매듭도 없고 넘어야 할 담벽도 없다. 열린 공간이요 널린 시간이다. 예리하고 날카로운 감성이나 지성을 동원하여 폐쇄회로의 두뇌를 가동시켜 무엇을 해독할 필요도 없다. 술술 구룡목꽃을 보고 술술 생각하면 그만이다. '구룡목'에는 가공된 시상(詩象)도 없고 조작한 집적의 시상(詩想)도 없다. 무엇을 생각하고 무엇을 생각하지 말거나 안 된다는 단서도 없다. 그냥 술술 좋은 것을 보면 된다. 이렇게 하다보면 노자의 용(容)은 사라지고 공(公)이 되살아오면서 만물은 서로 오고 가는 왕(王)의 편안함을 만날 것이다. '물방울 따라 떨어지면서' 아무런 걸림 없이 자유롭다. 붙어 있는 꽃이어도 그만이고 떨어져 낙화가 되어도 그만이다. 이 얼마나 선적인가. 그리고 얼마나 노자의 공적(公的)인가. 이러한 작시의 흐름은 앞으로 더욱 후기 현대시의 첨예화의 질곡을 허물어야 함을 알게 될 때 그 진의를 파악하게 될 것이다. "이승의 나뭇가지에서 우는 새여 빛나는 바람을 노래하라"는 말도 알아들을 것이다.

이 우주
여기에
지금
씬냉이꽃이 피고
나비 날은다.

—「씬냉이꽃」 중에서

이처럼 따질 것 없이 직시하고 직관하고 직핍하면 그만이다. 걸림을 관통하고 담벽을 무너뜨리면 한계는 사라진다. 이러한 사라

짐을 노자는 허(虛)라 했고 여래는 공(空)이라 했다. 장자는 유(遊)라 했다. 씬냉이꽃이 우주가 되고 나비가 우주를 업고 나는 자유를 극초축소(極超縮小)의 폐쇄회로로 집적할 수는 없다. 구만리 장천을 나는 붕(鵬)도 바람이 없으면 날지를 못한다. 그 바람은 무엇인가. 인위에 대한 자연이요, 유(有)에 대한 무(無)요, 실(實)에 대한 허(虛)요, 색(色)에 대한 공(空)이다. 인간이 구축한 첨단문명도 삼라만상을 안고 있는 우주에 비한다면 뱁새의 발자국에 불과함을 어떻게 하면 알 수 있을까? 「씬냉이꽃」을 읽으면 그러한 생각의 틈새가 열릴 것 같다. 두보는 "일월은 조롱 속에 든 새요 천지는 물에 뜬 풀잎"이라고 이미 말했다. 씬냉이꽃이 안은 우주를 나비가 업고 날아가 두뇌의 고집적 회로의 폐쇄성을 허물어버린다. 이 얼마나 자유롭고 선적인가. 왜 씬냉이꽃이 우주가 되느냐고 묻지를 마라. 가장 작은 것은 태산이요 가장 큰 것은 가을에 떨어지는 짐승의 털오라기라고 말했던 장자의 생각을 들어보면 알 만하게 된다. 이것은 큰 것이고 저것은 작다는 집착에 걸리지 말라 함이다. 직시는 집착을 풀어주고 직관은 아집을 끊어버리며 직핍은 고집을 관통해버린다. 마음이 텅텅 비면 그렇게 되는 비밀을 노장사상은 열어놓았다.

> 숲 속의 샘물을 들여다본다
> 물 속에 하늘이 있고 흰 구름이 떠가고 바람이 지나가고
> 조그마한 샘물은 바다같이 넓어진다
> 나는 조그마한 샘물을 들여다보며
> 동그란 지구의 섬 우에 앉았다.
>
> —「샘물」 전문

이 '샘물'은 남몰래 들여다보았던 윤동주의 샘물이 아니다. 윤동주는 샘물에서 자기의 얼굴을 보았고 역사의 아픔을 보았지만 김달진은 샘물에서 우주를 보고 지구를 보고 그 안에 있는 '나'를 본다. 윤동주는 샘물 속에 있는 얼굴을 보고 미웠다가 불쌍해지는 역사의 얼굴을 보았지만 김달진은 인간이 잃어버린 장자의 꿈을 본다. 나비가 장자가 되고 장자가 나비가 된다는 꿈이란 매달려 대롱거리는 부자유를 벗어난 자유(自遊)가 아니었던가. 「샘물」은 그러한 자유(自遊)의 자리를 마련해주는 중이다. 역사나 문화는 있다는 것의 사실이다. 그러나 이러한 사실들이 인간을 아프게 한다고 헤겔도 말했다. 물론 헤겔은 그 아픔을 극복하기 위하여 절대를 사유했지만 헤겔의 절대란 것도 따지고 보면 유(有)에 걸려 있음이다. 무엇에나 걸려 있다면 그것은 곧 구속이며 구속은 아픔일 뿐이다.

서구의 사고가 개발한 발전론은 시시포스가 운명적으로 끌어올려야 하는 돌덩이 같은 것임을 노장사상이 이미 지적해둔 셈이다. 돌덩이를 무한히 지고 올라가 정상에 도달한다면 그것이 끝이란 말인가? 종말 되지 않기 위해서라면 다시 굴러 떨어져내려야 한다. 생성소멸의 굴레가 돌 뿐 종말이란 없다는 것이 노자의 반자(反者)이고 여래의 연기(緣起)이다. 굴려 올리면 굴러 내리고 굴러 내리면 굴려 올리는 반복 그것은 돌고 도는 바퀴와 다름없다. 이를 노자는 물장칙로(物壯則老)라고 쉽게 풀이해준다. 이러한 바퀴를 무엇이 돌리는가? 노자는 도가 그렇게 한다고 말한다. 모든 것은 도에서 나왔으니 다 같고 모든 것은 도로 돌아가니 다 같다. 그래서 도의 움직임은 되돌아오게 하는것(道之動反者, 『도덕경』 40장)이라고 밝힌다. 반자(反者)의 바퀴가 돌아가므로 '지구' 위에 앉은 '나'는 「샘물」에서 편안하게 쉰다. 윤동주의 샘물을 들여다보는 얼굴은 문명적이고 김달진의 시는 현대시가 잃었거나 잊어버린 자연을 떠나지 않는다. 첨단기술의 문명사회가 자연을 떠났다고 호언하지만 지구라는 자연의 질서를 정복했다는 유(有)의 집착으로 우쭐대는 인간들은 결국 자연의 품으로 돌아올 수밖에 없는 반자(反者)의 운명을 벗어날 수가 없다. 유생어무(有生於無)의 돌림을 벗어날 수 없다는 것을 인간들은 알아야 한다고 노장사상은 제시한다.

어둔 담모랑길을 돌아가다가
문득 먼 하늘ㅅ가의 별이 보였다
마음은 발길 함께 멈췄다
밤, 평범한 감개(感慨)……
다시 걷다.

—「별」 전문

현대시는 유별난 지성을 좋아한다. 감개(感慨)할 줄은 몰라도 된다는 듯이 지성의 끝을 뾰족하게 갈려고만 한다. 날이 선 칼일수록 쉽게 무뎌진다. 소나기는 하루아침을 버틸 수 없으며 돌개바람은 온종일 견디지 못한다고 말한 노자는 두뇌첨단(頭腦尖端)의 질주를 살펴보게 한다. 첨단의 두뇌가 성취한 첨단의 문명이 사람을 즐겁게 하고 삶을 즐거움으로 그득하게 하는가? 이러한 질문을 던질 때 긴장과 초조를 더해줄 뿐이라는 부정응답(否定應答)을 내릴 수밖에 없는 지경이 전개되려고 한다. 이렇게 옹색하고 팽팽한 긴장의 삶은 평범한 감개를 잃어간다. 이러한 탓으로 현대시도 평범할 줄을 모르고 시상의 조작으로 날카로운 시적 지성을 앞세우려고만 한다. 현대시가 잃어버린 '평범한 감개'로 김달진의 시는 다시 걷는다. 이런 걸음걸이는 노장적인 반자(反者)이다.

현대시는 마음의 호주머니를 가득히 채우려고 하지만 노장사상은 마음의 호주머니를 뒤집어 털털 털어내라고 한다. 현대시는 사물을 알아내는 암호를 만들어 조립하려고 하지만 노장사상은 그러한 암호란 부질없다고 한다. 생각을 묶지 말고 풀라고 하는 노장사상은 우리들로 하여금 무(無)를 다시 살피게 하는 것이다. 유(有)에 걸려 막막한 현대인이 사고를 허물 수 있는 열쇠는 아마도 무(無)라고 짐작하게 하는 징후들이 첨단기술공학의 가속화로 더욱 나타나고 있는 중이다. 그러나 인간의 두뇌는 첨단기술의 노예처럼 상품화되면서도 자연을 정복했다고 오만을 부리고 삶의 평범한 감개(感慨)를 거의 잃어버렸다. 그래서 철저하게 인간은 물질화의 밧줄에 묶여 자유를 잃어가는 중이다.

현대시는 이러한 현상을 노래할 것인가 아니면 파괴하여 허물 것인가? 시인 김달진처럼 인간은 지구 위에 앉아야 한다는 생각을 버릴 수 없다면 후기현대시들 극초첨단(極超尖端)의 후기기술문명에 대하여 반문해야 할 것이다. 현대시가 그러한 반문의 문항을 설정하려고 할 때 노장사상은 헤치고 나갈 길을 열어줄 것이다. 그러한 길을, 시인 김달진처럼 평범한 감개로 트는 방법을 현대시가 열어준다면 다시 시는 술술 편하게 읽혀 인간과 사물이 하나가 되는 득일(得一)의 체험을 열어줄 것이다. 그러한 시적 체험은 사람을 편하게 한다. 그러므로 노장사상의 자유(自遊)는 현대시를 노려보고 있는 중이다.

열치매 나타난 달처럼
—김달진의 문학과 삶

김선학(문학평론가, 동국대교수)

월하(月下)는 김달진의 아호(雅號)다. '달 아래' 라는 그 아호의 뜻은 김달진의 삶과 시를 이해하는 하나의 열쇠가 된다.

달과 해는 인간 존재가 살고 있는 이승을 잡아 걸고 있는 두 개의 고리다. 밤과 낮이 하루를 이루듯이 천상의 달과 해는 이승의 바닥인 지구와 더불어 우주를 이룬다. 달이 밤과 함께하면, 해는 낮과 함께하면서 이승의 중생들과 고리로 연결되어져 있다. 달과 해의 고리가 느슨하게 풀어져버릴 때 이승의 삶은 제자리를 찾기가 힘들어진다. 달과 해라는 이 두 개의 고리가 제대로 맞물리고 밤과 낮이 순환되면서 삶의 모습은 비로소 온전한 입지를 설정하게 된다. 온전한 삶의 이러한 모습을 유목민의 시각은 해와 낮 쪽에 치우쳐서 파악하려 한다. 그래서 그들은 해 뜨는 곳을 향해 그들의 삶을 보람차게 쌓아가려 했다. 기독교적 발상은 이같은 사항과 많이 연관되어져 있다.

히말리야 산록의 만년설을 바라보면서, 삶의 길을 고행(苦行)으로 파악하고 지친 몸으로 태어나서(生) 늙고(老) 병들고(病) 죽는(死) 자신을 바라보던 인도인들의 눈동자는 해보다는 달, 그 달과 맞물리는 밤을 통해 삶의 온전한 모습을 이해하려 했다.

해가 있는 낮이 행동의 시간이라면, 달과 함께하는 밤은 행동보다는 사색과 성찰의 시간이다. 기독교가 행동을 중시하는 신앙이라면 불교는 사색과 성찰을 내세우는 종교라 할 수 있는 까닭을 여기서 알 수가 있다. 동적(動的)이기보다는 정적(靜的)이고, 드러내기보다는 안으로 가라앉혀 자신을 관조하는 그런 종교가 불교임을 또 한 번 확인하게 된다.

김달진이 자신의 또하나의 모습을 '달 아래(月下)'라고 한 것에는 불교적 사유에 의해 삶과 현실을 파악하려는 의지가 담겨 있음을 알게 된다. 현실의 얽히고 설킨 갈등의 질곡 속에 자신을 드러내놓고 행동하는 모습으로 보이려 하기보다는 현실을 관조하면서 그 속에서 참다운 진여(眞如)를 탐색하는 자세를 가지게 된다. 실제로 김달진의 생애는 자신을 알리려 하기보다는 감추면서 깊이 성찰하고 가다듬어간 은둔주의자의 모습을 연상하게 한다.

을사조약에 의해 사실상의 주권을 일제에게 강탈당하고, 정미조약이 체결될 무렵인 1907년 김달진은 경남 창원에서 태어난다. 1934년 금강산에 입산, 승려 생활을 하고 『시원(詩苑)』(1935) 동인, 『시인부락(詩人部落)』(1936) 동인이 되면서 왕성한 시작(詩作)을 하게 된다. 식민지의 사슬에서 해방되던 1945년 동아일보 기자를 잠시 한 후 계속 교육계에 투신한다. 이 무렵부터 『손오병서(孫吳兵書)』를 번역하는 것을 시작으로 하여 『고문진보(古文眞寶)』 등의 한서(漢書) 번역에 심혈을 기울인다. 1964년 동국대학교 역경원에 심사위원 겸 역경위원이 되면서 역경과 번역에 온 생애를 바치다시피 한다. 『장자(莊子)』 『법구경(法句經)』 『한산시집(寒山詩集)』 『당시전서(唐詩全書)』 『현대한국선시(現代韓國禪詩)』 『한국한시(韓國漢詩)』 등의 번역이 그 대표적인 것들이지만 역경위원으로 불경을 번역한 것을 여기에 합친다면 경악할 만한 양이 될 것이다.

번역이란 무엇인가. 그것은 남의 언어를 자신의 말글로 옮기는 일이다. 그렇기에 번역자는 원작자의 모습 뒤에 항상 숨어 있게 마련이다. 그래서 그것은 고통과 인내를 동반하며 그것을 감내하면서 극복하는 의지가 수반되지 않을 때 불가능한 작업이다. 월하 김달진은 그것을 묵묵히 때로는 우직스럽게 평생을 두고 실천하였다. '달 아래'라는 그의 또다른 이름이 말해주듯이 자신을 드러내기보다는 스스로를 감추면서 번역을 통해 원저자의 내밀한 사상의 핵을 차곡차곡 인식과 성찰로 가슴에 쌓아간 것이 아니겠는가.

불교적 가치관에 발을 담근 시세계

그의 시작 활동 역시 그렇다. 『시원』이나 『시인부락』 동인으로 참여하고 『청시(靑柹)』와 『올빼미의 노래』라는 시집을 갖고 있었지만 대부분의 경우 화려한 문단적 각광을 조명받은 일이 없었다. 같은 동인이었던 오장환과 서정주가 요란하게 거론될 때도 그의 시인으로서의 모습은 외따로 한켠에 쓸쓸히 서 있을 뿐이었다.

그것은 그의 시가 결코 문학적 성취를 이루지 못했음이 아님을 한 문학교수는 이렇게 말하고 있다.

> 김달진은 미당과 더불어 『시인부락』 동인으로, 1907년생이니까 우리 시문학 초창기에서부터 그 생을 시작하였다. 필자는 그의 아주 짤막한 작품을 우연한 기회에 읽고 어째서 이렇게 우수한 시인이 문학사에서 매몰되다시피 한 상태에 있는가를 생각해보며 우리 문학사의 얄팍한 질에 분노를 느꼈다. 역시 한국의 문인들은 적당히 문단 정치도 하고 또 거드름도 피워야만 사적(史的)으로 생존하는 것일까.(오탁번, 『문학사상』, 1978. 8)

그러므로 김달진은 위에 인용한 글에서도 알 수 있듯이 자신의 시와 문학적 업적과 성취도를 드러내놓고 말하려 하지 않았다. 다만 '달 아래'서 삶의 모든 것을 관조하듯이 그의 시를 세상에 내던져놓고 초연해 있었던 것이다. 이 초연하고 달관한 모습은 그의 시세계의 중심부가 되고 있음도 역시 간과해서는 안 될 것이며 그것은 불교적 가치관에 발을 담그고 있다.

> 깊은 밤 뜰 우에 나서
> 멀리 있는 애인을 생각하다가
> 나는 여러 억천만 년 사는 별을 보았다.

「애인」의 전문이다. 이 3행의 짧은 시는 김달진이 대상에 얼마는 초연하고 있으며, 그 초연함을 대상에 대한 달관으로 전이시키고 있는가를 극명하게 설명해주고 있다.

사랑하는 사람에 대한 생각은 그리움이다. 그것은 얼마나 치열하게 가슴을 불태우는 것인가. 그러나 시인은 다만 "생각하다가"로 진술하고 "억천만 년 사는 별을 보"는 것과 연결시키고 있다. 요컨대 사랑과 그리움의 실체인 애인에 대한 생각을 초연하게 함으로 하여 영원히 빛을 바래지 않고 존재하는 별로 깨닫는 달관의 모습을 보여주게 된다. 이 달관은 「샘물」이라는 시에서는 삼라만상에 대한 인식을 범아일여적(梵我一如的) 상상력으로 통찰하는 예지로 변모시켜준다. 그 전문은 이렇다.

숲 속의 샘물을 들여다본다
물 속에 하늘이 있고 흰 구름이 떠가고 바람이 지나가고
조그마한 샘물은 바다같이 넓어진다
나는 조그마한 샘물을 들여다보며
동그란 지구의 섬 우에 앉았다.

'샘물'을 통해 '하늘'과 '구름' 그리고 '바람'의 모습을 읽어내고, 그것을 '바다'로 확산시키면서 우주에 대한 인식으로 극대화한다. '동그란 지구의 섬'에 있는 존재로 시인 자신을 확인하는 곳에서 김달진의 시적 기량의 범상하지 않음을 알 수 있게 된다.

애써 꾸미지 않는 무위자연의 삶

사람들 모두
산으로 바다로
신록(新錄)철 놀이 간다 야단들인데

나는 혼자 뜰 앞을 거닐다가
그늘 밑의 조그만 씬냉이꽃 보았다.

이 우주
여기에
지금
씬냉이꽃이 피고
나비 날은다.

「씬냉이꽃」의 전문이다. 조그맣고 보잘것없는 야생초에 불과한 '씬냉이꽃'을 '우주'와 나비로 환치시키는 것은 김달진의 불교적 사유, 거기에 포함된 노장적 발상과 무관하지 않다고 보아진다. 원래 '달 아래(月下)'라는 그의 아호가 말해주듯이 자신을 성찰하고, 대상을 관조하며 그것을 새로운 인식의 틀로 삼겠다는 의지를 이 시는 또렷하게 보여주고 있다. 이 같은 시세계를 최동호 교수는 김달진의 삶에 대한 태도와 함께 다음과 같이 적절하게 요약하고 있다.

……애써 꾸미지 않는 무위자연(無爲自然)의 삶의 태도야말로 김달진 스스로가 일생 동안 지켜온 삶이며 시의 세계가 아닌가 한다. 「청시」에서의 푸른 잎새 속의 푸른 감이나, 「샘물」에서 동그란 지구 위의 섬에 앉는 화자나, 「추성」에서 해묵은 당판 시집을 읽는 화자나, 「씬냉이꽃」에서 꽃이 피고 나비가 나는 이 우주 속의 지금, 여기의 나 모두가 삶과 자연을 인식하는 독특한 정신적 세계로 일관되어 있음을 발견할 수 있다. 어떻게 보면 김달진의 시는 60여

년의 시작 생활을 통해 너무나 변하지 않았다고 말할 수 있을 것이며, 그렇기에 역설적으로 말하자면 불교적이며 노장적인 동양의 철학적 세계의 진수를 그대로 간직하고 있는 정신적 정통성을 지니고 있다고 하겠다. 물론 이는 정치 · 윤리 · 교육 · 형법의 원리가 된 천명사상(天命思想)과는 다르다. 현실에 집착하는 천명사상의 반대명제가 무위자연이 아니었던가.(『경남문학』, 1989년 여름호)

시인으로서의 김달진의 모습은 시세계 속에 담겨진 그대로 불교적 사유를 실천하고 넉넉한 가슴으로 모든 것을 안아들였다. 그래서 『법구경』에서 말하는 대로 "고귀한 사람을 보는 일은 좋은 일이다. 그와 함께 사는 것은 언제나 즐겁다"는 것을 항상 생각하게 해준 것으로 파악된다. 그 점을 김달진의 동국대학 후배이며, 시인인 김장호 교수는 「때묻지 않은 웃음소리에 미역감고」라는 글에서 이렇게 술회한다.

김달진 선생을 마주 보고 앉았으면 이편 심지가 풀어지는 것을 느낀다. 어지러운 세상을 누비느라 저도 모르게 몸에 사려 감은 안간힘 같은 것이 목줄기에서 팔다리에서 어느새 슬며시 연기처럼 새어나는 것이다. 섬벽이는 눈매에 악기가 없어서만은 아니다. 높지 않은 억양의 그 경상도 사투리가 빚어내는 목소리의 정감이 시키는 것만도 아니다. 잔잔한 문맥의 관조가 방 안에 피어올라서는 얼기설기 사람에게 죄어들어 어깨에서 힘을 빼게 하고 숨결에 거친 맥을 삭여주는 것이다. 그의 입에서 무슨 대단한 소리가 울어나는 것을 듣는 이는 없다. 그저 일상으로 듣고 보는 다반사들이 화제에 오를 뿐인데 그것이 그와 나의 일인데도 눈을 뜨고 보면 그것은 이미 그와 나의 일이 아닌 것이다. 나는 그것을 연기(緣起)의 법(法)으로 해독한다.

월하(月下)는 '달 아래'라는 뜻이다. 달에 대한 불교적 생각의 가닥은 문득 '월인천강(月印千江)'을 떠올리게 한다. 김달진은 즈믄 강에 모두 비치는 달을 생각하며 부처님의 자비를 떠올리고 자신이 '달 아래' 서 있다고 과연 확인했을까. 어쨌든 그는 시인으로서 번역가와 승려로서, 그리고 교육자로서 20세기를 드러내놓지 않고 조용히 자신을 가다듬고 성찰하면서 살았다. 그러나 간과하지 말아야 할 것은 그의 관조적이며 달관적이고 불교사상에 침윤된 시세계는 그의 선배였던 한용운과, 동국대학 후배였던 조지훈, 서정주에게로 이어지면서 불교시의 정신사적 흐름에 분명 뚜렷한 획을 긋고 있다는 점이다. 따라서 '달 아래(月下)'라고 자신을 세계 속에 드러내놓지 않으려고 했으며 그것을 실천한 모습은 구름을 열어젖히고 흰구름 좇아 서방정토로 가는 「찬기파랑가」에서의 저 하늘 위에 떠 있는 '달'을 생각하게 해준다.

엮은이의 말

월하(月下) 김달진(金達鎭) 선생께서 작고하실 때, 늘 사용하시던 책상에 남기신 유고를 수습한 것이 이 산문집이다. 14~15년 동안 낡은 원고지가 다섯 개의 묶음으로 단정하게 정리되어 있었다. 유독 이 원고를 가까이 두신 것은 적당한 기회에 출판을 당부하신 것 아닌가 생각된다.

월하 선생은 1977년 봄 고희를 맞아 '여일록(餘日錄)'이란 시문집을 간행하시려고 하였던 것 같다. 그러나, 출판이 여의치 않아 중단되었고, 그 유고를 남기신 것이다. 처음 계획한 시문집에 수록되지 않은 산문 「'왜 사나……' 망설여지는 대답」「장자와 무위자연의 사상」「나의 인생, 나의 불교」「『붓다차리타』에 대하여」 등을 추가하여, 이 책을 세 부분으로 구성하였다. 당시에 포함되어 있던 '시선집'은 차후의 계획에 미루기로 하고, 우선 산문만을 모아 선생의 일주기를 기념하는 시기에 간행하기로 하였다.

제1부 '산거일기(山居日記)'는 금강산 유점사 시절인 1941년 선생이 34세 전후에 쓰신 일기문 초록이며, 제2부 '삶을 위한 명상'은 『법구경』을 간행하신 1965년 선생의 58세 전후의 단상집으로 여겨진다.

워낙 오래 전에 씌어진 원고인 까닭에 본문의 뜻에 손상이 가지 않는 범위 내에서 국한문 혼용체를 현대어 문장으로 바꾸었음을 밝혀둔다.

오랜 동안의 수도 생활과 시적 수련 등으로 응축된 이 산문집이 인생을 고뇌하고 깊이 있게 인생을 살고자 하는 많은 분들에게 조금이라도 도움이 되기를 바라는 마음 간절하다.

1990. 5. 1

월하 선생의 일주기를 맞으며

최동호 삼가 씀.

김달진 전집 2
산거일기

1판 1쇄 | 1998년 6월 10일
1판 2쇄 | 2012년 4월 6일

지은이 김달진
엮은이 최동호
펴낸이 강병선

펴낸곳 (주)문학동네
출판등록 1993년 10월 22일 제406-2003-000045호
주소 413-756 경기도 파주시 문발동 파주출판도시 513-8
전자우편 editor@munhak.com | 대표전화 031)955-8888 | 팩스 031)955-8855
문의전화 031) 955-8890(마케팅) 031) 955-8864(편집)
문학동네카페 http://cafe.naver.com/mhdn

ISBN 89-8281-119-2 03810
89-8281-060-9 (세트)

* 이 도서의 국립중앙도서관 출판시도서목록(CIP)은 e-CIP홈페이지(http://www.nl.go.kr/cip.php)에서
이용하실 수 있습니다. (CIP제어번호 : CIP2012001500)

www.munhak.com